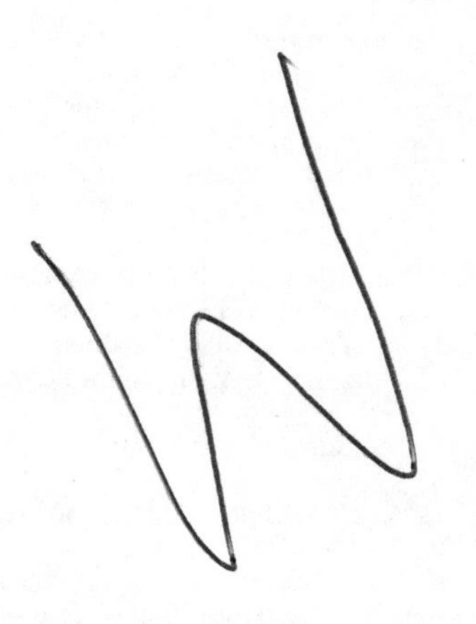

Argraffiad cyntaf: Chwefror 1996

Cyhoeddwyd dan gynllun comisiynu Cyngor Llyfrau Cymru.
Dymuna'r cyhoeddwyr gydnabod cymorth adrannau Cyngor Llyfrau Cymru.

Llun y clawr: Marian Delyth

Rhif Llyfr Rhyngwladol: 0 86243 371 1

Cyhoeddwyd yng Nghymru
ac argraffwyd ar bapur di-asid a rhannol eilgylch
gan Y Lolfa Cyf., Talybont, Ceredigion SY24 5HE
e-bost ylolfa@netwales.co.uk
y we http://www.ylolfa.wales.com/
ffôn (01970) 832 304
ffacs 832 782.

CYFFUR CARIAD

URIEN WILIAM

Y LLWYBR

Dithau, lwybr, a erydwyd gan amser,
A'n gwelodd un diwrnod yn mynd heibio,
Deuthum am y tro olaf,
Deuthum i ddweud wrthyt fy nghwyn. . .
Dithau, lwybr a oedd bryd hynny
Â meillion a brwyn yn eu blodau
Ar hyd d'ymylon,
Fyddi di toc yn ddim ond cysgod,
Cysgod fel fi fy hun.

Oddi ar iddi adael
Rwy i'n byw yn drist.
Dithau, lwybr, fy ffrind,
Mynd yw fy hanes innau hefyd.
Oddi ar iddi adael
Ddaeth hi ddim 'nôl,
Rwy i am ddilyn ei chamre –
Ffarwél iti, lwybr bach.

Dithau, lwybr, y byddwn innau bob prynhawn
Yn cerdded ar dy hyd,
Dan ganu am fy serch,
Paid â dweud wrthi,
Os digwydd iddi ddod heibio eto,
Fod fy nagrau wedi dyfrhau dy lawr.
Dithau, lwybr, a'r danadl yn d'orchuddio,
Llaw amser a'th erydodd,
Mi hoffwn innau syrthio wrth d'ymyl,
A boed i amser ein cipio ni'n dau.

[*El Caminito*, cân draddodiadol o Buenos Aires,
cyfieithiad Gareth Alban Davies]

Pennod 1

Roedd y cwest yn glynu yng nghof Lyn Owen wrth iddo barcio'i gar o flaen fflat ei frawd yn Ffordd Constantine yn Llundain. Diffoddodd yr injian a phocedu'r allweddi ac yna eistedd 'nôl am ennyd a'i feddwl yn llawn o ddigwyddiadau'r achlysur trist. Syllodd i'w lygaid ei hun yn y drych – a gweld llygaid glas Rhian yn edrych arno'n geryddgar a siomedig, yn rhythu arno â'r edrychiad nad anghofiai tra byddai byw.

Yn Portsmouth y cynhaliwyd y cwest, y bore hwnnw brin bedair awr yn ôl. Ychydig oedd yno yn y stafell ddiaddurn yng nghefn y llys; ar wahân i'r swyddogion a'r tystion a'r tylwyth yr unig ddieithriaid eraill yno oedd Lyn a gohebydd neu ddau. Roedd yn stafell foel heb ddim ond llun o'r Frenhines ym mlodau'i dyddiau'n crogi ar y mur y tu cefn i sedd a desg y crwner a rhesi o gadeiriau cefnsyth yn ei wynebu. Goleuid y stafell drwy ffenestri uchel tebyg i ffenestri llofft aml i gapel yng Nghymru gyda rhyw esgus o fwa Gothig uwchben pob un ac roedd carped o goch tywyll yn tawelu pob cerddediad.

Yn y rhes flaen o flaen bwrdd y crwner roedd dau alarwr yn eistedd yn eu tristwch – y naill tua thri deg oed a'r llall o gwmpas y trigain oed. Nid oedd angen llawer o grebwyll i weld y tebygrwydd rhwng y ddau: y naill yn fab i'r llall ac yn frawd diamheuol i Rhian gyda'i llygaid hi a'i gwallt golau a'r un pantiau yn ei ddwyfoch. Roedd yn fyr fel ei dad ac yn stoncyn cydnerth fel ei dad eto. Roedd ei wisg yn dynn amdano, fel petai wedi prynu'r siwt flynyddoedd yn gynt a honno bellach yn cael anhawster i gynnwys y breichiau a'r coesau cyhyrog.

Roedd wyneb y Parchedig Elis Davies yn rhygnau drosto a'i fochau'n welw a'i lygaid gwyrddlwyd yn llawn tristwch a galar pan ddigwyddodd edrych i lygaid Lyn ar ei ffordd allan o'r llys. Roedd yn cerdded fel henwr llesg a syfrdan fel petai baich ei golled a'r sioc o wybod sut y bu farw'i ferch wedi'i ddarostwng a'i andwyo. Cafodd Lyn yr argraff o ddyn oedd wedi llwyr-anobeithio ac nid oedd braich gadarn ei fab am ei ysgwyddau'n rhoi fawr o gysur na chynhaliaeth iddo.

Ychydig o sylw a gafodd yr achlysur gan y wasg, diolch byth; drwy ryw drugaredd, roedd rhywun – Danvers Rowe, o bosibl, pennaeth yr Adran yn Llundain – wedi darbwyllo'r awdurdodau perthnasol i gyfyngu'r cwest i'r ffeithiau moel. Y cyfan a gofnododd y papurau oedd fod merch ifanc wedi'i chanfod wedi'i saethu'n farw mewn car yn y New Forest, a hithau newydd lanio ar ei ffordd adref o Sbaen ar ôl gwyliau ar y Cyfandir. Fe gâi'r dyfarniad ei ohirio am dri mis tra byddai'r Heddlu'n gwneud ymholiadau pellach. Ni fu sôn o gwbl am gyffuriau na bod y ferch wedi'i chipio o swyddfa'r Heddlu cyn ei llofruddio. Byddai'r ffeithiau hynny'n peri loes i'w thylwyth ac yn pardduo'i chymeriad heb iddi gael cyfle i'w hamddiffyn ei hun. Ni fu sôn chwaith amdano yntau a'r ffaith ei fod yn swyddog yn adran ddiogelwch y Gwasanaeth Tollau. A doedd gan helgwn y wasg ddim syniad iddo fod yn gydymaith i Rhian yn ystod ei thaith hir o St Cyprien yn ne-orllewin Ffrainc, ar draws mynyddoedd y Pyrénées i borthladd Santander yng Ngogledd Sbaen, ac oddi yno i Portsmouth yn Lloegr.

Nid oedd tystiolaeth am ymyrraeth rywiol chwaith i

foddhau chwilfrydedd darllenwyr y papurau sbwriel. Byddai un gair o'r fath wedi dod â'r helgwn newyddiadurol yn fflyd i Aberystwyth i aflonyddu ar alar y teulu bach a'u dirdynnu o'r newydd. Ond am unwaith pylodd diddordeb y gohebyddion yn sgil cyhoeddiad di-wastraff-eiriau'r crwner a'i ddedfryd agored.

Fe fu Lyn mewn cyfyng-gyngor a âi at dad Rhian i gael gair ag ef neu beidio ond ymatal wnaeth e yn y diwedd. Fe ddôi cyfle eto, o bosibl, ar ôl yr angladd. Os oedd y ddau alarwr wedi sylwi arno o gwbl, digon tebyg iddyn nhw feddwl mai gohebydd y wasg oedd yntau, wrthi'n gwneud ei ddyletswydd.

Cododd y crwner ei ben moel ac edrych ar y galarwyr, ac am ennyd lliniarwyd ei lais undonog gan ryw ymdrech at ddangos elfen o ddynoliaeth wrth fynegi'i gydymdeimlad â'r tad a'r brawd galarus. Nodiodd Iwan Davies i gydnabod y cydymdeimlad a helpu'i dad i godi ar ei sefyll wrth i'r crwner ymadael. Cododd y gohebyddion ond roedd un olwg ar drueni'r tad a chadernid gwarcheidiol y mab yn ddigon i'w cadw'n ôl. Cerddodd y ddau allan o'r swyddfeydd tywyll, sychlyd, yn rhydd, bellach, i fynd ymlaen â'r trefniadau angladdol. Llithrodd y gohebyddion allan ac anelu am y dafarn agosaf i hogi pensiliau a chrafu ychydig eiriau ynghyd am ddigwyddiad mor ddi-ffrwt.

Roedd Lyn yn llawn fwriadu mynd i'r angladd er na wyddai eto sut i egluro'i bresenoldeb i'r galarwyr. Wnâi e ddim cuddio tu ôl i wisg swyddogol – a fyddai'r teulu'n croesawu presenoldeb dyn yn rhinwedd ei swydd ac nid oherwydd galar neu gyfeillgarwch? Ond fe âi yn ei ddillad parch gan awgrymu rhyw gyswllt personol – cyswllt na wyddai neb o'r teulu amdano hyd yn hyn – cyswllt y byddai rhaid iddo'i ddatgelu yn y man. Oherwydd roedd yntau'n galaru fel nhwythau, ac yn teimlo'r ing a'r hiraeth ar ôl y ferch nwyfus, gariadus oedd wedi diflannu o'i fywyd mor sydyn ag y daeth i mewn iddo – ac ni allai osgoi'r ffaith iddo yntau fod yn rhannol gyfrifol am ei diflaniad a'i marwolaeth hithau.

Ac eto doedd ganddo ddim tystiolaeth fod Rhian yn perthyn i'r gadwyn gyffuriau yn ystod y daith 'nôl i Loegr o St Cyprien a'r ddau ar ffo oddi wrth ddihirod oedd am eu gwaed. Y cyfan oedd ganddo oedd amheuaeth gref – yr amheuaeth o deimlo fod Heddlu Ffrainc wedi ymatal rhag eu restio a bod rheswm tu ôl i hynny – amheuaeth a drodd yn sicrwydd wrth iddo weld y pecyn o bowdwr gwyn o dan y sedd yn y car yn Portsmouth. Ac yn sicr, ni allai fod wedi rhag-weld y byddai rhywun yn ddigon pwerus i allu trefnu i'w llofruddio cyn iddi gael cyfle i ddatgelu enwau neb arall yn y gadwyn – rhywun uchel yn y Gwasanaeth.

Caledodd ei lygaid wrth iddo syllu arno'i hun yn nrych y Porsche glas. Nid galar yn unig a welai yno ond hefyd euogrwydd a dicter a dyhead am ddial a dirdynnu'r diawl oedd wedi rhoi'r gorchymyn mewn gwaed oer i lofruddio'i gariad. Wrth gofio am Rhian yn ei freichiau a'i swyn yn wahanol i neb arall yr oedd wedi cwrdd â hi erioed cyn hynny, wrth deimlo'r golled a'i drachwant am ddial yn corddi y tu mewn iddo, gwyddai na allai orffwys hyd nes y byddai wedi dal y dihirod. Ac wrth eu dal ni fyddai wahaniaeth ganddo'u gweld yn gelanedd mewn pyllau o waed a chlywed eu sgrech olaf wrth iddo roi'r farwol iddyn nhw. Oherwydd nid eu carcharu'n ddof oedd dyhead ei galon ond eu gweld yn dioddef poen ac arswyd wrth farw. Fel hynny'n unig y llwyddai i ddofi'r euogrwydd yn ei galon. Un peth oedd yn sicr, fe fyddai dial yn felys am unwaith.

A'r cwestiwn oedd – pwy oedd yn gyfrifol am farwolaeth Rhian, pwy oedd y pŵer uchel o fewn y Gwasanaeth?

Ymysgydwodd ac agor drws y Porsche.

Agorwyd drws y fflat ffracsiwn o eiliad cyn i'w allwedd fynd i mewn i dwll y clo a gwelodd ei frawd yn gwenu arno. Roedd yn wên o gyfeillgarwch yn gymysg â chydymdeimlad a'r olaf yn awgrymu fod Gwilym yn gwybod am ei gyflwr emosiynol. Gwenodd 'nôl arno a chamu heibio iddo a thaflu'i hun ar soffa'r stafell fyw. Caeodd Gwilym y drws a'i ddilyn a sefyll yn nrws y stafell.

"Paned o de – neu rywbeth cryfach?"

Edrychodd Lyn arno yn ei drowsus llaes golau glas a chrys gwyn â llewys byr; mor fachgennaidd yr olwg ac eto mor aeddfed yn ei ffordd – nid bod hynny'n beth rhyfedd a Gwilym yn feddyg ar ei flwyddyn gyntaf mewn ysbyty ac eisoes yn gyfarwydd â chyrff marw a geni babanod a chancr a phoen ac esgyrn wedi malurio mewn damweiniau ffyrdd.

"Coffi licwn i os nad yw'n drafferth."

"Dim problem."

Gwrandawodd ar synau'r paratoi o'r gegin ac estynnodd ei freichiau uwch ei ben a dylyfu gên yn hir, gan deimlo'n flinedig. Roedd wedi bod yn ddiwrnod hir a diflas, yn ddiwrnod yr oedd wedi bod yn arswydo rhagddo, yn ddiwrnod y byddai'n falch i weld ei ddiwedd yn dod.

Nawr, roedd diwrnod arswydus arall ganddo i feddwl amdano – diwrnod yr angladd.

Roedd ganddo wythnos o egwyl o'i waith – cyfle iddo ddadflino ar ôl y dyddiau dirdynnol – ar awgrym Danvers Rowe, ond roedd yn gyfle hefyd iddo fwrw'i hiraeth, petai'n gallu.

Ychydig o siawns fyddai i hynny ddigwydd ar ôl digwyddiadau'r wythnosau diwethaf a'i feddwl yn corddi â chymysgedd o ddicter ac euogrwydd a'r ymwybyddiaeth fod rhywun yn y Gwasanaeth yn gyfrifol am farwolaeth Rhian.

Rhaid bod dwsinau o swyddogion rhwng Portsmouth a Llundain mewn sefyllfa i roi'r gair bach distadl a arweiniodd at ei marw – swyddog tawel yn y sied dollau neu weinyddwyr uwch yn y Gwasanaeth, rhywun yn agos i'r top, hyd yn oed – Danvers Rowe, Perkins, Glenda Smith neu lu o swyddogion eraill fu'n ymwneud â'r ymgyrch.

Daeth cysgod gwên dros ei wyneb wrth feddwl am Syr Danvers Rowe – y Pennaeth ei hun; roedd y syniad mai'r piler sefydliadol hwn fu'n gyfrifol yn un doniol – mor ddoniol â bwrw'r bai ar Perkins, y gwas suful perffaith os bu un erioed. Dyn taclus a gweinyddwr galluog oedd Perkins – a gallai'n hawdd fod wedi trefnu'r cyfan – ond go brin y byddai neb mor gwbl ddiddychymyg ag yntau wedi mentro erioed yn agos at ymyl y Gyfraith heb sôn am fynd drosti. Go brin y byddai Glenda Smith, ysgrifenyddes bersonol Danvers Rowe, chwaith, yn ddigon mentrus i ymgymryd â threfnu gweithred o'r fath, y fenyw fach gopa-dic, gyda'i gwallt melyn tyn a'i dillad taclus a gwylaidd a'i hwyneb cochlyd, brychlyd.

"Ceiniog amdanyn nhw!"

Roedd Gwilym yn sefyll o'i flaen â'r cwpanaid o goffi'n hofran o dan ei drwyn.

"Hm? O – diolch."

"Oet ti filltiroedd o'ma."

Nodiodd Lyn wrth i'w frawd eistedd mewn cadair esmwyth.

"Own – meddwl pwy alle fod wedi trefnu'r peth."

"Y peth?"

"Saethu Rhian."

"O, ie – wrth gwrs."

Syllodd Gwilym arno'n ddeallus.

"O'dd hi'n golygu lot i ti."

"O'dd."

"Ma'n flin 'da fi."

"Diolch."

Roedd y ddau wedi bod yn agos at ei gilydd erioed, yn agos o ran oed ac yn agos fel dau frawd mewn teulu clòs o chwech. Ffarmwr oedd eu tad, Idris, a'i fferm gymysg yn magu defaid a gwartheg, gan hebrwng lloi ac ŵyn i'r farchnad yn nhre Caerfyrddin yn gyson, ac yn tyfu dolydd o wair a chaeau o wenith. Er fod y cwota llaeth wedi'i werthu i foddio cymydog anghenus llwyddai'r fferm i ffynnu'n foddhaol.

Roedd yntau a'i wraig, Eileen, wedi treulio bywyd digon bodlon a hapus yn magu pedwar o blant – Lyn, Gwilym, Meirwen ac Eifion. Yr unig ofid a gafodd y ddau ar wahân i ofidiau arferol rhieni pan fyddai salwch yn taro plentyn, oedd nad oedd Lyn na Gwilym yn dangos unrhyw awydd i briodi nac i ddilyn eu tad o ran galwedigaeth, ond rhoddwyd diwedd ar y gofid olaf hwnnw pan ddangosodd Eifion ddiléit; daeth yn ddealledig y byddai yntau, y mab iengaf, yn etifeddu ryw ddydd. Roedd sefyllfa Meirwen yn wahanol a hithau'n ferch er ei bod yn dwlu ar fywyd fferm; nid oedd hynny'n golygu y câi'r un ystyriaeth ag Eifion pan ddôi'r dydd i Idris ymddeol ond roedd hi eisoes yn caru'n dynn â ffermwr ifanc a hithau'n ddwy ar hugain oed, ac yn gweld ei dyfodol fel dyfodol ei mam, yn wraig fferm fodlon ar ei byd. Ac ni fyddai dim yn plesio'u mam yn fwy na chael ŵyr neu ddau i'w hanwylo yn y man. Roedd gyrfa Gwilym yn plesio hefyd – mor braf oedd gallu sôn am ei mab yn 'ddoctor' gan wybod y byddai hynny'n ennyn teimladau o edmygedd yn ei gwrandawyr. Rywsut doedd dim cymaint o wefr i'w gael wrth ddweud fod Lyn yn dilyn gyrfa yn y gwasanaeth tollau a bod ei waith yn peri iddo deithio gryn dipyn ar hyd a lled gwledydd Prydain a thramor. Nawr, petai'n gyfreithiwr neu'n gyfrifydd neu'n feddyg fel ei frawd byddai'n stori wahanol.

"Wyt ti wedi mynd i rywle eto."

"Hm? O – ma'n flin 'da fi – meddwl beth wy'n mynd i wneud nesa own i."

"Fel beth? Pam nad ei di i Bant-y-weirglodd? Fe fydden nhw'n falch i dy weld ti."

"Bydden, sbo."

Fe fyddai'i rieni'n falch i'w weld ac fe gâi bob maldod gan ei fam ar ôl bod oddi cartref gyhyd. Ond doedd arno ddim awydd i'w hwynebu a gorfod ateb cwestiynau am Rhian ac am eu perthynas – ac am achos ei marwolaeth yn enwedig. Fe fyddai hynny'n ennyn gofid yn ogystal ag arswyd yn eu meddyliau. Fe rôi alwad ffôn iddyn nhw rywbryd ac addo mynd adre i'w gweld y tro nesa y byddai'n ôl ym Mhrydain.

Yn gynnar fore trannoeth roedd Lyn yn gyrru ar hyd yr M40 ar ei ffordd i angladd Rhian.

PENNOD 2

ROEDD HI'N BWRW glaw mân cyson pan gyrhaeddodd Lyn Aberystwyth a'r cymylau isel a'r lleithder yn chwanegu at ddiflastod y dydd.

Roedd y ceir ar ochr y ffordd yn tystio i bresenoldeb cynulleidfa niferus yn yr Eglwys a bu rhaid i Lyn adael ei gar ym mhen arall y pentref, bron iawn, a cherddded y canllath a hanner at yr eglwys gan fotymu'i got law'n dynn yn erbyn y glaw. Roedd lle yn y rhesi cefn a digon o gynulleidfa i ganiatáu iddo eistedd yno heb dynnu sylw.

Roedd y gwasanaeth yn syml ac yn ôl y patrwm, a'r offeiriad, henwr tal a main a sbectalog, yn rhoi'r argraff na fyddai'n hir cyn y dôi'i dro yntau.

Byr oedd ei anerchiad ond heb fod yn oeraidd, anerchiad hydeiml gweinidog nad oedd yn dymuno estyn poen y galarwyr yn fwy nag oedd rhaid. Soniodd am 'ddirgel ffyrdd' y Goruchaf a'r tristwch o golli un mor ifanc, mor brydferth ac mor ddawnus, un oedd â chymaint i'w gynnig i gymdeithas ac i'w thylwyth yn enwedig. 'Yr Arglwydd sydd yn rhoddi, yr Arglwydd sydd yn cymryd i ffwrdd. . .'

Pan gyrhaeddodd y man yn y gwasanaeth lle cyfeiriodd at Dduw yn cymryd 'enaid ein chwaer, Rhian,' ato'i hun gwasgodd Lyn ei ewinedd i'w gledrau mewn ymdrech i'w gadw'i hun rhag neidio ar ei draed a gweiddi nad Duw oedd wedi dewis mynd â hi ond dynion yn eu trachwant a'u pechod a'i fod yntau mor gyfrifol â neb. Pam na fyddai wedi archwilio'r car cyn cyrraedd Portsmouth ac yntau'n ofni ei bod hi, Rhian, o dan amheuaeth? Fe fyddai wedi gallu'i chroesholi – a gwaredu'r cyffur dros ochr y llong hyd yn oed rhag iddi gael ei dala. Roedd yn wir y byddai hi mewn perygl wedyn o gael ei herlid gan y giwed am fethu trosglwyddo'r cyffur i'r aelod nesaf yn y gadwyn ddieflig ond o leiaf fe fyddai yntau mewn safle i'w gwarchod ac i osod magl ar gyfer aelodau'r gadwyn gyda chymorth yr Heddlu.

Petai e ond wedi. . . Mor hawdd oedd dannod iddo'i hun ei ddiffyg meddwl a'i dwpdra ond ddôi hynny ddim â Rhian 'nôl yn fyw dim ots faint o edifeirwch oedd yn ei fynwes.

Safodd ar yr ymylon pan aethpwyd at y bedd agored rhag i'r galarwyr sylwi arno'n ormodol. Pan suddodd yr arch o'r golwg roedd ei wddw'n sych a chefn ei geg yn gwynegu yn yr ymdrech i ymladd yn erbyn y dagrau hiraeth. Crymodd ei ben wrth i'r tad a'r mab gerdded heibio'n araf gan gynnal mam Rhian rhyngddyn nhw, a'r galarwyr eraill yn dilyn. Roedd rhyw gryfder yn Elis Davies erbyn hyn nad oedd yn amlwg yn y cwest, fel petai baich gofidio am ei wraig yn rhoi nerth iddo. Roedd ei hwyneb yn welw a'i llygaid wedi cau fel petai gweld y byd o'i chwmpas yn rhy boenus iddi; roedd yn amlwg hefyd ei bod hi wedi mynd y tu hwnt i wylo bellach. Digwyddodd i olygon Elis Davies daro ar Lyn am eiliad wrth iddo gamu heibio ar hyd y llwybr cul o'r fynwent i'r heol ond ni ddaeth fflach o adnabyddiaeth i'r llygaid. Crymodd Lyn ei ben mewn ystum oedd yn gymysgedd o barch ac o gydymdeimlad – ac o euogrwydd.

Roedd Lyn mewn cyfyng-gyngor; roedd y rheswm amlwg dros fod yno wedi darfod gyda disgyniad yr arch i'r pridd. I'r galarwyr gallai fod yn gydnabod o bell i'r ymadawedig, yn rhywun oedd wedi dod i dalu'r deyrnged olaf iddi oherwydd cysylltiadau gwaith, o bosibl. Doedd e ddim wedi llenwi'r cerdyn bach i nodi'i bresenoldeb. Gallai lithro oddi yno heb i neb amau dim yn ei gylch, cyn i neb ddod ato i holi am ei gysylltiad â Rhian ac i ddiolch iddo am ddod. Ond fe wyddai na allai ymadael a gadael pethau fel yr oedden nhw – ni allai adael i Rhian bydru yn y bedd heb wneud dim i ddial ar ei llofrudd. Roedd angen iddo wneud ymholiadau ymhlith y galarwyr, boed nhw'n dylwyth neu'n gydnabod iddi, yn y gobaith o ddod o hyd i wybodaeth, rhyw gliwiau, a'i harweiniai at drywydd y drwgweithredwyr. Ni allai feddwl sut wybodaeth a allai fod o werth – cyfeiriad neu enw o bosibl – unrhyw beth a allai fod yn fan cychwyn iddo holi'n bellach. Ei broblem oedd sut i wneud ei ymholiadau heb godi amheuon nac achosi loes meddyliol i'r teulu galarus.

Ystyriodd y posibilrwydd o gymryd arno fod yn ohebydd ond rhoes y gorau i'r syniad wrth feddwl y byddai gohebwyr y papurau lleol yn wynebau cyfarwydd i'r teulu a go brin y byddai papurau Llundain â diddordeb mewn angladd mor ddistadl. Efallai y byddai cyfaddef ei fod yno oherwydd cyfeillgarwch neu gydnabyddiaeth gwaith yn rheswm derbyniol gan y teulu – oherwydd byddai'n gorfod cysylltu â nhw rywfodd, rywbryd, ac egluro'i bresenoldeb. Y cwestiwn oedd ble a pha bryd.

Penderfynwyd hynny drosto'n sydyn.

Wrth iddo gyrraedd y glwyd i'r heol gan feddwl troi i'r chwith i gerdded at ei gar teimlodd gyffyrddiad ar ei fraich dde. Cyffrôdd wrth weld brawd Rhian yn syllu arno ac yn estyn ei law.

"Diolch i chi am ddod."

" 'Na'r peth lleia allwn i wneud."

Roedd ei lais yn floesg ac yn cydio yn ei lwnc wrtho iddo ymateb gan geisio cadw'r cryndod ohono.

"Iwan, brawd Rhian ydw i. Ydych chi 'di dod o bell – Mr. . . ?"

"Lyn – Lyn Owen – o Lunden – ond rown i'n nabod Rhian yn Ffrainc – wedi cwrdd â hi yn St Cyprien."

"O."

"Ac fel Cymro a Chymraes fe geson ni dipyn o gwmni'n gilydd. A gweud y gwir, fe deithion ni'n ôl ar y llong i Portsmouth yr un pryd. Ac rown i yn y cwest yn Portsmouth."

Roedd yn ymwybodol fod Iwan Davies yn craffu arno fel petai cwestiynau di-rif yn ymffurfio yn ei feddwl.

"Rown i'n meddwl 'mod i wedi'ch gweld chi o'r blaen yn rhywle. Grondwch, Mr Owen – mi licwn i chi gwrdd â 'mam a 'nhad."

"Dwy i ddim yn moyn ymyrryd yn eich galar fel teulu, Mr Davies."

"Ddim o gwbl – fe fydden nhw'n falch i ga'l siarad â rhywun oedd yn nabod Rhian yn Ffrainc. Os nad oes brys arnoch chi i fynd 'nôl i Lunden, wrth gwrs."

"Nac o's – ddim o gwbl."

"Falle licech chi ddod draw i'r tŷ."

"Wrth gwrs. Mi ddilyna i chi – os ych chi'n siŵr."

Nodiodd Iwan – roedd yn hollol siŵr y byddai cael siarad ag ef am Rhian yn gysur i'w rieni.

* * *

Tŷ trillawr yn Ffordd Caradog oedd Parc-y-Glyn a godwyd, gellid meddwl, tua dechrau'r ganrif. Roedd y gwaliau o frics tywyll a chawsai ymylon pren y ffenestri a'r drws allanol eu paentio'n lliw hufen. O flaen y tŷ roedd gardd flodau'n llawn o goed rhosod tal ac amryliw obeutu'r llwybr sment. Wrth i Lyn ddilyn rhes o geir eraill roedd y car angladdol eisoes wedi cychwyn ar ei ffordd adref ar ôl gorffen ei orchwylion am y dydd. Parciodd ei gar ym mhen ucha'r stryd a cherdded 'nôl i gyfeiriad y tŷ. Doedd ganddo ddim dewis bellach ond wynebu'r teulu a cheisio egluro'i bresenoldeb yno orau y gallai heb greu cynnwrf na gofid. Camodd i mewn trwy'r drws agored a chael ei gyfeirio gan wraig ganol-oed mewn ffrog flodeuog laes a rhyw esgus o ffedog ffrilog amdani i droi i'r dde i'r parlwr blaen, gan addo dod â 'dished o de' iddo yn y man. Roedd yn amlwg ei bod hi'n un o'r rhai oedd yn 'helpu' yn ystod yr achlysur trist, rhyw gymdoges gymwynasgar oedd wedi bod yn torri brechdanau ham a chiwcymber ers meitin. Camodd i'r parlwr a sefyll yn anniddig yn y drws o flaen llond stafell o ddieithriaid. Pobl ganol oed oedd yno'n bennaf ac amryw ohonyn nhw'n rhannu digon o'r un nodweddion pryd a gwedd i gyhoeddi eu bod nhwythau'n berthnasau gwaed i'r prif alarwyr. Roedd y gwragedd yn eistedd ar gadeiriau esmwyth tra oedd y dynion yn clystyrru o gwmpas y lle-tân di-dân mewn dealltwriaeth ddistadl fod disgwyliad i'r ddau ryw gadw ar wahân ar achlysur o'r fath. Ar ganol y llawr roedd bord fach gyda lliain o les gwyn arni a fyddai ar adegau hapusach yn orffwysfan i Feibl mawr teuluol. Arni roedd nifer ddirifedi o lestri te a phlateidiau o frechdanau a bara brith a theisennod. Gyda drych go fawr uwch y silff-ben-tân a phiano cefnsyth yn sefyll yn erbyn y wal gyferbyn â chwpwrdd llyfrau llawn o gyfrolau dysgedig yr olwg, roedd yn union yr hyn a ddisgwyliai weld mewn tŷ i ysgolhaig o offeiriad. Yna llamodd ei galon wrth weld llun o Rhian mewn ffrog dywyll, syber, a dillad academaidd ar y silff-ben-tân; roedd ei hwyneb yn fwy crwn o ychydig fel petai heb lwyr golli bloneg plentyndod pan dynnwyd y llun. Ond roedd y llygaid glas yn llawn afiaith a gobaith a heb yr olwg gyhuddgar ac o ddadrithiad a welodd y diwrnod erchyll hwnnw yn Portsmouth pan sylweddolodd hithau mai swyddog tollau oedd ef. Gwelodd hefyd fod rhuban du wedi'i ddodi ar hyd ffrâm y llun yn arwydd o fwrnin.

"Paned o de – Mr. . . ?"

Y wraig yn y ffrog flodeuog oedd yno.

"Lyn Owen. . . Diolch."

Gwelodd y chwilfrydedd yn ei llygaid.

"Owen – nid un o'r tylwyth, 'te?"

"Nage – ym – ffrind."

"Ffrind."

A'r llygaid a'r meddwl busneslyd yn tafoli a chloriannu awyddocâd y gair.

"Ie – doeddwn i ddim yn nabod Rhian mor dda â hynny – wedi cwrdd â hi'n ddiweddar wrth 'y ngwaith."

"O – wel, helpwch eich hunan i sangwitshes, on' gwnewch chi?"

Wedi penderfynu nad oedd deunydd rhamant yn y dyn ifanc trodd y foneddiges at ei gorchwylion ac anghofio amdano. Doedd fawr o wylder arno; dechreuodd yfed y te a'i gael yn gryf a braidd yn felys. Byddai wedi hoffi'i roi i lawr heb ei yfed ond byddai hynny'n beth anghwrtais, meddyliodd. Syllodd ar y dynion, yn barod i wenu ac ateb cyfarchiad petai galw.

Un peth oedd yn ei blesio oedd nad oedd gwledd wedi'i thaenu mewn festri ar eu cyfer. Roedd yr arswyd a deimlodd adeg angladd ei fam-gu'n dal yn fyw yn ei gof – am y galar a'r dagrau yn y capel yn ystod y gwasanaeth, a'r chwerthin hysterig yn y festri wedyn dros y byrddeidiau o deisennod a llestri te gwyn.

"Mr Owen – fan hyn 'ych chi."

Iwan Davies oedd yno, wedi diosg ei got law, ac yn gwenu'n

gyfeillgar arno.

"O hylô, Mr Davies."

Tawodd heb wybod beth i'w ddweud nesa; byddai'r ystrydebau am y tywydd a'r daith yn anaddas ac yn awgrymu meddwl llwm a gwag.

"Falle licech chi ddod i ga'l gair â 'mam a 'nhad nawr?"

"Wrth gwrs."

Y teulu agos yn unig oedd yn y stafell gefn, neu'r 'rhwm ford' ys dwedai'i fam – y tad a'r fam a gwraig ifanc a phlentyn bach ar ei harffed. Arweiniodd Iwan y ffordd a chododd ei dad i ysgwyd llaw.

"Dyma Mr Owen – 'nhad a mam – a Greta 'ngwraig i. . . a Llinos fach."

Gwenu ac ysgwyd llaw gan deimlo'n lletchwith, yn ddieithryn ewn oedd yn ymyrryd mewn tŷ galar. Os oedd y sgwrsio yn y parlwr ffrynt yn brysur, roedd yr ymdeimlad o dristwch a hiraeth yn llethol yn y stafell gefn, ac roedd hynny'n gysur iddo; fel hynny y dylai pethau fod mewn teulu clòs a chariadus – torri calon a hiraethu ac yna gadael i falm amser wneud ei waith gan bwyll bach. "Diolch i chi am ddod, Mr Owen – dewch i ishte. O'dd Mr Owen yn nabod Rhian mas yn Ffrainc, Meri."

"O'dd e, wir?"

Llais tawel a dideimlad – fel petai hi'n rhy flinedig i ddangos emosiwn, neu fel petai tynged erchyll ei merch wedi rhoi ergyd oedd yn ymylu ar fod yn farwol iddi ac wedi'i hamddifadu o ynni a bywiogrwydd. Roedd y tebygrwydd rhyngddi a Rhian yn hawdd i'w weld – yr un llygaid glas a chroen golau ond bod amser wedi gosod ei linellau chwerthin o gwmpas corneli'i llygaid, a rhygnau dyfnach ar draws ei thalcen. Ond roedd yn dal yn wraig hardd – urddasol, yn wir – a'i bochau'n llyfn a'i gwasg yn fain a'i chefn yn syth er nad oedd yn fawr o gorffolaeth.

"Oeddwn."

Oedodd mewn ansicrwydd, yn ymbalfalu am eiriau – sut i ddweud digon heb godi amheuaeth? Dyna pryd y dechreuodd y plentyn bach wingo ar gôl ei fam a chadw sŵn. Cododd hithau.

"Ma' hi 'di blino – os esgusodwch chi fi, mi a' i â hi i'r llofft."

Roedd tinc o siomedigaeth yn ei llais, yn awgrymu yr hoffai fod wedi aros ond roedd y plentyn bach rhwyfus yn ymyrryd ac yn mynnu sylw; amhosibl fyddai cael sgwrs gall a hwnnw yno. Ond yn ystod yr eiliadau a gymerodd y fam ifanc i ymadael â'r stafell roedd Lyn wedi cael cyfle i feddwl beth a ddwedai.

"Mi ddes i nabod Rhian ychydig wythnose'n ôl – yn St Cyprien; digwydd mynd yno ar fusnes – gwerthu cyfrif-iaduron – ac fe gwrddson ni'n hollol ddamweiniol."

"O?"

"Mi es i am dro gan feddwl mynd i nofio a gwneud tipyn o hwylio – a Rhian o'dd yn gofalu am y pethe."

"A mi ddeloch chi'n ffrindie."

Roedd fel petai tad Rhian yn ei borthi yn ei awydd i glywed yr hanes ac roedd mam Rhian yn syllu arno, ond nid yn fusneslyd fel y wraig arall; gallai synhwyro ei bod yn falch i glywed yr hanes.

"Do – eitha – wel, chi'n gwbod – Cymro a Chymraes mewn gwlad ddiarth. . ." Ceisiodd swnio'n ddidaro. ". . . A fel digwyddodd hi, own i ar fin dod tua thre am dipyn o wylie a fe wedodd fod awydd mynd adre i Gymru arni hi hefyd a mi gynigies iddi hi ddod gyda fi yn 'y nghar i."

Gallai deimlo llygaid y fam yn craffu arno fel petai'n ceisio treiddio i'w feddwl, nid i fusnesa ond i amgyffred.

"Yn eich car chi?"

"Ie – fel yr eglures i i'ch mab gynne. O'dd 'da fi docyn ar gyfer y llong o Santander i Portsmouth – ac ro'dd y syniad o fordaith adre'n apelio iddi yn lle teithio ar 'i phen 'i hunan mewn trên ar draws Ffrainc."

"Ond ddaethoch chi ddim 'nôl i Gymru'n syth." Iwan yn ei holi'r tro hwn.

Gwelodd rediad ei feddwl. Petai wedi hebrwng Rhian adre i Gymru fe fyddai hi'n dal yn fyw.

"Own i'n gorfod mynd yn syth i Lunden – o'dd rhaid i fi'i gadel yn Portsmouth."

"Mr Owen – ydych chi'n gweud y gwir wrtho' i?"

Wrth glywed cwestiwn mam Rhian teimlodd ei galon yn cyflymu – oedd e'n dwyllwr mor aneffeithiol â hynny?

"Dwy i ddim yn deall, Mrs Davies – pam fyddwn i'n gweud celw'dd wrthych chi – heddi' o bob diwrnod?"

"I sbario'n teimlade ni, falle. Wedi'r cyfan, does neb wedi esbonio inni pam y bu Rhian farw o dan amgylchiade amheus a beth o'dd hi'n wneud mewn car yng nghenol y New Forest. Allwch chi weud wrthyn ni?"

Oedodd Lyn mewn ansicrwydd. Sut gallai egluro fod Rhian yn cario cyffuriau heb beri sioc a phoen iddyn nhw?

" 'Ych chi'n gweld, Mr Owen, wy i 'di bod yn poeni'n ddirfawr am gyflwr 'i henaid hi."

" 'I henaid hi, Mr Davies?"

"Yn hollol. Os lladdodd Rhian 'i hunan ma' 'na oblygiade. . ."

"Goblygiade?"

"Do's neb yma'n gallu deall pam y bydde Rhian o bawb ag achos i ladd 'i hunan, Mr Owen. Chi yw'r person ola bron i'w gweld hi'n fyw. Gwedwch wrthyn ni – shwd o'dd hi pan oech chi'n 'i nabod hi? Wedech chi 'i bod hi'n diodde o iselder ysbryd, er enghraifft?"

"Ddim o gwbwl – ro'dd hi'n hapus ac yn mwynhau bywyd ac yn edrych mla'n at fynd tua thre i'ch gweld chi i gyd. . ."

"Ond ma' hynny'n awgrymu taw rhywun arall laddodd hi."

"Wedwyd mo hynny yn y cwest, Dad."

Trodd Elis Davies ei lygaid at ei fab ac yna at Lyn.

"Naddo – ond os o'dd Rhian yn hapus fydde hi byth wedi lladd 'i hunan. Beth yw'ch barn chi, Mr Owen?"

"Rhaid i fi gytuno â chi, Mr Davies. Yn ystod yr amser byr y des i i'w nabod hi weles i ddim arwydd o gwbl o iselder ac ma'n anodd iawn 'da fi gredu taw hunanladdiad o'dd e – ac fel chi wy 'di bod yn crafu 'mhen yn trio meddwl pwy fydde â rheswm dros saethu Rhian. Yr unig beth y galla i feddwl. . ."

Oedodd wrth deimlo tri phâr o lygaid yn craffu arno, yn pwyso a mesur pob gair o'i enau.

"Ewch mla'n, Mr Owen – ŷn ni'n moyn ca'l gwbod."

"Cyffurie."

Tynnodd Mrs Davies anadl sydyn.

"Beth yn hollol 'ych chi'n feddwl?"

"Y dyddie hyn, fe wnaiff dynion unrhyw beth i ga'l arian i brynu cyffurie. . ."

"Un o arwyddion trist yr o's, Mr Owen."

"Yn hollol, Mr Davies – a'r unig beth sy'n dod i 'meddwl yw fod rhywun wedi saethu Rhian er mwyn twgyd 'i harian hi – arian i brynu cyffurie."

Roedd sylw'r tri'n llethol yn sydyn.

"A – wel – does dim rheswm tu ôl i feddylie dyn sy'n gaeth i gyffur – mi laddiff yn gwbwl ddireswm. Fe fydde'n ddigon petai'n gweld nad o'dd fawr ddim arian 'da Rhian yn 'i bag llaw."

"Dyw hynny ddim yn esbonio shwd da'th hi i fod ar 'i phen 'i hunan mewn car yn y New Forest, chwaith."

"Nac yw – ma' hynny wedi bod yn 'y mhoeni i he'd – yr unig beth alla i feddwl amdano yw fod Rhian wedi rhentu car yn Portsmouth yn lle dala'r trên a'i bod hi wedi gyrru i'r New Forest. O'dd hi'n bwriadu ffonio rhywun – rhyw ffrind – i ddod i gwrdd â hi. Falle'u bod wedi trefnu cwrdd yno."

"Wedodd hi pwy?"

Ysgydwodd Lyn ei ben. Doedd rhaffu celwyddau'n rhoi dim pleser iddo ond roedd hynny'n well ganwaith na dweud y gwir am ran Rhian yn y gadwyn gyffuriau. Roedd Danvers Rowe wedi bod yn hollol bendant nad oedd neb i fod i glywed y gwir – ddim hyd yn oed ei theulu hi.

"Naddo – ffrind o ddyddie coleg, wy i'n meddwl, rhywun yn ardal Portsmouth."

"Tasech chi wedi aros gyda hi nes bod 'i ffrind yn cyrraedd fe fydde hi'n dal yn fyw."

"Meri!"

"Mae'n wir, on'd yw e?"

"Mrs Davies – ydych chi ddim yn meddwl 'mod i'n gwbod 'ny? Wy i'n teimlo'n gyfrifol! Wy i'n ffaelu peidio â meddwl taw fi hebryngodd hi i'w marwolaeth! Tasen i ond yn gallu troi'r cloc 'nôl. . ."

"All neb wneud 'ny, Mr Owen. . ."

"Ond ydych chi ddim yn gweld? Mi ddes i i'r angladd heddi' nid yn unig i hebrwng Rhian a rhannu peth o'ch galar chi ond i feddwl shwd galla i wneud rhywbeth – unrhyw beth – i ddala pwy bynnag laddodd hi!"

Roedd llygaid Mrs Davies yn craffu arno. Roedd hi'n wraig ddeallus – yn synhwyro fod mwy i'r stori, fod ganddo ran arbennig yn y busnes; ni fyddai rhywun cymharol ddiarth yn ymboeni – rhaid ei fod mewn cariad â Rhian. . . Doedd dim angen i Lyn ddweud gair, roedd yr olwg ar ei wyneb yn ddigon o gadarnhad. . . Nodiodd hithau ei phen mewn dealltwriaeth ddistadl.

"Ar ôl ychydig wythnose o adnabyddiaeth?"

"Credwch 'ny neu beidio, Mr Davies – alla i ddim cymharu 'ngholled i â'ch colled chi fel teulu – ond y cyfan wy'n wybod yw 'mod i'n teimlo'n gyfrifol, yn euog os mynnwch chi, ac wy i'n moyn dod o hyd i bwy bynnag saethodd hi a dial arno fe! Allwch chi dderbyn hynny?"

"Nid yn unig y galla i dderbyn 'ny ond weda i lwc dda i chi – neu 'bob bendith' ys gwede Elis – ar eich ymdrechion. Os llwyddwch i ddala'r diawl laddodd 'y merch i fe gysga i ychydig bach yn fwy esmwyth wedyn."

Os oedd Elis Davies yn synnu at eiriau'i wraig ni ddangosodd hynny.

"Mr Owen – ŷn ni'n gwerthfawrogi'ch awydd i ddod o hyd i'r llofrudd – ond beth allwch chi wneud yn hollol? Nid plismon 'ych chi."

"Nage, Mr Davies, ond ma' 'da fi ffrind sy'n dditectif go uchel yn Llunden." Prin yr hoffai Danvers Rowe feddwl amdano'i hun yn y fath dermau, meddyliodd.

"Mr Owen, os meddwl am ddial yn unig ydych chi cofiwch fod Iesu Grist yn galw arnon ni i faddau i'n gelynion ac fel mae'r Ysgrythurau'n ddweud – ' "Myfi biau dial" medd yr Arglwydd'. . ."

"Stwffia dy Ysgrythure, Elis! Mr Owen – os gallwch chi wneud rhywbeth i ddal y cythrel laddodd 'y mhlentyn i mi fydda i'n ddiolchgar i chi tra bydda i byw!"

Pennod 3

Roedd hi wedi bod yn noson hir a blinderus rhwng popeth. Roedd yr ymwelydd olaf, ar wahân i Lyn, wedi ffarwelio â'r teulu galarus yn Aberystwyth. Treuliodd oriau'n eu holi ynglŷn â Rhian, yn llenwi bylchau yn ei wybodaeth amdani ac yn agor trywyddau newydd. Fe wyddai wrth gwrs fod ei Ffrangeg yn rhugl a bod ganddi radd yn yr iaith. Roedd hi wedi dangos medrusrwydd mewn Sbaeneg hefyd ar y ddau dro y bu'r ddau yn Sbaen ond digon prin oedd ei wybodaeth ef o'r iaith honno.

Roedd Mrs Davies wedi mynnu ei fod yn aros i swper ar waetha'i brotestiadau. Roedd ei hiraeth am Rhian – a'i dycnwch a chryfder ewyllys – wedi gwneud argraff ddofn arno. Wrth yrru'n ôl i Bant-y-weirglodd gallai'i gweld y foment honno yn eistedd yn gefnsyth ar ei chadair ledr a'i llygaid yn treiddio i'w lygaid yntau.

"Mr Owen – os gallwch chi wneud rhywbeth i ddal y cythrel laddodd 'y mhlentyn i mi fydda i'n ddiolchgar i chi tra bydda i byw!"

* * *

Iwan aeth ag ef i weld pethau Rhian. Roedden nhw wedi cadw'r stafell yn barod ar ei chyfer a heb newid dim. Glas golau oedd y motiff ac roedd y celfi coed pin wedi'u paentio yn y lliw hwnnw ac yn taro i'r dim gyda'r llenni gwynion â llinynnau glas yn igam-ogamu i lawr o'r pen i'r godre. Ar y silff-ben-tân roedd ffotograff ohoni ar ddydd ei graddio a'i theulu o'i chwmpas ac un arall ohoni fraich-fraich â merch arall tua'r un oed â hi. Syllodd yn hiraethus ar ei hwyneb hapus a hwnnw'n llawn asbri a mwynhad. Ar y gwaliau roedd tystysgrif y London School of Music yn cyhoeddi iddi gyrraedd safon VI wrth ganu'r piano a'i thystysgrif gradd *magna cum laude*. Wrth ymyl y bwrdd gwisgo gyda'i lwyth o boteli bach a llestr *pot-pourri*, roedd y llyfrau ar yr estyll yn perthyn i wahanol gyfnodau'i bywyd. Ymhlith llyfrau ei phlentyndod oedd *Llyfr Mawr y Plant* a *Teulu Bach Nant Oer* a dwsinau o chwedlau Enid Blyton, ac *Ann of Green Gables* a *Little Women*. Ar un astell llyfrau coleg oedd yno'n bennaf, yn gymysgedd o *Hanes Llenyddiaeth Gymraeg* a dramâu John Gwilym Jones a Saunders Lewis a *Rhys Lewis* a llyfrau clawr meddal o Ffrainc – clasuron yn bennaf – dramâu Racine a Molière, *Eugénie Grandet* gan Balzac, geiriadur Larousse, *Le Rouge et Le Noir* gan Stendhal. Sylwodd ar gardiau post wedi'u gludio ar gefn y drws – o Nice a Cannes a Lourdes a Paris, ac un o'r marina yn St Cyprien. Craffodd ar y cerdyn gyda'i ddarlun cyfarwydd – y cychod pleser wrth ymyl y cei a phobl ifainc hanner noeth yn torheulo, a rhyw ferch yn y pellter yn gwenu i gyfeiriad y camera fel y bu Rhian yn ei wneud ychydig wythnosau'n ôl. Sylwodd, gan deimlo cnepyn yn ei wddw, fod y cerdyn wedi'i anfon ychydig wythnosau cyn iddo gwrdd â hi am y tro cynta hwnnw, cerdyn â neges hapus a diofal – "Bywyd yn braf yma a'r tywydd yn fendigedig. Wedi bod yn Perpignan ddoe yn siopa er mwyn osgoi'r twristiaid ond heb gael unrhyw fargen chwaith. Yn gobeithio dod adref cyn bo hir iawn am wyliau – Cariad, Rhian."

Dod adref am wyliau – ond nid i aros, chwaith, gan hynny.

Trodd i wynebu Iwan Davies oedd yn sefyll wrth y ffenest ac yn edrych allan i'r ardd.

"Mr Davies. . ."

Trodd Iwan ei ben ac edrych arno a rhoi gwên fach – y math o wên gynnil a roddai rhywun oedd newydd fod drwy brofedigaeth.

"Galwch fi'n Iwan, da chi."

"Iwan, gwedwch wrtho' i, o's 'da chi unrhyw wybodaeth am beth o'dd Rhian yn wneud – ble buodd hi'n gweithio – cyn mynd i St Cyprien?"

"O's. Paris i ddechre – o'dd hynny beder blynedd 'nôl, siŵr o fod. Ac yna fe ddechreuodd hi symud obeutu'r wlad a mynd yn bellach, bellach i'r De bob tro."

"Fel ble?"

"Lyons, Aix en Provence, Marseille."

"Marseille? Fe allen ni fod wedi bod 'no yr un pryd."

"Gallech, sbo, ond yna fe a'th 'nôl i Paris am tua blwyddyn ond y peth nesa glywson ni o'dd 'i bod hi 'di symud i St Cyprien 'beutu'r Pasg dwetha – am dipyn o newid, medde hi."

"Medde hi?"

"Ie – wedi ca'l digon ar waith swyddfa ac yn moyn ca'l bywyd awyr agored dros yr haf."

Bywyd yn yr awyr agored – roedd yn rheswm digonol o gofio hinsawdd hyfryd De Ffrainc; ar ben hynny fe fyddai'n gyfle i gwrdd â phobl, mynd i rywle newydd, cael profiadau newydd.

"Cofiwch – wy i'n gallu meddwl am reswm arall dros adael Paris."

"O?"

"Albert – Albert Dupont – fe fuon nhw'n caru'n dynn ond

– dwy i ddim yn gwbod beth a'th o'i le – dda'th dim byd ohono."

"Pryd o'dd hyn?"

"Yn weddol ddiweddar – os gofynnwch i fi – 'na pam gadawodd hi Baris."

Anwesodd Lyn ei wefus isaf rhwng bawd a bys a'i feddwl yn rhedeg dros y posibiliadau. Albert Dupont, cyn-gariad iddi – ei chyswllt yn y Gadwyn, o bosibl – dyn wedi'i siomi mewn cariad. A allai hwn fod â bys yn y potes? Ac eto sut byddai hwnnw'n gwybod fod Rhian wedi'i restio yn y porthladd yn Portsmouth? Nage – rhywun yn Lloegr oedd yn gyfrifol; ond os o'dd Albert yn perthyn i'r Gadwyn mater hawdd fyddai trefnu iddo ddod draw dros nos – dyn a fyddai'n awchu am ddial, yn enwedig petai'n credu fod ei gyn-gariad bellach yn caru â rhywun arall. Ond er fod Paris yn agos o ran amser, eto i gyd, a fyddai angen dod ag Albert o Paris dros nos i lofruddio Rhian pan oedd gan y Gadwyn ei gweision wrth law i wneud y gwaith?

Ar y llaw arall, fe allai fod Albert yn gwbl ddiniwed, ond yn werth ei holi am gysylltiadau Rhian yn Ffrainc, serch hynny.

Sylweddolodd iddo fod yn delwi yno wrth i Iwan siarad.

"Mae'n flin 'da fi, wedsoch chi rwbeth?"

"Eich gweld chi'n synfyfyrio."

"Meddwl am yr Albert 'ma own i – 'sgwn i a fydde modd ca'l gafel arno fe?"

Gwnaeth Iwan ystum o amheuaeth â'i wyneb, gan godi'i ben yn sydyn a gwthio'i wefus isa allan.

"Bydde, am wn i. Mae'n siŵr fod 'i gyfeiriad e ymhlith 'i phapure yn rhywle – oni bai iddi waredu'r cyfan pan bennon nhw â'i gilydd."

Nodiodd Lyn. Hawdd y gallai Rhian fod wedi gwneud hynny.

"O's 'da chi amcan beth o'dd 'i waith?"

Oedodd Iwan wrth geisio galw i gof.

"Dyn busnes o ryw fath."

"Ac wy i'n casglu'i fod e'n byw ym Mharis."

"O'dd – pan o'dd Rhian ag e'n ffrindie – ond mae Paris yn ddinas go fowr a mae'r enw Dupont mor gyffredin yno ag yw Jones yng Nghymru, ma'n siŵr."

"Oech chi'n gwybod beth o'dd enw'r cwmni o'dd e'n gweithio iddo?"

Ysgydwodd Iwan ei ben.

"Un o'r cwmnïe mawr cydwladol, ond 'chlywes i mo'r enw erio'd – a chyn i chi ofyn wy i'n hollol siŵr na fydde gan 'nhad a mam ddim syniad chwaith."

Oedodd Iwan a'i lygaid yn syllu drwy'r ffenest eto; yna edrychodd ar Lyn eto.

"Yr unig beth galla i awgrymu. . ."

"Ie?"

"O'dd 'i dad yn ysgolfeistr mewn rhyw bentre bach yng nghanol Ffrainc – rhywle'n dechre ag ec. . ."

"Clermont-Ferrand?"

"Nage, pentre bach, nid tref. . . ec – ym – wy i'n cofio – Condat. . ."

"Condat."

"Ie – Condat sur rhywbeth neu'i gilydd – yn agos i Limoges."

Gloywodd llygaid Lyn.

"Condat sur rhywbeth ger Limoges – fe ddyle hwnnw fod yn ddigon hawdd i ddod o hyd iddo."

"Dylai – a bwrw eich bod chi o ddifri ynglŷn â dod o hyd i Albert."

"Nid fi – fy ffrind, y ditectif. . ."

Yn sydyn synhwyrodd Lyn fod newid wedi dod dros Iwan;

roedd y boneddigeiddrwydd i ddieithryn wedi prinhau os nad wedi cilio'n llwyr a'i lygaid yn llawn amheuaeth. Roedd yr edrychiad a roes iddo bron yn elyniaethus. Teimlodd Lyn ei ymysgaroedd yn corddi eto; roedd Iwan mor debyg i Rhian o ran ei wedd.

"Lyn – nid ddo' ces i fy ngeni. Os yw 'nhad a mam wedi llyncu'ch stori chi am eich ffrind, y ditectif, cystal i chi ga'l gwybod nad ydw i ddim – ddim yn hollol, 'ta p'un."

"Dwy i ddim wedi gweud unrhyw gelw'dd wrthych chi, Iwan."

"Heblaw am gelwydd gole, falle, i sbario teimlade 'nhad a mam?"

"Wel. . ."

Oedodd Lyn cyn ateb, gan synhwyro ei fod wedi'i ddala.

" 'Ych chi'n iawn, wrth gwrs – wedes i mo'r cyfan wrthyn nhw."

"Ond fe wedwch wrtho' i?"

Syllodd Iwan arno â'r un her yn ei lygaid ag a welodd droeon yn llygaid Rhian. Tybed a allai Lyn ymddiried ynddo i gadw pethe oddi wrth ei rieni?

"Er enghraifft, rych chi'n gweithio i gwmni cyfrifiaduron, meddech chi. . ."

"Ydw."

"Ga i ofyn enw'r cwmni?"

"Cewch. Ac fe gewch chi weld fy ngherdyn – mae 'na rif y gallwch chi ffonio i holi amdana i, os licwch chi. . ."

Tynnodd gerdyn bach o'i waled a'i estyn i Iwan. Edrychodd hwnnw drosto a'i gynnig 'nôl iddo.

"Mi gymera i'ch gair chi."

"Na, cadwch e – rhag ofn y bydd rhyw daro."

"Fel beth?"

"Wn i ddim – gwedwch eich bod chi'n meddwl am rywbeth

pwysig rywdro."

"Iawn 'te."

Pocedodd Iwan y cerdyn ond roedd ei feddwl yn dal yn llawn amheuon.

"Oes unrhyw beth arall yn eich poeni?"

"Oes – pam oech chi yn y cwest?"

"Mi wedes i wrth eich mam, Iwan! Own i'n teimlo'n gyfrifol a heblaw 'ny – own i mewn cariad â Rhian. Ydi hynny ddim yn ddigon o reswm?"

Gallai deimlo llygaid treiddgar Iwan yn craffu arno.

"Mewn cariad. . ."

"Oeddwn – wy i'n credu fod eich mam wedi sylweddoli hynny. A ma' hynny'n ddigon o reswm dros fynd i chwilio am y dihiryn laddodd Rhian – a'r gwir yw 'mod i'n bwriadu mynd fy hunan."

"Mynd eich hunan?"

"Ie. Dyna'r celwydd gole. Esgus o'dd y ditectif."

"Mewn geirie eraill fe fyddech chi'n gwneud gwaith ditectif a hynny'n ddihyfforddiant a heb brofiad yn y gwaith. Mynd i chwilio am rywun sy wedi llofruddio mewn gwa'd o'r. Dyw hynny ddim yn gwneud rheswm o gwbwl – faint o siawns fydde gan amatur fel chi. . ."

"Amatur?"

Rhythodd Iwan yn syn arno.

"Beth 'ych chi'n trio gweud yw. . ."

"Nad ydw i'n gwbwl ddibrofiad – yn enwedig pan mae'n fater o ddala troseddwyr."

"O?"

"Am fod lladrata masnachol wedi tyfu'n fusnes mor anferth dros y deng mlynedd dwetha mae gan gwmnïe cyfrifiaduron 'u hadranne diogelwch y dyddie 'ma – gyda dynion a merched sy wedi ca'l hyfforddiant."

"Chithe yn 'u plith. . ."

"Yn hollol. Gyda'r union baratoad a phrofiad fydd eisie i chwilio am lofrudd Rhian."

Celwydd golau eto a rhan o'r gwir, heb ddadlennu mai wyneb cyfleus oedd y cwmni cyfrifiaduron i'r gwasanaeth tollau, ac yn sicr heb ddadlennu gwir natur ei gyswllt â'r gwasanaeth hwnnw.

"O'r gore – ond ma' 'na un peth arall. . ."

Roedd yr amheuaeth yn dal yn amlwg yn llygaid Iwan.

"Ie?"

"Ma' 'da fi rwbeth i ddangos i chi."

"O? Beth?"

Cyn ateb camodd draw at gwpwrdd dillad a'i agor a chodi parsel bach mewn papur llwyd a'i ddodi ar y gwely. Agorodd y parsel a theimlodd Lyn y gwaed yn rhuthro i'w fochau wrth weld y dillad cyfarwydd.

"O ble daeth y rhain?"

"Mae'n amlwg eich bod chi 'di'u gweld nhw. . ."

"Wrth gwrs – y dillad o'dd Rhian yn 'u gwisgo ar y llong."

"A phan gafodd 'i saethu!"

"Ma'n flin 'da fi – wnes i ddim meddwl."

"Rhywun o'r enw Perkins halodd nhw – y mul dideimlad! Fe gyrhaeddodd y parsel y bore 'ma o bob diwrnod!"

Syllodd Lyn yn fud am foment a'r atgofion yn llifo i'w feddwl – y ffrog haf amryliw a'r got wau denau oedd amdani ar fwrdd y llong ac yn y car y bore dwetha hwnnw ac yn swyddfa'r Arolygydd Allsop yn Portsmouth.

"Dwy i ddim yn synnu. Mae diffyg sensitifrwydd yn nodwedd o'r meddwl biwrocrataidd yn 'y mhrofiad i."

Caledodd llygaid Lyn. Perkins – y gwas suful diddychymyg – fe fyddai ganddo air i'w ddweud wrtho pan welai ef!

"O'dd Mam mewn dagre a weles i mo 'nhad mor wyllt

erio'd. Taswn i ond yn gallu cael gafael ar y Perkins 'ma – fe gele fe bryd o dafod, gallwch chi fentro!"

"Wel, fe allwch adel Perkins i fi."

"Rych chi'n 'i nabod e?"

"Ydw – a fel 'ych chi'n gweud – tipyn o ful dideimlad yw e. Ac wy'n addo y caiff e wbod shwd 'ych chi'n teimlo."

Wrth i Iwan dacluso'r dillad gwelodd Lyn glawr tywyll yn eu plith.

"Esgusodwch fi – pasport Rhian, ife?"

"Ie."

Cydiodd Iwan yn y llyfryn glas tywyll.

"Liciech chi'i weld e?"

"Os ca i."

Wrth fodio'r pasport a throi'i ddalennau cofiodd Lyn am y troeon iddo'i weld – wrth groesi'r ffin i Sbaen ac yna wrth gyrraedd y lan yn Portsmouth. Hwn oedd y tro cynta iddo gael cyfle i fwrw golwg drosto, fodd bynnag, gyda'i ffoto du a gwyn o wyneb gwelw Rhian ugain oed yn syllu'n swil arno.

Roedd yn amlwg wrtho fod Rhian wedi teithio ar hyd a lled y gwledydd hynny lle byddid yn siarad Ffrangeg – Moroco, Algeria, Chad, Canada. Roedd tystiolaeth hefyd ei bod hi wedi bod ym Mecsico a gwelodd iddi fod y Pasg blaenorol yn Buenos Aires. Cofiodd eto am ei medrusrwydd mewn Sbaeneg.

"Beth wnewch chi â'r dillad?"

"Wn i ddim – dwy i ddim yn moyn i Mam 'u gweld nhw eto – fe ân nhw i ryw elusen siŵr o fod."

"A'r pasport?"

" 'I gadw fe dan glo, sbo."

"Fyddech chi'n fodlon i fi fynd ag e – dros dro, wrth gwrs? Fe liciwn i fynd drwyddo'n fanwl – dim ond ychydig ddyddie, 'na gyd, ac yna fe bostia i e'n ôl atoch chi."

Nodiodd Iwan.

"Pam lai – os gall e'ch helpu chi i gael gafel ar y llofrudd. Ac os 'ych chi o ddifri obeutu ffindo'r llofrudd. . ."

"Ydw – yn hollol o ddifri."

"Y cyfan alla i weud yw y licen i fod gyda chi pan ddalwch chi'r jawl!"

* * *

Roedd hi'n oriau mân y bore pan safodd y Porsche glas o flaen fflat Gwilym. Fe'i teimlodd ei hunan yn dylyfu gên a sylweddolodd ei fod yn flinedig dros ben. Fe fyddai'n falch i fynd i'r gwely ar ôl diwrnod mor ddirdynnol a thrio anghofio'r arch ar lan y bedd a'r arswyd a deimlodd wrth weld honno'n diflannu o'r golwg am byth.

PENNOD 4

ROEDD DAIL YR HYDREF yn prysur ddisgyn wrth i Lyn yrru drwy ganol Llundain yn ei Porsche glas ar ei ffordd i'r Swyddfa – amser gorau, a thrista'r flwyddyn, gyda'r dail yn llonni'r llygad wrth droi'u lliw ond yn ernes o ddiflastod a lleithder gaeaf. Roedd y lliwiau ar eu gorau yn Hyde Park ac ar hyd coed urddasol y Mall. Nid bod ganddo lawer o ddiddordeb yn lliwiau'r hydref ar y pryd; roedd llinell dynn ei wefusau'n awgrymu dyn â rhywbeth mwy difrifol ar ei feddwl.

A'r rhywbeth hwnnw ar y foment honno oedd Perkins.

Os bu gwas suful perffaith erioed Perkins oedd hwnnw, gellid meddwl, yn ei swyddfa daclus a chymen gyda'i system ffeilio oedd yn destun edmygedd – ac ychydig bach o hwyl – ymhlith gweision eraill yr Adran. Dyn bach o gorffolaeth oedd Perkins ac roedd hynny wedi bod yn anfantais iddo pan oedd yn blentyn mewn ysgol breswyl. Gan ei fod mor eiddil roedd yn agored i'w gam-drin gan fechgyn mwy cyhyrog; roedd hefyd yn ofnus o ran ei natur ac yn genfigennus o'r bechgyn cyhyrog, hyderus a lawenhâi yn eu campau corfforol ac athletaidd. Gan fod ei lygaid llwyd mor wan roedd yn gorfod gwisgo sbectol â gwydrau cryf ond nid oedd hynny'n dderbyniol fel rheswm dros ymgadw rhag chwaraeon a mabolgampau ym mhob tywydd a hin. Roedd yn casáu mabolgampau a chwaraeon â chas perffaith, nid yn unig oherwydd anghyfforddusrwydd glaw ac oerni gwynt a lleithder llaid ond hefyd oherwydd gwatwar a dirmyg bechgyn mwy medrus nag ef yn y cyfryw weithgareddau a'u camdriniaeth ohono. Sawl gwaith y cawsai'i wasgu i'r llaid o dan bentwr o gyrff cyhyrog a'i daflu i ganol nant neu gael ei ben wedi'i wthio i'r tŷ bach i gael gwlychad drycsawrus? Ac ar ben y gamdriniaeth gorfforol roedd y diffyg preifatrwydd, boed wrth wisgo a dadwisgo neu gymryd cawod, yn rhoi cyfleoedd pellach i'r lleill wawdio'i ddiffygion corfforol a'i drin fel bod israddol. Pan ddihangodd o afael ei gyd-ddisgyblion o'r diwedd roedd ei gefndir wedi magu tuedd ynddo i gasáu ac amau ei gyd-ddyn ynghyd â dogn sylweddol o genfigen tuag at rai a dybiai eu bod yn fwy ffodus nag ef.

Ar waetha'i ddiffyg doniau mabolgampaidd llwyddodd i gyrraedd Rhydychen, i Goleg y Trwyn Pres, diolch i ddiddordeb ambell athro mwy peniog na'i gilydd oedd wedi gweld y gallu a'r dyfalbarhad y tu ôl i'r wyneb gwelw, nerfus. Diolch hefyd i'r flaenoriaeth a gâi disgyblion yr ysgol fonedd arbennig honno wrth gynnig lleoedd i ddarpar-fyfyrwyr. Disgleiriodd llyfrbryf fel Perkins yn yr arholiadau mynediad gyda'i wybodaeth drylwyr o Ladin a Groeg clasurol ac roedd disgwyliadau mawr ynglŷn ag ef pan gamodd drwy byrth y coleg am y tro cyntaf.

Gwireddwyd y disgwyliadau a daeth o'r coleg â gradd anrhydedd dosbarth cyntaf a rhwydd hynt i'r gwasanaeth suful. Datblygodd ei yrfa'n raddol gyda dyrchafiadau teilwng a disgwyliedig ddwywaith neu dair nes iddo gyrraedd safle cymharol uchel o fewn y gwasanaeth fel dirprwy i bennaeth yr Adran, Syr Danvers Rowe. Dros y blynyddoedd fe gymerodd at yr awenau i raddau helaeth, gan leihau baich mân gyfrifoldebau'i bennaeth a gadael hwnnw'n rhydd i bwyllgora gyda'i gyd-benaethiaid a threulio ambell brynhawn yn chwarae golff. Daeth yn enwog am ei adroddiadau trylwyr a phrydlon ac am helaethrwydd ei grap ar wahanol ddiddordebau'r Adran. Erbyn hyn roedd yn tynnu at ganol oed ac yn magu bola wrth i'w wallt melynfrown fritho a theneuo a chilio ar ei iad. Roedd bob amser yn daclus mewn siwt dywyll gyda thei dici-bo a mwstásh main, milwrol uwchlaw dwy wefus denau. Roedd ei gymhenrwydd yn ymylu ar fursendod ac fe ystyrrid fod y manyldeb a ddangosai yn ei waith yn gadarnhad o'i natur fenywaidd.

Roedd, fel arfer, yn prysur drafod ystadegau ar ei gyfrifiadur pan frasgamodd Lyn Owen i'w swyddfa, gan guro ar y drws ond heb aros am y gwahoddiad i ddod i mewn.

"Mr Owen. . ."

Tawodd wrth weld y dicter ar wyneb Lyn a'i osgo ymosodol.

"Os bu rhywun mwy diddychymyg a digydymdeimlad na chi erio'd mi licwn i gwrdd ag e o ran diddordeb!"

"Edrychwch 'ma, Mr Owen, dwy i ddim yn arfer ca'l neb yn siarad â fi fel'na. . ." dechreuodd gan godi yn ei sedd a'i wyneb yn welwach nag erioed.

"Mae'n hen bryd fod rhywun yn gwneud 'te. Beth o'dd eich meddwl chi, ddyn, yn hala dillad Rhian at 'i theulu ar fore'r angladd?"

Rhythodd Perkins yn hurt arno.

"Y ferch 'na yn y New Forest, chi'n meddwl. . ."

"Ie! Merch gyda thwll bwled yn ei thalcen, merch ac enw iddi – Rhian Davies! Merch i rieni sy'n torri'u calonne ar 'i hôl hi ac yn arswydo'ch bod chi'n gallu bod mor ddideimlad."

Eisteddodd Perkins eto a syllu'n galed ar Lyn; pam oedd hwn yn gwneud cymaint o ffws am ferch mor ddibwys?

"Doedd dim pwynt 'u cadw nhw yma, nac oedd? Y cyfan wnes i oedd anfon y pethe at 'i pherthnase agosaf tra oeddwn i'n cofio."

"Gan ofalu y bydden nhw'n cyrraedd fore'r angladd."

"Cyd-ddigwyddiad, dyna i gyd. . ."

"Cyd-ddigwyddiad?"

"Ie – mae gen i gant a mil o bethe pwysicach i roi sylw iddyn nhw na dillad merch oedd yn smyglo cyffurie!"

"A mae hynny'n rhoi hawl i chi anwybyddu teimlade'i pherthnase?"

"Roedd hynny'n anffodus. Ond gan eich bod yn teimlo'r peth mor ofnadwy rwy i'n rhoi caniatâd i chi ymddiheuro drosto' i os leiciwch chi. A nawr os esgusodwch chi fi. . ."

Plygodd ei ben at fysellfwrdd ei beiriant.

"Dyna'r cyfan sy 'da chi 'weud?"

Cododd y llygaid llwyd a syllu'n oeraidd arno.

"Fe allwch chi wneud cwyn swyddogol at Syr Danvers os 'ych chi'n dymuno, wrth gwrs."

"Stwffwch eich cwyn swyddogol!"

Crynodd muriau'r stafell yn sgil y glec a roddodd i'r drws y tu ôl iddo.

* * *

Trodd ffurf sylweddol Syr Danvers Rowe o'r olygfa dros afon Tafwys a galw "Mewn!" mewn ateb i'r curiad.

"A! Lyn! Dewch i eistedd!"

"Diolch."

Camodd Lyn ymlaen a suddo i gadair esmwyth wrth i'r dyn tal canol-oed eistedd yn ei sedd ledr yntau y tu ôl i'w ddesg. Gwelodd Lyn y pen mawr sgwâr gyda'r aeliau oedd yn frith ac yn drwchus fel y gwallt tonnog. Ac, fel arfer, roedd sigâr dew yn ymgartrefu'n wlyb rhwng y dannedd melyn.

"Coffi?"

Pwysodd Danvers Rowe ar fotwm heb aros am ateb.

"Coffi i ddau, Syr Danvers?"

Gwenodd y Pennaeth.

"Diolch, Miss Smith."

Pefriodd llygaid Lyn.

"Mae hi'n gallu darllen eich meddwl, mae'n amlwg, Syr Danvers."

"Adnabyddiaeth hir, Lyn – mae mor syml â hynny."

Edrychodd Rowe arno a diflannodd y wên.

"Sut oedd pethe yn Aberystwyth?"

"Fel y byddech chi'n disgwyl – teulu galarus, heb ddod dros y sioc."

"A sut gwnaethoch chi esbonio'ch presenoldeb yno?"

"Mi wedes i'r gwir wrthyn nhw."

"Sef?"

" 'Mod i mewn cariad â Rhian ac yn benderfynol o ddal y llofrudd. . . Ond sonies i ddim gair am yr Adran."

"Nac am eich rhan chi yn y busnes?"

"Dim ond 'mod i'n gweithio fel swyddog diogelwch i'r cwmni cyfrifiaduron."

Nodiodd Danvers Rowe.

"Gawsoch chi unrhyw wybodaeth?"

"Ychydig – roedd ganddi gariad yn Paris – Albert Dupont – ond roedden nhw 'di cwpla â'i gilydd rai misoedd yn gynt. Dyna pam symudodd hi o Baris i St Cyprien, medde'i brawd. Y peth arall sy gen i yw ei phasport – sy'n dangos 'i bod hi wedi teithio'n helaeth – Gogledd Affrica, Canada, Mecsico ac Argentina."

"A. . ."

Roedd y tawelwch ar ôl yr "a" yn huawdl ac yn dangos fod meddwl miniog ar waith.

"Gwledydd lle gallai ddefnyddio'r Ffrangeg a Sbaeneg –

gwledydd sy'n gorwedd ar lwybrau cyffurie."

"Ydych chi'n awgrymu rhywbeth, Syr Danvers?"

"Posibiliadau, Lyn – dim ond posibiliadau. Wrth gwrs, allwn ni mo'i holi, gwaetha'r modd, ond ai hwn oedd y tro cynta iddi drafod cyffurie – neu ai hwn oedd y tro cynta iddi gael ei dala?"

Daeth cnoc ar y drws a chamodd Glenda Smith i mewn gyda dau gwpanaid o goffi a llond jwg o laeth twym ar hambwrdd. Gwenodd ar y ddau.

"Diolch, Miss Smith."

Nodiodd a gadael y stafell heb air pellach a'i dyletswydd wedi'i orffen am y tro. Roedd yn amlwg fod swyddogaeth ysgrifenyddes heb newid fawr ddim ar waetha gweithgareddau comisiynau cydraddoldeb; y peth rhyfedd oedd fod Glenda Smith fel petai'n fodlon ar y sefyllfa ac fel petai heb glywed fod merched yn dringo i'r swyddi uchaf yng nghoridorau grym erbyn hyn. Yr argraff a roddai oedd na fyddai hi byth yn debyg o arthio ar Syr Danvers i wneud ei baned ei hun. Roedd hyd yn oed ei chyfenw yn awgrymu cymeriad digymeriad – rhith o berson wedi'i thynghedu i rodio yn y cefndir yn disgwyl ei chyfle i weini ar eraill, boed fel gwraig, neu fam neu ysgrifenyddes.

Trodd Danvers Rowe ei goffi'n araf a'i brofi â boddhad. Un arall o ddoniau Glenda oedd ei gallu i wneud paned wrth ei fodd.

"Beth nesa?"

Edrychodd Lyn arno gan synhwyro nad oedd angen iddo leisio ateb.

"Ydych chi'n barod i fynd 'nôl i Ffrainc?"

"Ydw. A gore po gynta."

"I chwilio am y trywydd?"

"Ie."

"A beth am – ddial?"

Ystyriodd Lyn ei ateb yn ofalus.

"Wna i ddim cuddio'r awydd, Syr Danvers. . ."

"Feddylies i ddim y gwnaech chi."

"A falle fod y ddeubeth yn mynd yn un. . . dod o hyd i'r trywydd er mwyn dod o hyd i'r llofrudd."

"Neu ddod o hyd i'r llofrudd er mwyn dod o hyd i'r trywydd – y gadwyn gyffurie."

"Mae 'na ystyriaeth arall hefyd. . . beth bynnag yw'ch teimlade personol – er mor gryf y gall y rheiny fod – mae gafael yn y Gadwyn yn bwysicach hyd yn oed na dal y llofrudd, ydych chi ddim yn cytuno?"

"Yr un mor bwysig, falle."

Diffoddodd Danvers Rowe ei sigâr mewn blwch llwch.

"Wel, os ydyn ni'n deall ein gilydd ar y mater. . . Fe gewch chi bob cydweithrediad gan Interpol – a Le Grand yn Paris a'i ddynion y tro hwn."

Roedd cysgod gwên o gwmpas corneli'i lygaid na allai'r croen rhychiog ei guddio.

* * *

Roedd Danvers Rowe wedi bod yn syndod o barod i gytuno i'w anfon 'nôl i Ffrainc, meddyliodd Lyn cyn syrthio i gysgu'r noson honno yn fflat ei frawd yn Llundain. Roedd yn falch o hynny; roedd wedi ofni y byddai marwolaeth Rhian wedi rhoi terfyn ar yr ymchwil. Wrth feddwl, fodd bynnag, gallai weld pam yr oedd Rowe'n gadael iddo fwrw ymlaen â'r ymchwil. Gwyddai fod gan Lyn resymau personol fyddai'n sbarduno'i ymdrechion a'i fod yn ddigon proffesiynol i beidio â gadael i'r awydd am ddial ymyrryd â'r dasg fwy. Wedi'r cyfan, er mai rhywun yn Llundain roddodd y gorchymyn i ladd Rhian roedd pob aelod o'r Gadwyn yn gyfrifol am farwolaeth cannoedd o bobl o dan effeithiau cyffuriau – mewn ffordd roedd pob un yn euog i raddau o lofruddio Rhian. Gorau po fwya o'r diawled a ddodai yntau o dan glo!

Cwympodd i gysgu a breuddwydio am lygaid Rhian yn ei geryddu – ond a oedd y cerydd fymryn yn llai erbyn hyn?

* * *

Er ei fod wedi gwneud hynny ddwsinau o weithiau mi fyddai'n parhau i gael gwefr wrth adael acenion De Lloegr a chyrraedd synau'r Ffrangeg unwaith eto. Fe gâi'r teimlad ei fod yn dianc o afael llethol yr iaith fain wrth fynd i wlad lle nad oedd honno'n cael ei chyfri'n bwysig. Gyrrodd yn ofalus o'r porthladd a thrwy'r hen dref gan fynd heibio i'r tŵr cloc hynafol. Yna llamodd y car ymlaen fel petai'n llawenhau mewn rhyddid wrth iddo gymryd y draffordd newydd i'r de. Ymhen ychydig oriau fe fyddai ym Mharis unwaith yn rhagor a chyfarfod wedi'i drefnu gyda'r Commissaire Le Grand cyn diwedd y prynhawn.

Cafodd saliwt a chaniatâd gan blismon mewn *képi* a chlogyn glas tywyll i lywio'r Porsche o dan y bwa i gefn yr adeilad mawreddog gyda gwaliau o feini llwydolau. Ychydig gamau wedyn ac roedd wedi cyrraedd y dderbynfa lle cafodd groeso gan blismones gwrtais ac effeithlon. Petai'n arfer amynedd am funud neu ddwy fe fyddai'r Commissaire yn barod i'w weld wedyn.

Roedd Commissaire Le Grand yn wahanol ei ymarweddiad a'i olwg i Danvers Rowe: canolig o ran taldra ond roedd ymchwydd ei ganol yn dystiolaeth o'i hoffter o fwydydd breision Ffrainc. Er ei fod wedi croesi'r hanner cant oed roedd ei wallt yn donnog a thywyll heb olion brithni arno a chan fod ei wyneb cochlyd yn llyfn a dirygnau fe roddai'r argraff o fod dipyn yn iau. Lle roedd Rowe yn hamddenol ac urddasol ei symudiadau roedd Le Grand yn chwimwth a sydyn ac yn tueddu i wneud penderfyniadau cyflym a dirybudd.

Gwireddwyd geiriau'r blismones; ymhen dwy funud union roedd y ffôn wedi canu ar ei desg a hithau wedyn yn ei wahodd i fynd drwodd i swyddfa'r Commissaire.

Cerddodd Lyn i mewn i stafell gymen ond moel a diaddurn a fyddai wrth fodd Perkins gyda'i chypyrddau dur ac offer cyfrifiadurol.

"*Monsieur* Owen! Mae'n dda gen i gwrdd â chi! Sut mae Danvers Rowe'n cadw? Iawn, gobeithio! A *Monsieur* Perkins ffyddlon – mor daclus ag erioed? Ha ha. . . Dewch i eistedd!"

Cyn iddo allu dweud gair o ateb braidd roedd gwydraid o Pernod o'i flaen a Le Grand yn cynnig iechyd Danvers Rowe, yr hen gyfaill. Roedd sawl tro ar fyd wedi bod er pan fuon nhw'n cydweithio 'slawer dydd yn yr achos diamwntau hwnnw oedd wedi siglo heddluoedd Ewrop rai blynyddoedd 'nôl bellach. Y pryd hwnnw Danvers Rowe oedd wedi'u harwain at y lladron wrth iddyn nhw groesi o Loegr ar un o'r llongau fferri ac roedd Ffrainc ac yntau'n ddyledus iddo byth ers hynny. Unrhyw beth y gallai'i wneud i helpu'i hen gyfaill, dim ond gofyn oedd raid. Sipianodd Lyn ei ddiod yn ufudd a gwenu a nodio yn y mannau priodol wrth i'r llifeiriant geiriau lifo drosto. Er ei fod yn casáu blas Pernod rhaid oedd yfed a pheidio ag ymateb i'r ddiod annifyr rhag ymddwyn yn sarhaus ac achosi siom.

Fe wyddai Le Grand am fusnes St Cyprien, wrth gwrs, ac am y ferch druan fu yng nghanol yr holl heldrin a gwrandawodd yn astud tra bu Lyn yn amlinellu'i fwriad i fynd ar ôl y llofrudd a'r gadwyn.

"Ond, *Monsieur* Owen, yn Lloegr mae'r llofrudd, siŵr o fod?"

"Ie, *Monsieur le Commissaire*, ond teimlad Syr Danvers oedd y dylwn i gychwyn yma yn Ffrainc gan obeithio cydio yn y trywydd a dilyn y gadwyn i Lundain. A dweud y gwir, mae 'na gryn broblem yn ein hwynebu yn Llundain."

Oedodd a gweld y chwilfrydedd yn llygaid Le Grand, yna aeth ymlaen.

"Allwn ni ddim dechre yn Llundain am fod bradwr yno."

"Bradwr?"

"Rhywun sy'n ddigon uchel yn y Gwasanaeth i wybod yn hollol beth rŷn ni'n wneud a beth sy'n digwydd – rhywun allodd drefnu lladd y ferch o fewn peder awr ar hugain wedi iddi gael 'i restio. Dyna pam na alla i gysylltu â Llundain rhag ofn i wybodaeth fynd i'r clustiau anghywir ac mae Syr Danvers yn hyderu na wnewch chi gysylltu ag e chwaith am y tro."

"Wrth gwrs, os taw dyna'i ddymuniad."

"Rywfodd neu'i gilydd, ma' rhaid inni ddala'r bradwr cyn mynd dim pellach. Yna fe allwn ni ystyried dilyn y trywydd i'r cyfeiriad arall – i Ogledd Affrica neu ble bynnag – gyda'ch caniatâd chi, wrth reswm. . ."

"Hm. . ."

Roedd distawrwydd y Commissaire yn huawdl, yn arwydd ei fod yn ymgodymu â mater go ddyrys yn ei feddwl. Digon posibl nad oedd pwyslais Lyn ar ben y Gadwyn yn Llundain wrth ei fodd; ni fyddai'n synnu petai Le Grand yn dymuno rhoi'i sylw i'r pen arall.

"Fel y gwyddoch chi, *Monsieur* Owen, y Gadwyn yma yn Ffrainc yw fy niddordeb i ac o ble mae'n dod. Ond yn ôl beth glywes i rwy i'n deall fod gennych chi reswm personol dros ganolbwyntio ar ei chysylltiadau yn Lloegr – ydw i'n iawn?"

"Ydych, *Monsieur le Commissaire.*"

"O'r gore – fe barchwn eich dymuniad. Oes gennych chi syniad ble i ddechrau chwilio?"

"Oes, fel mae'n digwydd. Mewn pentref bach yn agos i Limoges – Condat."

"Condat-sur-Vienne?"

"Ie, mae'n siŵr – ydych chi'n gyfarwydd â'r lle?"

Nodiodd Le Grand.

"Ydw, ond alla i ddim honni cyswllt agos, chwaith. Mi fûm yno mewn gŵyl werin unwaith, rai blynyddoedd 'nôl, dyna i gyd. 'Y ngwraig fynnodd fynd yno gan fod ganddi ddiddordeb yn y *patois* lleol er mai merch o'r Auvergne yw hi, nid o Limousin. Lle bach digon cysglyd a di-nod oedd Condat y pryd hwnnw – ysgol wledig, clwstwr o dai, caffe, *Mairie* – ac eglwys, wrth gwrs. Mi fentra i nad yw wedi newid fawr ddim oddi ar hynny."

Dododd ei wydr i lawr ar y ddesg.

"Os ca i ofyn – beth yw'r cysylltiad?"

"Dyn o'r pentre hwnnw oedd cariad y ferch ym Mharis – gallai fod yn rhan o'r Gadwyn. Mi hoffwn i fynd i'w weld."

"Wela i – a'r enw?"

"Albert Dupont – mae'i dad yn ysgolfeistr yno, o leiaf roedd e yno ychydig fisoedd 'nôl."

"Dupont. . . Esgusodwch fi am funud."

Estynnodd Le Grand ei law a chodi'r ffôn. Oedodd ychydig ar ôl rhoi gorchmynion yna dechreuodd siarad eto. Dododd y teclyn 'nôl yn ei gawell yn foddhaus. Roedd yr wybodaeth a gafodd yn brawf digamsyniol o daclusrwydd a threfnusrwydd y wladwriaeth Ffrengig. Cofiodd Lyn am y gred yn Lloegr fod y Gweinidog Addysg ym Mharis yn gallu edrych ar amserlen ar y mur a dweud pa lawlyfr yr oedd pob plentyn yn Ffrainc o oed arbennig yn ei ddarllen y funud honno.

"Armand Dupont. Yr ysgolfeistr – neu'r cyn-ysgolfeistr yn hytrach, ac yntau newydd ymddeol. Ddylech chi ddim cael trafferth i ddod o hyd iddo ond i chi holi yn y *Mairie*. Wel – gobeithio y cewch chi lwc, yntê?"

Roedd yn amlwg ei bod yn bryd terfynu'r sgwrs. Cododd Lyn.

"Mae'n bryd imi 'i throi hi, *Monsieur le Commissaire*."

"I Condat – heno?"

"Ie, wel – yfory efallai, ac os na ddaw dim i'r golwg yno mi a' i ymlaen i Marseille a St Cyprien hyd yn oed."

"Ac os ewch chi i St Cyprien, galwch i weld yr Arolygydd Alain; fe fydd yn falch i'ch gweld am unwaith. . . !"

PENNOD 5

AR ÔL FFARWELIO Â Le Grand penderfynodd Lyn fwrw ymlaen i gyfeiriad Condat-sur-Vienne yn ddiymdroi. Gwenodd yn ddiolchgar wrth i'r *gendarme* roi saliwt iddo wrth godi'r bar ar draws y porth. Modfeddodd y Porsche yn araf at ymyl y palmant ac aros am fwlch yn y llifeiriant; pan welodd un llamodd y car glas nerthol ymlaen gan droi i'r dde. Dilynodd ffordd osgoi'r *périphérique* o amgylch Paris ac yna trodd i'r Autoroute du Sud. Aeth ar y draffordd am ychydig gilometrau ond gadawodd hi cyn hir ac ymuno â'r N20 oedd yn ffordd lydan a chyflym i'r de-orllewin.

Roedd yn ddiwrnod braf a sych a'r wlad yn ddisglair o'i gwmpas ym mhelydrau'r haul; roedd yn fath o ddiwrnod ysblennydd y byddai dyn yn teimlo'n falch o fod yn fyw. Fflachiodd y cilometrau heibio'n esmwyth ac roedd Lyn wedi cyrraedd Orleans cyn iddi nosi. Cafodd le i aros mewn hen westy heb fod yn bell o Sgwâr Martoi gyda'i gofgolofn i Siân d'Arc. Doedd fawr o gysur yn y stafell dywyll, henffasiwn, ond roedd y gwely'n gyffyrddus ac roedd sebon glân mewn pecyn yn yr ymolchfa a thywelion ar gyfer cawod. Roedd arwydd Les Routiers ar y mur allanol yn arwydd o safon gymeradwy i'r bwyd ac ni chafodd Lyn ei siomi pan arhosodd yn y gwesty i fwyta yn hytrach na mynd allan i chwilio am bryd.

Cododd yn y bore wedi cysgu'n well nag yr oedd wedi gwneud ers dyddiau ac roedd wedi brecwasta a chychwyn ar ran nesa'r daith cyn naw o'r gloch. Pasiodd drwy Chateauroux'n ddidrafferth ond collodd amser yn mynd o gwmpas Limoges a'i gael ei hun yn cylchynu gorsaf fawreddog y dref ddwywaith cyn dod o hyd i'r ffordd fach gefn i Condat-sur-Vienne. Erbyn iddo ddod i olwg y pentref bach tawel sylwodd ei fod wedi gyrru'n agos i saith can cilometr er pan adawodd Calais y diwrnod blaenorol. Tynnodd y car i ochr y sgwâr a stopio. Roedd disgrifiad Le Grand o'r pentref bach cysglyd yn un cywir. Am y sgwâr ag ef roedd swyddfeydd y maer ac yna sylweddolodd ei fod wedi sefyll yn union o flaen hen furiau gwynion yr ysgol fach. Disgynnodd o'r car a'i gloi; yna cerddodd at y glwyd a gwelodd fod cadwyn a chlo wrthi. Roedd Le Grand wedi dweud fod y prifathro, tad Albert Dupont, wedi ymddeol – tybed a oedd yr ysgol wedi cau'n derfynol yr un pryd? A barnu wrth olwg hynafol y lle ni fyddai'n beth annisgwyl, gyda'i furiau o blastr melyn – a mannau brown lle roedd yr haenen allanol wedi disgyn – a drysau trwchus o bren tywyll. Sylwodd fod un o'r cwarrau yn un o'r ffenestri agosaf eisoes wedi'i dorri – carreg o law rhyw fandal bach, digon tebyg. Gallai weld buarth anwastad y tu draw i'r glwyd a rhes o dai bach yn y pen isaf. Sylwodd wedyn fod clwyd yn y wal allanol a allai fod yn arwain at dŷ'r ysgol oedd i'w weld o'r neilltu yng nghornel ucha'r buarth. Tybed a oedd rhywun yn dal i fyw yno?

Cerddodd yr hanner can metr draw at y glwyd ond roedd hon eto wedi'i chadwyno a'i chloi. Dyna ateb y cwestiwn hwn'na, o leiaf. Ble nesaf? Draw i'r *mairie* i holi hanes y teulu Dupont?

Gwelodd wrth ei watsh ei bod wedi troi un o'r gloch; fe fyddai'r maer wedi mynd am ei ginio, digon tebyg. Cystal iddo yntau wneud hynny yn y caffe bach nid nepell i ffwrdd.

Sylwodd ar y rhimyn cul o liain coch uwchben y porth gyda'r geiriau *bar* a *tabac* arno. Fel cynifer o gaffes bach Ffrainc fe fyddai golwg hanner noeth arno petai heb y rhimyn tonnog.

Gwthiodd ei ffordd drwy'r rhaffau o leiniau oedd yn crogi yn y porth a sefyll am ennyd er mwyn i'w lygaid ymgyfarwyddo â'r tywyllwch. Roedd tri neu bedwar o fyrddau bach plastig melyn a blychau llwch ar bob un ac roedd bar yn rhedeg ar hyd un ochr a pheiriant coffi arian yn llenwi cyfran helaeth ohono. Ar y wal y tu ôl i'r bar fe welai hysbysiad cyfarwydd yn sôn am y Ddeddf yn erbyn meddwdod ymhlith pobl ifainc. Roedd sŵn clindarddach llestri drwy ddrws ym mhen draw'r bar.

Wrth un o'r byrddau roedd dau ddyn canol oed yn eistedd, wedi'u gwisgo'n wladaidd a'u hwynebau'n arddangos effaith y tywydd ar y croen garw ac roedd pob o wydraid o win coch tywyll o'u blaenau. Dau frawd oedden nhw wrth eu golwg a'r naill yn foelach na'r llall. Cododd y ddau'u pennau wrth weld Lyn a syllu arno; yna trodd un o'r ddau ei ben a galw "Yvette!"

Daeth terfyn ar y clindarddach llestri.

"Oui?"

Daeth gwraig fochgoch ifanc i'r golwg, gan sychu'i dwylo yn ei ffedog; roedd hi'n ganolig o ran ei thaldra gydag wyneb gwelw a chrwn a gwallt cochlyd cyrliog yn ei amgylchynu. Roedd ei ffrog haf yn flodeuog a'i breichiau'n noeth ac yn drwch o frychau haul. Adweithiodd â gwên pan welodd Lyn a dod ymlaen at y bar.

"Monsieur?"

Archebodd Lyn frechdan gaws a phaned o goffi du. Yna eisteddodd wrth un o'r byrddau gan wynebu'r bar, gyda'r ddeuddyn arall ar y llaw dde iddo. Rhoes wên gyfeillgar ond syllu arno'n ddifynegiant wnaeth y ddau, fel petaen nhw'n amheus o unrhyw ddieithryn.

"Wedi dod o bell?"

Daeth y cwestiwn mor sydyn fel nad oedd yn siŵr p'un o'r ddau oedd wedi siarad.

"O Baris."

"O. . . Paris."

Petai wedi dweud 'o uffern' ni fyddai wedi cael mwy o adwaith gan y ddau, meddyliodd. Amneidiodd â'i ben at y drws.

"Mae'n braf."

Cofiodd yn sydyn na fyddai Ffrancwyr yn defnyddio'r tywydd yn destun sgwrs fel y byddai'r Saeson. Roedd yn ymwybodol o ddistawrwydd llethol a'r ddau'n cymryd mwy o ddiddordeb yn eu diod nag ynddo fe.

"Rown i'n sylwi fod yr ysgol fan acw wedi cau."

Edrychodd dau bâr o lygaid arno.

"Dim digon o blant yn yr ardal?"

Cododd un o'r ddau ei ysgwyddau mewn ystum o anwybodaeth.

"Gofynnwch i Yvette."

"Gofyn beth?"

Roedd Yvette wedi cyrraedd gyda hambyrddaid o fwyd iddo.

"Mae'r gŵr bonheddig yn dod o Baris, Yvette; mi hoffai gael gwybod pam mae'r ysgol wedi cau."

Gorffennodd Yvette osod y bwyd o'i flaen cyn ateb.

"Am 'i bod hi'n rhatach i fynd â'r plant i'r dref mewn bws, a phan ymddeolodd yr ysgolfeistr fe benderfynwyd 'i chau i lawr. *Monsieur* Dupont, druan."

"Druan?"

"Gollodd 'i fab, Albert, ychydig wythnose'n ôl."

Ni allai Lyn beidio â dangos ei syndod.

"Mae'n flin gen i glywed. Beth ddigwyddodd?"

"Yn y *Métro* – syrthio o dan drên. Damwain, medden nhw. Oedd e'n sioc i bawb yn yr ardal. Oeddech chi'n nabod Albert yn Paris? Ffrind efallai?"

"Hm? O – nag own. Digwydd galw yma am damaid o fwyd."

"Fydd dim llawer o bobl ddiarth yn gwneud hynny yn Condat."

Roedd yn anghysurus; roedd y geiriau'n swnio fel amheuaeth o'i reswm dros fod yno.

"Digon gwir, ond mi fydda i'n hoffi crwydro'r heolydd cefn ambell dro – gormod o draffig ar yr heolydd mawr, chi'n deall."

"Wahanol iawn i Baris."

Un o'r dynion y tro hwn – y moelaf o'r ddau:

"Eitha gwir, *Monsieur*."

"Wel 'te – gwell imi fyta cyn i'r coffi oeri. . ."

"*Bon appétit!*"

Roedd y rholyn hir o fara'n ddigon dymunol er fod y menyn braidd yn brin gyda'r caws ac roedd y coffi'n gryfach nag a ddymunai ond bwytaodd gydag arddeliad gan obeithio ei fod yn rhoi argraff o fwynhad.

Cododd y ddeuddyn gyda hyn ac ymadael gan grymu pen mewn cyfarchiad ffarwél a galw gair o ddiolch ar Yvette. Daeth hi i'r golwg a'u hateb yna edrychodd ar Lyn. Daeth draw ato.

"Popeth yn iawn, *Monsieur*?"

"Ardderchog, diolch."

Oedodd hithau o'i flaen, fel petai rhywbeth ar ei meddwl.

"Own i'n siarad gynnau am Albert, druan."

"Damwain ym Mharis."

"Ie – ond alla i ddim credu hynny. Os gofynnwch i fi, 'i

ladd 'i hunan wnaeth e."

"Ond pam wnâi e hynny?"

"Torri'i galon ar ôl rhyw ferch, glywes i – Saesnes."

"O?"

"Oedd e yma ychydig 'nôl yn rhoi tro am 'i dad – gŵr gweddw yw hwnnw. Weles i neb erioed wedi cilio gymaint – fel 'se fe wedi colli pob awydd i fyw, *pauvre Albert*."

"Sut mae 'i dad erbyn hyn?"

"Dim ond 'i fod e – wedi torri'i galon yn llwyr, druan bach."

Ysgydwodd Lyn ei ben a chytuno ag Yvette ynglŷn â thristwch bywyd pan fyddai rhywun ifanc yn cael ei ddifa'n sydyn – ond ni ddwedodd wrthi mai meddwl am Rhian oedd e'n bennaf.

Un peth oedd yn amlwg – doedd fawr o ddiben iddo wneud ymholiadau pellach yn Condat; dim ond achosi loes calon fyddai mynd i holi Armand Dupont am ei fab a'i berthynas â Rhian. I bob golwg roedd y trywydd yn Condat wedi terfynu; gwell fyddai gadael i'r tad hiraethu ar ôl ei fab heb wybod dim am na chadwyn gyffuriau na lladron na llofruddiaeth. Y peth gorau nawr fyddai bwrw ymlaen i Marseille a dechrau chwilio am y trywydd o'r newydd.

* * *

Gyrrodd mor bell â Clermont-Ferrand ac aros mewn gwesty Relais Routier ar gyrion y ddinas dros nos. Aeth ymlaen wedyn drwy Le Puy ac ymuno â heol fawr yr N7 yn Valence ac ymlaen oddi yno'n syth i Marseille gan deimlo ias o bleser wrth weld y môr yn disgleirio y tu draw i'r porthladd. Llywiodd y Porsche at y Quai des Belges a pharcio yno; yna camodd ar draws y ffordd at res o fyrddau rhwng pileri trwchus o flaen caffe. Edrychodd ar ei watsh – dau o'r gloch yn y prynhawn, i'r funud!

Gwenodd wrth weld ffigur cyfarwydd ei gyd-swyddog, Duval, wrth ei hoff ford, yn disgwyl amdano fel arfer a gwydraid o Pernod o'i flaen. Gwenodd Duval, gan rwbio cefn ei law ar draws ei fwstásh main ac aros iddo lefaru'r geiriau oedd bron yn ddefod bellach rhwng y ddau.

"Salut, Alphonse!"

"Salut. Du café?"

"Oui, s'il te plaît."

Roedd ansawdd y coffi dipyn yn well na'r paned a gafodd yn Condat y diwrnod blaenorol ac fe eisteddodd y ddau'n dawel am funud yn sipian yn foddhaus; roedd hyn eto'n rhan o'r ddefod.

Ymhen dwy neu dair munud dododd Duval ei wydr i lawr a chraffu arno drwy lygaid hanner-caeedig.

"Roedd yn flin gen i glywed am y ferch."

"Rhian."

"Ie. . . Mi fyddi di am ddial, wrth gwrs."

"Wrth gwrs."

Roedd eu lleferydd yn dawel a disgybledig, fel petaen nhw'n trafod y tywydd ac nid bywyd a marwolaeth.

"Mi fûm i'n gwneud ymholiade wedi iti ffonio echdoe."

Cododd ael dde Lyn. Ysgydwodd Duval ei ben.

"Mae fel petai hi heb fod yma erioed. O leia – does neb yn y cylchoedd arferol yn gwybod dim amdani."

"Neu maen nhw'n ofni dweud."

"Mae hynny'n bosibl. Ond mi fyddwn i 'di clywed petai'r Gadwyn yn pwyso ar bobl i gadw'n dawel."

Ochneidiodd Lyn. Nid oedd wedi disgwyl clywed dim mwy. Pwy bynnag oedd yn y Gadwyn yn ardal Marseille roedd yn ddigon peniog i gadw o'r golwg. Nid yn y mannau arferol y byddai'n llechu ond rhywle yn y maestrefi llewyrchus lle na fyddai o dan amheuaeth. Ac eto roedd yn rhyfedd na fyddai rhywun o blith cysylltiadau Duval yn y byd troseddol wedi clywed rhyw si am Rhian neu wedi cofio gweld rhywbeth rhywdro. Ond efallai nad oedd Rhian yn y Gadwyn pan fu'n byw ym Marseille, efallai nad oedd yn mynychu'r mannau pwrpasol, efallai mai hwn oedd yr unig dro iddi ymhél â'r Gadwyn a'i bod yn fwy o aberth nag o ddrwgweithredwr wedi'r cyfan. Efallai. . .

"Lyn, ddyn!"

Cyffrôdd. Dyna beth oedd byw yn ôl gobeithion.

"Mae'n flin gen i. Meddwl oeddwn i. . ."

"Ie?"

"Gore po gynta yr a' i ymlaen i St Cyp."

"Wyt ti'n meddwl y doi di o hyd i'r trywydd yno?"

"Roedd Rhian wedi cysylltu â rhywun yno, on'd oedd hi? Mi liciwn i wybod pwy."

"Os wyt ti'n mynd i wneud ymholiade yn St Cyp mae'n well i fi ddod hefyd."

" 'Sdim angen, wir."

"Cofia beth ddigwyddodd i Maurice; heblaw hynny, fe fydd gweddill y giang yn barod am dy waed."

Gwenodd Lyn yn sarrug.

"A bwrw fod rhai ohonyn nhw'n dal ar dir y byw, wrth gwrs."

"Alli di ddim bod yn siŵr; fe fydd angen rhywun i wylio dy gefn."

Gwelodd Lyn synnwyr ei ddadl.

"Wel – iawn – mae'n gas gen i ga'l neb yn anadlu ar 'y ngwar. Pryd byddi di'n barod i ddod?"

Estynnodd Duval ei law y tu ôl i'w gadair a chodi bag teithio.

"Awn ni 'te?"

* * *

Unwaith yn rhagor gadawodd y Porsche glas y drafford a symud yn arafach rhwng y meysydd ir a'r llwyni trwchus ar draws llain wastad ac isel gan fynd heibio'r arwyddion 'St Cyprien' a 'San Sebria' ar gyrion y dref. Trodd i'r dde ar hyd y ffordd ddeuol eang oedd yn rhedeg i gyfeiriad glan y môr a'r dociau ym mhen pella'r dref. Teimlodd ei galon yn cyflymu; y tu hwnt i'r dociau roedd y marina lle bu Rhian yn byw ac yn gweithio, a lle bu'r mân ladron fel gwenyn o'i chwmpas. Gallai ddisgwyl cwrdd â thrafferth yno. Tynnodd ei law dde oddi ar y llyw yn ddigon hir i deimlo pwysau cysurus ei wn yn y wain o dan ei gesail. Er na ddwedodd Alphonse ddim roedd ei lygaid chwimwth wedi sylwi ar y symudiad ac fe wnaeth yntau yr un peth; yna cwrddodd llygaid y ddau mewn cyd-ddealltwriaeth perffaith.

Roedd hi'n hwyrnosi'n gynnes a braf wrth i'r car symud yn hamddenol ar hyd y ffordd, heibio i'r siopau twristaidd a'r caffes prysur am y ffordd â'r porthladd oedd yn llawn o gychod pleser fel arfer.

"O, gyda llaw – y tro nesa i'r dde, os gweli di'n dda."

Nid ymhelaethodd Duval ac ni ofynnodd Lyn gan sylweddoli y câi wybod y rheswm yn y man. Yna culhaodd ei lygaid wrth weld adeilad isel, cyfarwydd o'i flaen.

"Dyma ni, Lyn."

"Yr Heddlu?"

"Anghofies i ddweud wrthyt ti – mae'r Arolygydd Alain yn awyddus i gael gair. . ."

"Y cythrel! Ers faint wyt ti'n gwybod?"

Ond dim ond gwenu wnaeth Duval cyn estyn ei law at ddolen y drws.

Pennod 6

Dyma beth oedd *déjà vu* yn llythrennol, meddyliodd Lyn, wrth gamu drwy borth gorsaf yr heddlu ar sodlau Duval ond prin y byddai wedi disgwyl gweld newid ac yntau wedi bod yno ychydig wythnosau yn gynt. Roedd yr un swyddog pwdlyd a swrth y tu ôl i'r ddesg a'i edrychiad yr un mor amheus wrth iddo synhwyro ei fod wedi'i weld o'r blaen. Bron na fyddai Lyn wedi tyngu nad oedd y dyn wedi newid ei grys glas golau chwaith na'r *képi* ar ei ben.

Cododd y swyddog ei ben a gwthio'i gap 'nôl â'i fawd chwith a chraffu ar y ddau a'i lygaid tywyll yn culhau fel petai hynny'n help iddo weld yn gliriach. Symudodd ei lygaid o'r naill wyneb i'r llall ac yna'n ôl eto at Lyn fel petai'n ceisio galw i gof amgylchiadau'r cyfarfyddiad blaenorol.

"*Messieurs?*"

Duval siaradodd.

"*Monsieur* Duval a *Monsieur* Owen i weld *Inspecteur* Alain – mae'n ein disgwyl ni."

Nodiodd y swyddog a chodi teclyn y ffôn a siarad; yna rhoes y teclyn yn ei grud eto.

"Mi fydd y *patron* yn rhydd i'ch gweld ymhen ychydig funudau."

Estynnodd ei law a phwyntio at y seddi wrth y wal; yna rhoes ei sylw i'r dogfennau o'i flaen gan ddangos fod ganddo waith pwysig i'w wneud. Cododd ei ben ac ymsythu eto wrth i sŵn cerdded cyflym gryfhau ac yna agorwyd drws yng nghefn y stafell a chamodd yr Arolygydd i mewn a gwên ar ei wyneb.

"*Messieurs!*"

Gwelodd Lyn unwaith yn rhagor yr wyneb mawr, gwelw a'r llygaid gwan y tu ôl i wydrau dwbwl ei sbectol a'r gwallt du'n dechrau britho ac yn cilio ar ei dalcen. Cofiodd ei fod yn gryf a chadarn o gorffolaeth ond gwelodd nawr fod y dyn yn dalach nag yr oedd e'n ei gofio. Camodd yr Arolygydd ymlaen ato ac estyn ei law.

"Mae'n braf eich gweld unwaith eto, *Monsieur* Owen!"

"Fy mhleser i, *Monsieur l'Inspecteur*. Ga i gyflwyno *Monsieur* Duval?"

Cafwyd rhagor o ysgwyd dwylo a chyfarchion, a mwynhad Lyn yn cynyddu bob eiliad. Mor wahanol oedd y croeso'r tro hwn i'r tro dwetha – roedd yr Arolygydd hyd yn oed wedi dod i gwrdd â nhw a'u hebrwng i'w stafell. Rhaid fod Le Grand neu rywun o dano wedi dwyn cryn bwysau arno i gael y fath effaith.

"Dewch drwodd! Rwy i'n edrych ymlaen at gael sgwrs iawn."

Roedd stafell yr Arolygydd, fel y stafell groesholi y bu Lyn ynddi ddwywaith o'r blaen, yn debyg i'r disgwyliad – yn foel a phrin o addurn ar wahân i lun o'r Arlywydd ar un wal, cypyrddau a desg a chadeiriau cefnsyth.

Hebryngodd Alain nhw i mewn a'u gwahodd i eistedd wrth gau'r drws a chamu at ei sedd yntau wrth y ddesg. Pwysodd ymlaen a chraffu ar y ddau a daeth gwg dros ei wyneb. Daeth cyffyrddiad o bryder i feddwl Lyn. Oedd yr Arolygydd yn mynd i fod yn drafferthus, gan feddwl dial arno mewn rhyw fodd am nad oedd wedi datgelu'i ddiddordeb yn y gadwyn gyffuriau pan gwrddodd y ddau'r tro blaenorol?

Tynnodd yr Arolygydd ei sbectol gwydrau dwbwl a'i sychu â hances; yna fe'i gwisgodd eto a daeth golwg foddhaus dros ei wyneb. "Dyna welliant. Nawr 'te, foneddigion, mae Paris wedi bod mewn cyswllt â fi ac wedi egluro'r sefyllfa. Mi alla i'ch sicrhau y cewch chi bob cydweithrediad gen i a 'nynion."

"Diolch. . ." meddai Lyn, gan deimlo'i ennyd o dyndra'n diflannu.

Pwysodd Alain 'nôl yn ei sedd ac oedi fel petai'n meddwl beth i'w ddweud nesa. Sefydlogodd ei drem ar Lyn a daeth cysgod gwên i gorneli'i lygaid.

"Rhaid i fi gyfadde, mi achosoch chi dipyn o ben tost inni tra oeddech chi yma."

"Nid yn fwriadol, *Monsieur l'Inspecteur*."

"Na, na – ond rhaid i chi gyfaddef fod cael tri – nage, pedwar – o ddynion wedi'u lladd o fewn tridiau'n dipyn o benbleth – un yn y marina'n union o flaen lle roedd y ferch yn byw ac yn gweithio. . ."

"Maurice. . ."

"Ie, wrth gwrs – un o'ch dynion chi yntê? Ond nid un o'ch dynion chi oedd yr un yn fflat y ferch, nage? A honno'n diflannu yn eich cwmni chi'n syth wedyn. Gyda llaw, p'un ohonoch chi laddodd Pierre Duclos? Chi?"

"Nage – fel mae'n digwydd, Rhian fwriodd y dyn â llestr blodau rhag iddo fy lladd i."

"A dyw hi ddim yma i gadarnhau hynny."

Teimlodd Lyn ei wyneb yn cochi; fel petai'r Arolygydd yn ei gyhuddo o ddifwyno enw da Rhian wrth wadu'i gyfrifoldeb.

"Mi fydde'n dda gen i petai hi yma i wneud hynny, *Monsieur l'Inspecteur*, fydde dim ofn arna i gyfadde mai fi laddodd y dihiryn petai hynny'n wir. . ."

"Peidiwch â cholli'ch limpyn! Does neb yn mynd i golli

deigryn ar ôl y dihiryn arbennig hwnnw. Mae'n amlwg mai amddiffyn eich gilydd oeddech chi'ch dau, sut bynnag. Fel mae'n digwydd, ei holion bysedd hi oedd ar y pot blodau. Wedyn, dyna'r ail – Duclos – yn boddi yn y gronfa ddŵr a'r ola – Paul Sablon – yn disgyn o'r Pic du Midi. . ."

"Nhw oedd yn ceisio'n lladd ni, *Monsieur l'Inspecteur.*"

"Doeddwn i ddim yn amau hynny, yn enwedig pan ddaeth gorchymyn o Baris i adael llonydd i chi'ch dau. . ."

"Rown i'n meddwl mai dyna oedd wedi digwydd."

Nodiodd Alain.

"Wrth gwrs – neu mi fyddai'r rhwyd wedi cau amdanoch chi ymhell cyn i chi gyrraedd Andorra."

Gwenodd Lyn.

"Dwy i ddim yn amau hynny, *Monsieur l'Inspecteur*. A dweud y gwir, roeddwn i wedi synnu'n fawr at barodrwydd eich pobl i gadw draw. . ." Oedodd am foment, yna difrifolodd ei wyneb. "Yna mi sylweddolais y rheswm pam."

"Y ferch. . ."

Nodiodd Lyn.

"Yn hollol. Roedd hi'n destun amheuaeth ac os oedd ganddi ran yn y busnes cyffurie mi allai ein dodi ar drywydd y delwyr."

"Ond fe orffennodd y trywydd yn y New Forest."

Duval y tro hwn, yn falch i gael cyfrannu i'r sgwrs.

"Do."

Nodiodd yr Arolygydd.

"Mi glywais yr hanes – trist iawn, merch mor ifanc ac mor llawn o fywyd. Mae hynny'n golygu, wrth gwrs, fod rhywun yn Lloegr wedi gallu symud ar unwaith i gau'i phen. . ."

Roedd y goblygiad yn amlwg.

"Rhywun o fewn y Gwasanaeth, *Monsieur l'Inspecteur*.

Dyna pam mae'n rhaid inni weithio o'r pen yma – yn y dirgel fel petai."

"Ydi hynny'n golygu nad oes neb yn gwybod eich bod chi yma?"

"Un neu ddau'n unig."

"Ac rydyn ni'n awyddus i'w chadw hi felly, *Monsieur l'Inspecteur,*" meddai Duval.

"Wrth gwrs. Felly, sut galla i helpu? Os oes unrhyw beth y galla i wneud – dim ond gofyn sy raid," meddai'r Arolygydd.

Pwysodd Duval ymlaen ar ei sedd gan wingo ar y pren caled – cofiodd Lyn ei fam yn sôn amdano yntau'n blentyn aflonydd yn y capel, 'fel petai cynrhon yn dy ben-ôl'. Yna llonyddodd Duval a siarad.

"Os dewch chi ar draws unrhyw beth wnewch chi gysylltu â'r swyddfa ym Marseille? Fe gadwn ni gyswllt â hi yno."

"Ar bob cyfrif. A'r cwestiwn nesa yw – ble ydych chi am ddechrau?"

Edrychodd Duval ar ei gyfaill a rhoi edrychiad iddo oedd yn awgrymu mai ei dro ef oedd ateb cwestiynau.

"Ym – wel, *Monsieur l'Inspecteur*, mae 'na ddau neu dri mater ar 'y meddwl i. Gynta i gyd, mi hoffwn i ofyn a wyddoch chi unrhyw beth am ddyn o'r enw Albert Dupont. . ."

Gwrandawodd yr Arolygydd tra bu Lyn yn dweud yr ychydig ffeithiau a wyddai am Dupont – gan orffen gyda'i farwolaeth yn y *Métro*.

". . . wrth gwrs, mi alle hynny fod yn ddamwain bur ond mae'n bosibl iddo gymryd 'i fywyd 'i hun."

"Neu mae rhywun wedi cau'i geg rhag ofn iddo ddweud gormod?"

"Dwy i ddim yn credu fod hynny'n debygol ond mae'n rhaid i fi grybwyll y peth rhag ofn."

Nodiodd yr Arolygydd mewn distawrwydd am ychydig, wrth iddo ystyried y posibiliadau. Yna estynnodd ei law at y ffôn a rhoi gorchymyn. Yna edrychodd ar Lyn eto.

"Does gyda ni ddim gwybodaeth am neb o'r enw Dupont yn yr ardal hon – gawn ni weld beth fydd gan y brif swyddfa i'w ddweud. Ond os nad oedd sôn amdano ym Marseille – wel – digon tebyg mai torri'i galon wnaeth y dyn ifanc fel yr ydych chi'n ei awgrymu. . . A'r ail fater?"

"Y ferch. . . Os cofiwch chi – fe fu rhaid inni adael ar frys – mae'n siŵr 'i bod hi wedi gadael rhai pethe ar ôl yn y fflat. . ." Roedd yn anodd cyfeirio at Rhian fel "y ferch" ond doedd arno ddim awydd cymhlethu'r sefyllfa ag awgrym o gysylltiad emosiynol rhyngddo a hi. Ac roedd yr Arolygydd yn ysgwyd ei ben.

"Fe allwch fod yn dawel eich meddwl ein bod ni wedi archwilio'r fflat yn weddol drylwyr, *Monsieur* Owen. . ."

"Eto, doeddwn i ddim yn amau hynny, *Monsieur l'Inspecteur.* . ."

"Roedd 'na ddillad ar ôl, wrth gwrs, a llyfrau a phapurau, ond does dim byd o gwbl yn eu plith i'w chysylltu hi ag unrhyw un amheus. Wrth gwrs, mae croeso i chi fynd draw i weld y fflat. . ."

Ysgydwodd Lyn ei ben; byddai derbyn y cynnig yn amlygu diffyg hyder a ffydd yn yr Arolygydd. Heblaw hynny, fe fyddai'n dwyn atgofion pruddglwyfus.

"Dwy i ddim yn meddwl fod angen inni wneud hynny, *Monsieur l'Inspecteur.* . ."

"A'r trydydd mater?"

"Oes gyda chi syniad pwy laddodd Maurice Lefevre?"

Ysgydwodd yr Arolygydd ei ben.

"Does dim prawf, gwaetha'r modd, ond mi ddwedwn i mai un o deulu anhyfryd y Duclos wnaeth wrth weld eich cyfaill yn busnesa o gwmpas y porthladd. Meddwl mai lleidr oedd e – ac fel 'ych chi'n gwybod, dyw lladron ddim yn hoffi fod lladron eraill yn gweithio yn eu tiriogaeth nhw."

"Mae 'na bosibilrwydd arall. . ."

"Ie, Alphonse?"

"Gallai'r ferch fod wedi'i ladd."

Roedd fel ergyd yn ei asennau – i feddwl fod ei gyfaill yn gallu meddwl y fath beth. . .

"Mae hynny'n bosibl. . ." sylwodd yr Arolygydd.

"Os oedd hi'n aelod o'r Gadwyn ac yn meddwl fod Maurice yn fygythiad iddi – wel. . ." Prin yr oedd angen i Duval orffen y frawddeg.

Rhythodd Lyn ar y ddau. Doedd y peth ddim yn amhosibl; petai Rhian yn aelod o'r giwed ac nid yn groten ddiniwed oedd wedi'i themtio i wneud arian poced, fe fyddai'n gwybod y byddai angen cau pen Maurice a bwrw ei fod wedi dod ar draws rhyw wybodaeth o bwys. Yr eiliad honno cofiodd Lyn eiriau ola'i gyfaill ato dros y ffôn ychydig cyn iddo farw; roedd y dyn yn amlwg wedi cynhyrfu ac roedd yn amlwg ei fod wedi dod ar draws rhywbeth – neu rywun – pwysig. Ond ni ddwedodd fawr ddim pendant wrtho ar wahân i drefnu cwrdd a chafodd Maurice, druan, byth mo'r cyfle i ddweud yr hyn a wyddai. Cafodd ei dewi, o bosibl, rhag dweud. Eto i gyd, trychu llwnc Maurice wnaeth y llofrudd – tybed a allai Rhian fod wedi gwneud hynny? Oedd ganddi'r nerth corfforol a'r medr i afael mewn dyn talach a chryfach na hi a'i ddal yn llonydd yn ddigon hir i fwrw llafn cyllell drwy ei gorn gwddw a'i wthio i'r dŵr mewn mater o eiliadau? Ond roedd Pierre Duclos yn ddigon atebol i wneud y gwaith, yn ddigon cryf, yn ddigon chwimwth ac yn ddigon cyfarwydd â'r fath weithred, mae'n siŵr, o gofio'i gefndir a'i hanes. A gellid dweud hynny am ei dad hefyd.

"Wel, digon tebyg na chawn ni fyth wybod y gwir a chynifer o'r *dramatis personae* wedi mynd ffordd yr holl fyd. Oni bai fod rhywun yn y Gadwyn yn dod i'r golwg rywsut. . ."

"Mae 'na un peth. . ."

"Monsieur l'Inspecteur?"

Agorodd yr Arolygydd ddrôr yn ei ddesg a thynnu amlen sylweddol ohono. Agorodd yr amlen a thynnu ohoni nifer o lythyrau a llyfryn bach â chlawr coch tywyll.

"Rhai o bethau personol y ferch – llythyr busnes neu ddau, ambell ffurflen swyddogol – dim byd o bwys – a hwn."

Estynnodd y llyfryn i Lyn.

"Allwn ni ddim gwneud pen na chynffon ohono; tybed a allwch chi?"

Cymerodd Lyn y llyfryn a'i agor, yna gwenodd.

"Dyddiadur. . ."

"Roeddwn i'n deall cymaint â hynny – ond beth am y cynnwys?"

"Yn Gymraeg, wrth gwrs."

"Cymraeg?"

"Ei hiaith gynta – fy iaith inne hefyd – perthyn i'r Llydaweg."

"Felly."

Nid oedd y cyswllt Celtaidd o ddim diddordeb i'r Arolygydd a barnu wrth ei ymateb di-liw.

"Ond fe allwch chi ddeall y cynnwys?"

"Gallaf. . . Os ca i fynd ag ef gyda mi, mi a' i drwyddo'n fanwl, *Monsieur l'Inspecteur.*"

Nodiodd yr Arolygydd ei gydsyniad.

"Ac mi rowch wybod imi os bydd rhywbeth ynddo o ddiddordeb i ni yn St Cyprien? Rhywbeth am y giang 'na y buoch chi mor ddiwyd yn ei difa, er enghraifft? Rhag ofn fod rhagor ohonyn nhw o gwmpas o hyd ac angen cael gwared ohonyn nhw, yntê?"

Roedd y wên yn mynnu dod i'r golwg ar ei wyneb wrth iddo siarad.

"Diolch yn fawr i chi, *Monsieur l'Inspecteur* – mi gewch chi'r llyfryn 'nôl yfory. . ."

Ond roedd yr Arolygydd yn ysgwyd ei ben.

"Does dim angen, *Monsieur* Owen – mae'n siŵr y bydd yn fwy gwerthfawr yn eich dwylo chi. Mae croeso i chi fynd ag e'n ôl gyda chi i Loegr."

Diolchodd Lyn iddo; gallai bori yn y llyfryn drosodd a thro rhag ofn ei fod wedi colli rhywbeth arwyddocaol yn y darlleniad brysiog cyntaf. Ar ben hynny, roedd yn bosibl y byddai teulu Rhian yn dymuno'i gael rywbryd, pan fyddai popeth drosodd.

Trodd ei ben a rhoi cip brysiog ar Duval, yna cododd ar ei draed.

"Wel, *Monsieur l'Inspecteur*, rŷn ni wedi aflonyddu digon arnoch chi'n barod."

"Mae i chi groeso, *Monsieur* Owen. Fel y dwedais i, unrhyw beth y gallwn ni wneud. . .Ym – ymhle byddwch chi'n aros heno? Rhag ofn y bydd eisie cysylltu â chi – os daw newyddion am y Dupont 'na er enghraifft?"

"Wel – doeddwn i ddim wedi ystyried y mater."

Edrychodd ar Duval ond doedd gan hwnnw ddim i'w ddweud.

"Wel – ym – Hôtel Ibis, o bosibl, fel y tro dwetha, a bwrw y bydd lle inni yno."

"Ddylech chi ddim cael trafferth yr amser yma o'r flwyddyn."

Cododd er mwyn eu hebrwng allan.

"Falle cawn ni air pellach yn y bore?"

"Ar bob cyfri, *Monsieur l'Inspecteur*."

* * *

Roedd yr Hôtel Ibis hithau fel yr oedd Lyn yn ei chofio, gyda'i thoreth o ffenestri ac addurniadau modern, ac roedd y ferch ddu o Sénégal, gyda'r llygaid mawr, chwareus a'r dannedd llachar yno y tu ôl i'r ddesg fel ar y tro cyntaf iddo fynd i'r gwesty. Roedd hi'n brysur yn siarad dros y ffôn pan ddaeth Duval ac yntau at y ddesg ger ei bron. Pan welodd hi Lyn daeth ymateb sydyn i'w llygaid – fflach o adnabyddiaeth neu atgof, neu a oedd elfen o sioc neu fraw neu gasineb hyd yn oed yn yr adnabyddiaeth hefyd? Os oedd, roedd wedi diflannu mewn chwinciad – ond nid cyn i Lyn sylwi. Gwenodd arni'n foesgar wrth iddi ddod â'i sgwrs i ben.

"Mae'n braf eich gweld chi eto, *Monsieur*. . ."

"Mae'n braf meddwl eich bod yn fy nghofio, *Mademoiselle*."

Disgleiriodd y llygaid chwareus.

"Pwy a allai'ch anghofio, *Monsieur*? Stafell fel o'r blaen, gyda golygfa dros y môr, ie?"

"Ie, os gwelwch yn dda."

"Os byddwch cystal â llenwi'r daflen yma. . ."

"Â phleser. . ."

Llanwodd y ffurflen arferol yr oedd yn rhaid i bob gwesty ei hanfon at yr heddlu ynglŷn â'i gwesteion, gan nodi unwaith eto mai gwerthu cyfrifiaduron oedd ei waith.

"*Voilà*."

"*Merci, Monsieur. . . chambre numéro cinquante-six.*"

Gwenodd Lyn a diolch iddi wrth gymryd yr allwedd. Arhosodd wrth i Duval arwyddo a chael stafell pum deg wyth, y drws nesa iddo. Yna cerddodd y ddau at y lifft. Camodd y ddau i mewn a throi i wynebu'r drysau. Cyn i'r rheiny gau gwelodd fod y ferch o Sénégal ar y ffôn unwaith eto ond roedd ei llygaid yn syllu ar eu holau.

Roedd Lyn yn dawel wrth i'r lifft eu codi i'r pumed llawr. Ai Duval ac yntau oedd testun yr alwad ffôn? Roedd y cetyn edrychiad yn llygad y ferch ar ei feddwl hefyd. Y tro cyntaf iddo gwrdd â hi roedd elfen o gynhesrwydd rhywiol yn ei threm a'i gwên; y tro hwn roedd y wên yn ffals ac oeraidd ac yn awgrymu fod ei theimladau wedi newid. Tybed a oedd ganddi reswm dros ei gasáu? Os oedd yn ei gasáu rhaid ei bod hi naill ai'n gysylltiedig â Rhian a'r fasnach gyffuriau neu'n perthyn i'r giang o fân-ladron, Sablon a'r ddau Duclos. Beth bynnag fyddai'r rheswm fe dalai iddo fod yn wyliadwrus ohoni. Efallai y byddai'n dda bod Duval gydag ef yn gwylio'i gefn – o leia, mi fyddai'n teimlo'n fwy cyfforddus.

A'i allwedd ar anel at dwll y clo oedodd eiliad.

"Swpera ymhen hanner awr?"

Byddai hynny wrth fodd Duclos ac yn rhoi amser iddo ffonio Marseille. Fe fyddai hefyd yn rhoi amser iddo gael cawod ar ôl y daith.

Wrth edrych o gwmpas ei stafell bron na allai dyngu mai yn hon y bu'n aros y tro o'r blaen. Yr un olygfa dros y porthladd, yr un addurniadau gwyn plastig, yr un gwely dwbwl, yr un naws o fodernrwydd ymarferol a diwastraff. Cerddodd heibio i'r gwely a chodi ymyl y carped a gwelodd fod marciau ar ymyl un astell yn y llawr – dyna lle bu'n cadw'i basport dros nos y tro o'r blaen. Cloffodd rhwng dau feddwl am foment – ai gwneud hynny eto neu beidio. Yna penderfynodd beidio – doedd wybod pryd y dôi'n argyfwng arno ac angen symud yn ddiymdroi fel y tro o'r blaen. Gwell fyddai cadw'i bethau arno'r tro hwn, er bod Duclos yno'n gefn iddo a'r naill yn gwarchod y llall rhag ymosodiad sydyn.

Roedd ganddo ddau beth i'w gwneud, fodd bynnag, ar wahân i gymryd cawod. Yn gyntaf tynnodd ei ddryll o'i wain o dan ei gesail a'i archwilio, gan sicrhau fod y bwledi yn eu lle a'r mecanwaith yn symud yn esmwyth. Yn ail, roedd dyddiadur Rhian ganddo i'w ddarllen.

Nid oedd wedi edrych ymlaen at wneud hynny, gan wybod y byddai pob tudalen yn dod ag atgofion ohoni i'w feddwl a'i ddychymyg. Gwelodd yn syth nad oedd Rhian wedi cadw dyddiadur manwl bob dydd. Manion a geid yn fynych – trefniadau ymlaen llaw, pethau i'w cofio, oed i'w gadw gyda hwn-a-hwn neu hon-a-hon. Peth digon anniddorol oedd darllen fod ganddi apwyntiad i wneud ei gwallt. Yna llamodd ei galon wrth iddo weld y llythrennau "AD" yn britho tudalennau'r misoedd cyntaf. Cyfeiriadau syml yn gyntaf – "Cwrdd ag AD mewn disco". Yna "AD wedi ffonio a gofyn i fi fynd mas gydag e". Yna "swper gydag AD – pleserus". Yn raddol fe ddatblygodd dwyster y cyfeiriadau gyda geiriau fel "hoffus", "cariadus", "rhywiol" yn britho'r tudalennau. Yna ar 3 Chwefror darllenodd, "AD wedi gofyn i fi. . . finnau'n syn." Chwefror 7 – "AD yn pwyso am ateb". Chwefror 10: "Ie ie ie!!!"

Dododd Lyn y dyddiadur i lawr a syllu at oleuadau'r porthladd. Beth oedd Albert wedi gofyn iddi wneud – ei briodi, neu fynd i'r gwely gydag e? Roedd Iwan, brawd Rhian, wedi dweud ei bod hi wedi sôn am ddyweddïo. Un ystyr bosibl i'r "ie ie ie!!!" afieithus oedd yr awgrym o ferch mewn cariad yn ildio i ddyheadau'i charwr. Ac eto, peth rhyfedd, os oedd hi ac Albert yn caru'n dynn, na fyddai hi'n cyfeirio ato wrth ei enw ac nid wrth ei flaenlythrennau. Fe allai fod eglurhad digon diniwed – ei bod wedi dechrau dodi "AD" yn ei dyddiadur a'i bod wedi parhau i wneud hynny o ran arfer neu swildod neu ofergoeledd hyd yn oed. Yn sicr, nid oedd unrhyw gyfeiriad amlwg at gyffuriau yn y cofnodion hynny. Dechreuodd ddarllen eto a synhwyro newid graddol yn y dyddiadur: 3 Mawrth – "Dawnsio gyda C – AD yn genfigennus"; 7 Mawrth – "AD yn fygythiol". Yna ar 15 Ebrill darllenodd "Wedi cyrraedd St Cyprien, diolch byth – WEDI GORFFEN AG AD. HWRÊ! HWRÊ!!"

Roedd y neges yn ddigamsyniol – carwr oedd Dupont, nid aelod o'r Gadwyn, ac roedd y garwriaeth wedi mynd o chwith. Pam? Roedd AD wedi bod yn genfigennus am iddi ddawnsio gyda rhyw "C" ac yna'n fygythiol. Hawdd y gallai carwr deimlo cenfigen petai'i gariad yn troi'i sylw at ddyn arall a hawdd y gallai droi'n fygythiol, hefyd, o ran hynny, petai o natur genfigennus neu'n fawr ei siomedigaeth. Ond doedd dim tystiolaeth yn y dyddiadur fod Albert Dupont wedi aflonyddu arni wedi iddi adael Paris. Ond roedd y wraig yn y caffe yn Condat wedi dweud gymaint yr oedd Albert wedi dioddef ar ôl i'r berthynas rhyngddo a'r "Saesnes" orffen. Gallai fod wedi cyflawni hunanladdiad ar ôl torri'i galon, druan.

* * *

Curo ysgafn ar ei ddrws a'i deffrôdd o'i fyfyrdodau. Edrychodd ar ei watsh wrth fynd at y drws. Roedd yr hanner awr wedi hedfan.

Roedd y dyddiadur ym mhoced fewnol ei siaced wrth i Duval ac yntau fynd i lawr i'r restaurant i fwyta. Daeth gweinydd atyn nhw'n wenau mursennaidd a'u hebrwng at fwrdd gyda golygfa dros y porthladd. Plygodd Duval ei ben ac ymgolli yn y fwydlen yn awchus a gofyn am bysgodyn – un o ddanteithion yr arfordir – yn brif saig.

Ond digon prin oedd archwaeth Lyn am fwyd a syllodd yn hir heb allu penderfynu.

"Tu vives d'amour et de l'eau fraîche, Lyn!" poenodd Duval

ef wrth ei weld mor araf yn dewis. Gwenodd Lyn – byw ar gariad a dŵr glân – hen ddywediad am gyflwr carwr, a phenderfynodd yntau gael y pysgodyn lleol gyda thatws newydd bach. Duval ddewisodd y gwin – un sych 'Entre-deux-mers' a hwnnw'n cyrraedd chwap mewn bwced iâ.

"*Santé!*"

"Iechyd!"

Roedd y bwyd yn ddigon dymunol ond roedd ei feddwl yn bell a sylwodd Duval ar hynny. Beth oedd yn bod?

"Wedi bod yn darllen y dyddiadur ydw i. . ."

"A?"

Ysgydwodd Lyn ei ben a chymryd llond pen o'r pysgodyn. Cnodd a llyncu.

"Digon anniddorol – apwyntiadau i wneud ei gwallt a manion tebyg – a thipyn o sôn am AD."

"Dupont. . ."

"Ie – dechrau'r garwriaeth, a'r diwedd."

Teimlodd Duval awydd i ofyn a oedd 'na fanylion llamsachus yn y dyddiadur ond cafodd y gras i ddal ei dafod wrth synhwyro gwewyr Lyn.

"Cyhyd ag y gwela i, mae beth wedodd Iwan – brawd Rhian – yn wir – 'i bod hi wedi dod i St Cyp ar ôl gorffen â Dupont."

"Dianc oddi wrtho. . ."

"Ie – a does dim sôn yn y dyddiadur 'i fod e wedi'i dilyn."

"Digon posibl na wydde fe ddim i ble roedd hi wedi mynd. Os oedd hi'n dymuno gorffen ag e ac os oedd e'n fygythiol tuag ati doedd hi ddim yn debyg o ddweud wrtho. Cyhyd ag y gwydde fe, fe allai fod wedi mynd adre i Loegr – hynny yw, i Gymru – o ran hynny. . ."

"Os yw hynny'n wir, mae'n amlwg nad o'dd e'n perthyn i'r Gadwyn."

"Ydi."

Cododd Duval ei ben yn sydyn a'i fforc yn llonydd ar ei ffordd at ei geg.

"Wnest ti ddim holi a fu e'n ceisio cysylltu â hi yng Nghymru?"

Ysgydwodd Lyn ei ben.

"Naddo."

Gorffennodd y fforc ei thaith.

"Wel. . ." Llyncodd Duval y gegaid. "A fyddai'n werth ffonio'i theulu i gael gwybod?"

Tro Lyn oedd hi i oedi wrth fwyta. Petai Dupont wedi cysylltu â'r teulu yn Aberystwyth fe fyddai hynny'n arwydd gweddol bendant nad oedd yn rhan o'r Gadwyn. Ond os nad oedd wedi cysylltu â nhw fyddai Lyn ddim tamaid nes ymlaen yn ei ymholiadau. Serch hynny, fe fyddai'n werth rhoi cynnig arni – fe wnâi hynny ar ôl gorffen y pryd.

* * *

"Hylô – Iwan?"

"Ie. Pwy sy 'na?"

"Lyn – Lyn Owen. Eisie gofyn cwestiwn o'dd arna i."

"Gofynnwch chi."

"Y dyn 'na – Albert Dupont – ydych chi'n gwbod a wnaeth e unrhyw ymdrech i gysylltu â Rhian wedi iddi symud o Baris?"

"Ddim trwy wybod i fi."

"Wnaeth e ddim ffono atoch chi na dod i'ch gweld?"

"Mi fyddwn i'n siŵr o fod wedi clywed tase fe wedi ffono – ac wy i'n hollol siŵr na dda'th e i'n gweld ni. Pam? Ydi hynny'n bwysig?"

"Nag yw – ddim mewn gwirionedd. Meddwl oeddwn i y galle fe fod wedi rhoi ei rif ffôn neu gyfeiriad i chi."

"Naddo, ma'n flin 'da fi. . . Gwedwch wrtho' i – shwd ma' pethe'n mynd?"

"Ma'n anodd gweud ar y foment, Iwan – "dyddie cynnar" ys gwedson nhw. Ta p'un i – shwd ma'ch tad a'ch mam erbyn hyn?"

"Fel y byddech chi'n dishgwl. O's 'na neges galla i roi iddyn nhw i godi'u calonne?"

"Gwedwch 'mod i'n meddwl amdanyn nhw ac y galwa i 'to pan fydd newyddion 'da fi. Hwyl nawr 'te."

"Pob hwyl – a diolch am ffono."

PENNOD 7

ROEDD DUVAL WRTH y drws eto, yn twtio'i dei pili-pala, a'i wyneb yn goch a'i lygaid yn disgleirio ar ôl y gwin amser swper, yn ei wahodd i ddod am dro ar hyd y promenâd hir. Roedd wedi gwisgo siwt las-tywyll ac roedd pob blewyn o'i wallt yn glynu'n dynn gyda chymorth hufen gwallt. Roedd yn bictiwr o ddyn trwsiadus gyda'i fwstásh tywyll main. Bron na ddisgwyliai Lyn iddo wisgo sbats uwchben ei esgidiau du oedd wedi'u sgleinio'n berffaith, a chario ffon fach ddu a phen aur iddi a dawnsio wedyn fel Fred Astaire ar draws y coridor. Teimlodd Lyn yn anniben o'i flaen yn ei siaced lasddu a'i grys-T gwyn.

"Barod?"

"Ydw."

Symudodd Duval gymal ei fys ar draws ei fwstásh i'w dacluso yna trodd ac anelu am y lifft. Roedd y ferch ddu'n dal wrth y desg pan aeth y ddau drwy'r cyntedd ond roedd hi'n brysur a'i phen wrth gyfrifiadur ar y pryd.

Am ryw reswm troi i'r dde wnaeth y ddau gan deimlo'r awel gynnes ar eu hwynebau. Er fod yr haul wedi machlud roedd llawer o olau'n dod o lampau'r stryd a'r pelydrau'n dawnsio ar donnau'r porthladd ac ar ffenestri'r cychod pleser ar angor ger y muriau tywyll.

Yna sylweddolodd Lyn fod eu camre'n eu dwyn yn nes ac yn nes at y Port d'Attache, y marina lle bu Rhian yn gweithio ac yn byw yn un o'r fflatiau. Wrth agosáu at yr adeiladau hir o gwmpas y marina gallai glywed unwaith eto'r cŵn gwarchod yn cyfarth wrth iddyn nhw grensian dros raean. Yna pan ddaeth y ddau at y llwybr sment ar ymyl y dŵr fe welai ffurfiau'r pysgod yn symud o dan yr wyneb. Llamodd ei galon pan welodd un yn neidio'n fwa disglair fel y tro o'r blaen.

"Tiens!"

Saethodd yr ebychiad o syndod o enau Alphonse a chraffodd i lawr i weld a welai ragor o bysgod – neu fel petai'n syllu ar gorff Maurice yn gorwedd yn dawel o dan wyneb y dŵr.

"Fan hyn yn union oedd Maurice, druan."

Ysgydwodd Duval ei ben mewn tristwch ac yna agorodd ei lygaid mewn syndod pan aeth Lyn ymlaen.

"A fan'co oedd fflat Rhian."

"Mor agos â hynny?"

Mor agos â hynny, yn ddigon agos iddi hi – neu rywun arall – fod wedi neidio allan ar Maurice yn y tywyllwch a'i ladd heb i neb sylwi. Y foment honno teimlodd Lyn siomedigaeth nad oedd wedi derbyn cynnig yr Arolygydd i fynd i'r fflat, i gael ymdrochi yn yr atgofion amdani, ei chofio'n chwerthin, yn rhannu bwyd a diod ag ef – ac yn achub ei fywyd drwy ladd y dyn oedd yn ei fygwth. Beth petai Alain a'i bobl wedi colli rhywbeth bach allweddol? Ond faint o siawns fyddai ganddo i lwyddo lle roedd tîm o arbenigwyr wedi methu?

Mor agos â hynny, a'r foment honno roedd yr amheuon yn dechrau llifo i'w feddwl unwaith eto. Yna ysgydwodd ei hun; doedd dim pwynt ymdroi mewn atgofion hiraethus. Dechreuson nhw symud ar hyd y promenâd unwaith eto i gyfeiriad y gwesty. Cerddodd y ddau mewn distawrwydd am ychydig funudau yna dechreuodd leisio'i feddyliau a Duval yn ymddwyn fel carreg ateb.

Doedd dim i gysylltu Dupont â St Cyprien a doedd dim tystiolaeth wedi dod hyd yn hyn oddi wrth yr Arolygydd. A beth am Aberystwyth? holodd Duval. Ond ysgwyd ei ben a wnaeth Lyn.

"Felly, mae'r Dupont yma'n amherthnasol inni. . ."

"Ydi, fe allwn i feddwl – a hyd yn hyn does gyda ni ddim un trywydd arall i'w ddilyn. Rwy i'n dechrau meddwl mai gwastraff amser oedd dod i St Cyprien."

"Mae'n gynnar eto – falle bydd gan Alain rywbeth inni 'fory."

Roedd hynny'n bosibl – rhyw awgrym, cyfeiriad, rhywun yn cofio rhywbeth neu rywun a allai'u harwain at y Gadwyn. Ond 'fory oedd hynny; heno fe allen nhw segura yn y gwesty dros wydraid o rywbeth neu fentro i glwb nos fel y gwnaeth Lyn unwaith o'r blaen. Daeth yr atgof i'w feddwl yn glir – ac fel y cafodd ei daro'n anymwybodol a cholli'i waled fel twrist diniwed a dibrofiad. Petaen nhw'n mynd yno eto o leiaf fe fydden yn gwmni i'w gilydd. Ond doedd arno ddim angen yr holl sŵn aflafar na'r mwg sigarennau na'r goleuadau llachar yn fflachio yn y gwyll. Gwell ganddo wydraid o win neu baned o goffi yng nghwmni Duval. Roedd hynny ynddo'i hun yn awgrymu fod dyddiau'i ieuenctid yn dechrau cilio ar y gorwel.

A heblaw hynny roedd ganddo ddyddiadur i'w ddarllen yn fanwl. . .

* * *

Roedd hi'n tynnu at un ar ddeg o'r gloch a'r ddau bellach yn eistedd yn stafell Lyn ac yn trafod pethau. Roedd Lyn wedi bod trwy'r dyddiadur yn fanwl ddwywaith heb weld dim byd arwyddocaol ynddo ar ôl anwybyddu'r cyfeiriadau at Dupont. Ochneidiodd yn dawel gan estyn ei freichiau mewn arwydd o flinder uwch ei ben a dylyfu gên – fe roddai un cynnig arall ar y llyfryn cyn meddwl am fynd i orffwys.

Roedd eisoes wedi diosg ei esgidiau ac yn cyrcydu ar y gwely tra oedd Duval yn eistedd yn syber mewn cadair esmwyth ac yn bodio pasport Rhian. Oedodd hwnnw am eiliad a dechrau cymharu tudalennau. "Lyn. . ."

"Alphonse?"

"Mae'r ferch 'ma wedi teithio tipyn dros y blynyddoedd. . ."

"Wel?"

"Mwy na'r disgwyl. . ."

"Hm?"

"Wel – faint o ferched sy'n gallu mynd ar eu gwyliau dair gwaith mewn cyfnod o chwe mis?"

"Beth?"

"Mae 'di bod yn yr Aifft, a Cyprus a Moroco eleni."

"Beth wyt ti'n trio dweud yw. . . ?"

"Ai pleser neu fusnes oedd y rheswm dros deithio – a phwy oedd yn talu?"

Roedd Duval yn iawn – fe allai Rhian fod yn negeseua ar ran y Gadwyn mewn gwledydd lle byddid yn trafod cyffuriau. Trawodd syniad ef.

"Beth yw'r dyddiadau?"

"Ym – Yr Aifft ar Chwefror 7 a. . ."

"Aros funud – gad i fi edrych yn y dyddiadur."

Bodiodd y dyddiadur nes dod at y dyddiad a theimlodd siom.

"Y cyfan mae'n ddweud yw enw'r llong – *S.S. Canara*."

"Dim ond un noson?"

Trodd Lyn dudalen y dyddiadur.

"Nage, dwy – mae'n cyrraedd 'nôl i Limasol drennydd."

"A beth am Moroco ar Fai 10?"

Trodd dudalennau'r dyddiadur eto.

"Dyma ni, un cyfeiriad – ar y degfed a 'nôl i Ffrainc drannoeth."

"Diwrnod neu ddau bob tro! Mae hynny'n awgrymu rhywbeth, ddwedwn i!"

Oedd – roedd yn awgrymu nad mynd yno ar wyliau, i fwrw'r Sul o bosibl, a wnaeth Rhian ond ar neges – a gallai ddyfalu sut neges. Yn ôl y dystiolaeth hon nid merch ddiniwed yn cael ei themtio unwaith i ennill arian poced oedd hi. Pam y byddai'n gwneud y teithiau hynny oni bai ei bod yn negesydd i'r Gadwyn? Roedd ei atgof o ferch ddiniwed yn breuo fwyfwy bob dydd. Am faint y gallai barhau i gredu ynddi yn lle derbyn iddi fod yn rhan o'r Gadwyn?

Y foment nesa agorodd ei lygaid mewn syndod. Wrth droi ymlaen heibio i'r dyddiad hwnnw o Fedi cyn iddyn nhw ffoi o St Cyprien fe welodd neges arall yn niwedd mis Tachwedd.

"Alphonse – gwrando ar hyn. Mae 'na gofnod ar gyfer diwedd y mis yma."

Edrychodd y Ffrancwr arno'n syn.

"Diwedd y mis? Ymhen tridiau?"

"Ie – rhywbeth wedi'i drefnu ymlaen llaw. Gyda llaw – wyt ti'n dda am ddatrys posau?"

"Beth?"

"*Silla de la primera viuda en T.C.Bs As – Molina de Trevelin.*"

"Beth oedd 'na? Silla?"

" '*Silla de la primera viuda en T.C.Bs As – Molina de Trevelin*'. Oes gen ti syniad beth mae'n feddwl?"

Cyffyrddodd Alphonse â'i fwstásh a'i anwesu'n feddylgar.

"Sbaeneg. . ."

"Ie, wrth gwrs – rhywbeth y rhywbeth cyntaf. . . *viuda*. . ."

"Gweddw."

"Gweddw? Pa weddw? A pham y weddw gynta? A ble? 'Yn *T.C.Bs.As*' – ble bynnag mae hwnnw."

"Hm. . ."

Roedd y bys yn dal i anwesu'r mwstásh.

A ble'r oedd Trevelin?

"Trevelin – gair Cymraeg yw Trevelin, Alphonse. . ."

"Felly wir?"

Difrifolodd ei wyneb. Ble bynnag oedd 'Trevelin' gallai'r cyfeiriad awgrymu fod y Gadwyn eisoes wedi cyrraedd Cymru.

"Wyddost ti ble mae'r Trevelin 'ma?"

Ysgydwodd Lyn ei ben.

"Rhywle yng Nghymru – fferm neu bentre, efalle. Mae'n siŵr fod dwsinau o leoedd â'r enw – Melin-y-wig, Melin Cryddan, Melin-cwrt, Melingruffydd, Melin Ifan Ddu, Melin-y-coed. . ."

Tawodd; roedd yn siŵr y gallai feddwl am ragor o leoedd â 'melin' yn rhan o'r enw petai'n ymdrechu i wneud hynny ond ble yn hollol oedd Trefelin? A pham sillafu'r enw â 'v' yn lle 'f'? Go brin y byddai Rhian wedi gwneud hynny drwy gamgymeriad. Rhaid ei fod yn hen sillafiad yn perthyn i'r gorffennol pell – mewn rhan o Gymru oedd bellach wedi colli'r iaith, o bosibl, neu'r tiroedd Cymreig hynny yn siroedd Henffordd ac Amwythig fu unwaith yn rhannau o Gymru. Neu fe allai fod yn enw Cymraeg mewn gwlad dramor – yng Ngogledd America neu hyd yn oed Seland Newydd neu Awstralia – ble bynnag yr oedd Cymry wedi ymfudo wrth i Ymerodraeth Prydain daflu'i chysgod dros y byd. Roedd pawb yn gwybod am 'Bryn Mawr' yn Philadelphia – tybed oedd 'na 'Trevelin' yno hefyd?

Trawodd y syniad ef yn sydyn. Roedd 'na ddarn o'r byd lle bu Cymry'n trefedigaetha, ac fe allai lle o'r enw 'Trevelin' fod yno, ym Mhatagonia. Roedd Rhian, yn ôl ei phasport, wedi bod yn yr Ariannin rywdro; tybed a fu hi ym Mhatagonia tra bu hi yno?

"Rwy i 'di cael syniad. . ."

"O?"

"Yn ôl y pasport mae hi wedi bod yn yr Ariannin."

"A?"

"Patagonia, Alphonse – lle mae Cymry'n byw."

Roedd yr olwg ar wyneb Alphonse yn brawf nad oedd yntau fel y rhan fwyaf o bobl ddim wedi clywed erioed am y Wladfa, heb sôn am y *Mimosa* a'r fintai obeithiol a 'gododd daear las ar wyneb anial dir' yn y ganrif ddwetha. Roedd y syniad fod pobl yn Ne America'n siarad Cymraeg yn beth cwbl annisgwyl os nad hurt iddo.

"Cymry – yn Patagonia?"

"Derbyn fy ngair, Alphonse – wna i ddim rhoi gwers hanes iti – ond mae 'na Gymry'n byw yn yr Ariannin ers dros gan mlynedd – yn Patagonia'n bennaf – mi fentra i fod 'na le o'r enw Trevelin yno."

"Map amdani felly i wneud yn siŵr. . ."

"Mi wnaiff bore 'fory'r tro a bwrw fod 'na lyfrgell go dda yn y dre 'ma."

"Twt, mi ro i alwad i Marseille, fe gân nhw wneud rhywbeth i helpu am unwaith. . ."

Byddai hynny'n gam ymlaen; os oedd lle o'r enw Trefelin ym Mhatagonia fe fyddai melin wedi bod yno unwaith i roi enw i'r lle ac roedd cadarnhad o hynny yn y 'molina'. Os oedd hi'n dal yno fe allai fod yn lle i Rhian wneud cyswllt â rhywun – rhywun yn y Gadwyn, boed hwnnw'n Gymro o ran tras neu beidio.

Ceisiodd Lyn ddilyn y trywydd ar fap yn ei feddwl – o Batagonia dros yr Andes i Valparaiso yn Chile, ac oddi yno o bosibl i lygad y ffynnon ei hun – i Colombia, gwlad y barwniaid cyffuriau. Ac i'r cyfeiriad arall gellid hedfan yn hawdd i Buenos Aires ac oddi yno i Ogledd America neu Sbaen neu Ffrainc neu Brydain – un arall o lwybrau cymhleth y Gadwyn i borthi marchnadoedd gwancus ac anghyfreithlon y Byd drwy ddrws y cefn, fel petai. . .

"Wrth gwrs – Bs As – Buenos Aires, Alphonse!"

"*Mais oui* – Buenos Aires – *alors*. . ."

"Felly – rhywle yn Buenos Aires lle mae gweddwon yn gwneud rhywbeth – rhywle yn dechrau â TC – ymhen tridiau. . ."

Ond doedd dim goleuni pellach ar y mater y noson honno. Efallai y byddai rhywun ym Marseille â gwybodaeth drylwyrach na'r naill na'r llall ohonyn nhw am brifddinas yr Ariannin a chytunwyd i adael pethau fel yr oedden nhw dros nos.

Gorweddodd Lyn ar ddihun am hanner awr neu ragor a'i feddwl aflonydd yn trafod y pos. Roedd yn cymryd yn ganiataol fod 'na le o'r enw Trefelin ym Mhatagonia ac mai rhywle yn Buenos Aires oedd 'TC'. Rhwng cwsg ac effro bu enwau ffansïol yn ymlid ei gilydd drwy'i feddwl – Tal-y-cafn – Tref Caerfyrddin – Traeth Coch – Trecastell – Top Cat – Tad Cymreig. . . Syrthiodd i gysgu dan sibrwd "Rhywbeth y weddw gynta yn TC Buenos Aires – ymhen tridiau. . ."

* * *

Er ei bod yn noson gynnes roedd digon o awel i beri i'r llenni siffrwd yn ysgafn o flaen y ffenest-ddrws cil-agored. Efallai mai'r siffrwd hwnnw a ddihunodd Lyn rywbryd yn yr oriau mân – neu efallai mai anadliad isel y ffigur tywyll wrth erchwyn y gwely a wnaeth hynny. Roedd ar ddi-hun mewn eiliad a chloriau'i lygaid yn dal ar gau. Cadwodd nhw ar gau am eiliad neu ddwy eto a chlustfeinio ac yna clywodd bwysau ysgafn fel llaw merch ar y dillad gwely. Am eiliad o hurtrwydd fflachiodd delwedd o Rhian i'w feddwl. Yna symudodd ei law dde'n ara' deg o dan y gobennydd a'r bysedd yn ymbalfalu. . .

"Chwilio am hwn, *Monsieur*?"

Roedd tinc o chwerthin yn gymysg â nodyn o fuddugoliaeth yn llais y ferch. Agorodd Lyn ei lygaid a rhythu at y ffurf dywyll uwch ei ben a gweld dwy res o ddannedd fel perlau a gwyn dau lygad yn syllu arno. Roedd digon o olau'n dod drwy'r ffenest-ddrws iddo allu nabod y ferch o Sénégal – a'i dwrn wedi cau am ddolen ei ddryll!

"*Bouge pas!*" – a'i sibrydiad ffyrnig yn ei rybuddio i aros yn llonydd; gorweddodd heb gyffro yn ufudd i'w gorchymyn a'i feddwl yn rasio; sut oedd hi wedi llwyddo i ddod i mewn i'r stafell a chipio'i ddryll o dan ei obennydd cyn iddo ddihuno? A'r dillad gwely drosto ac yn ei gaethiwo roedd dan anfantais; gallai hi danio unrhyw foment ac ni allai wneud dim i'w rhwystro.

"*Mademoiselle* – dyma beth yw pleser annisgwyl. . ."

"*Tais toi!*" – Bydd dawel, y twpsyn am adael iddi'i ddal yn ddiarwybod ac yn ddiamddiffyn. Beth oedd ei rheswm dros ddod yno? Dial? A dial ar ran pwy – Rhian neu'r dihirod lleol? Neu ddwyn?

"Mae fy waled ar y ford. . . Aw!"

Gorffennodd ei eiriau o dan ergyd baril y dryll ar draws ei wefusau. Yna teimlodd y gwaed hallt yn llifo i'w geg.

"Mae'n gwaedu – gad i fi nôl hances o leia. . ."

"Iawn – ond dim tricie!"

"Dim tricie. . ."

Teimlodd ei phwyso'n ysgafnhau wrth iddi godi a chamu'n ôl ychydig. Gafaelodd yn y dillad gwely a'u symud ddigon iddo allu troi ar ei ochr ac estyn am hances bapur o ddrôr y bwrdd gwisgo. Wrth sychu'r wefus waedlyd a gwasgu ar y clwyf llwyddodd hefyd i symud ei goesau dros erchwyn y gwely a chodi ar ei eistedd. Roedd hyn yn welliant – o leiaf roedd yn rhydd o gaethiwed y dillad gwely nawr.

"Wel 'te, *Mademoiselle de Sénégal*, pam ydw i'n cael y fath fraint. . . ?"

Tynnodd hithau'i hanadl i mewn yn gyflym wrth glywed y cyfarchiad a ddangosodd ei fod wedi'i nabod hi.

"Ti laddodd Pierre!"

Ceisiodd Lyn swnio'n syn.

"Pierre? Dwy i 'm yn nabod unrhyw Pierre. . ."

"Celwydd! Yn fflat y Saesnes – cyn i chi'ch dau ffoi!"

"Os taw'r dyn â'r graith ar 'i foch wyt ti'n meddwl – nid fi laddodd e. . ."

"Pwy wnaeth 'te – y Saesnes?"

"Ie, fel mae'n digwydd. . . Roedd e wedi cael y trecha arna i ac yn gwneud 'i ore i 'nhagu i. . . oni bai fod Rhian wedi'i daro â'r pot blode. . . Rhaid fod asgwrn ei benglog yn dene iawn. Doedd hi ddim wedi bwriadu'i ladd – fy helpu i oedd hi, 'na gyd."

Daeth ennyd o ddistawrwydd wrth iddi hi feddwl dros ei eiriau.

"Pam dest ti'n ôl i St Cyp? Oet ti ddim yn ystyried y bydden ni'n chwilio amdanat ti?"

"Ni?"

"Fi 'te."

Yna, fel petai'n synhwyro'r cwestiwn ym meddwl Lyn, fe aeth hi ymlaen.

"Oedd Pierre a fi'n mynd i briodi – nes i ti a'r Saesnes ddod heibio!"

"A nawr rwyt ti'n mofyn dial. . ."

"Wyt ti'n gweld bai arna i am hynny?"

"Ddim o gwbl – ond iti gofio mai hi laddodd Pierre, nid fi."

"Mae'n ddigon hawdd iti ddweud hynny – er na fyddai hi ddim yn rhoi diolch iti am wneud."

Teimlodd Lyn gyffyrddiad o siomedigaeth – dihiryn lleol oedd ar feddwl hon, nid y Gadwyn.

"Dyw hi ddim mewn sefyllfa i roi diolch na dweud dim arall. . ."

"Pam wyt ti'n dweud hynny?"

"Mae wedi'i lladd."

Bron na allai deimlo'r syndod ym meddwl y ferch. Ond ni pharodd hwnnw'n hir.

"Dweud celwydd wyt ti!"

"Nage, wir. Pam wyt ti'n meddwl 'mod i wedi dod 'nôl yma – er mwyn fy iechyd? Neu i chwilio am y sawl a laddodd hi?"

Teimlodd Lyn ei fod wedi siarad digon – digon i'w bwrw oddi ar ei hechel a'i drysu ag ansicrwydd. Rywsut byddai angen iddo gymryd y dryll 'nôl oddi wrthi.

Yr eiliad nesaf fe ddaeth ymyrraeth annisgwyl.

"Lyn! Wyt ti yno?"

Daeth curo ar y drws, curo a wnaeth i'r ferch droi'i phen yn reddfol i gyfeiriad y sŵn. Roedd hynny'n gamsyniad; symudodd Lyn fel neidr ar daro a'r eiliad nesaf roedd ei law gref wedi gafael yn y llaw oedd yn dal y dryll a'i gwasgu wrth ei throi oddi wrtho. Yr un pryd llanwyd y stafell â sŵn ergyd a sŵn gwydr yn torri'n yfflon wrth i fwled o'r dryll daro drych y bwrdd. Yna trawodd dwrn Lyn foch y ferch a'i bwrw ar draws y stafell gan wneud iddi adael y dryll yn ei afael yntau. Neidiodd Lyn ar ei hôl ond roedd hi mor ddisymwth â chath a'r foment nesaf roedd hi allan drwy'r ffenest-ddrws – wrth i ysgwydd braff Alphonse Duval hyrddio drws y stafell ar agor. Eiliad arall a thaniodd Duval at y ferch. Gwelodd Lyn hi'n gwingo a gwegian yn sŵn yr ergyd a hithau wrthi'n neidio ar ben y wal er mwyn dringo i'r to fel y gwnaeth Pierre slawer dydd. Yna llithrodd ei throed a disgynnodd o'u golwg heb ddim ond sgrech annaearol o fraw yn ymbelláu o danyn nhw ac yn terfynu'n sydyn.

Rhuthrodd y ddau at wal y balcon ond roedd yn rhy dywyll i weld y corff llonydd, gwaedlyd oedd wedi gwneud tolc ar do car o danyn nhw. Rhythodd Lyn yn anghrediniol i'r tywyllwch a'i galon yn pwnio yn ei fron.

Trodd Duval 'nôl o'r balcon gan ddodi'i ddryll heibio yn y wain. "*Tiens!* Trueni. . ." meddai'n siomedig. "Fe allai fod wedi dweud rhywbeth o werth wrthyn ni."

PENNOD 8

YSGYDWODD YR AROLYGYDD ALAIN ei ben brith yn anghrediniol a'i lygaid gwan yn syllu arno'n gyhuddgar drwy ddwy lens drwchus.

"Beth wna i â chi *Monsieur* Owen? Rych chi'n ôl yn St Cyprien ers faint – deuddeg awr? Ac eisoes mae 'na gorff yn gofyn am eglurhad."

Yng nghyntedd y gwesty roedden nhw, a gwisgoedd unffurf yn brysio'n ôl ac ymlaen, a goleuadau'n fflachio ar ben cerbydau'r Heddlu y tu allan. Roedd corff y ferch eisoes wedi'i ffotograffu a'i archwilio gan feddyg yr Heddlu ac wedi cychwyn ar ei ffordd i'r ysbyty i gael archwiliad post-mortem. A nawr roedd yr Arolygydd amyneddgar yn casglu'r dystiolaeth ynghyd; roedd clerc canol-oed wedi clywed sŵn y gwymp ac wedi arswydo wrth weld corff ei gyd-weithiwr, y ferch groenddu â'r llygaid chwarddgar, yn gnepyn gwaedlyd ar do'r car o flaen y gwesty. Bellach roedd wedi cael mynd adref i orffwys a chael tabled gan feddyg i'w dawelu ac roedd y gwesteiwr ei hun, dyn canol oed ag wyneb trwm, trist yr olwg â bochau pantiog, yn arswydo y gallai'r fath drychineb fod wedi digwydd mewn gwesty o dan ei reolaeth ef. Beth yn y byd oedd Annette yn ei wneud yn stafell y gwestai yr adeg honno o'r nos? Oherwydd roedd rheol bendant yn erbyn unrhyw fath o gyfathrach bersonol rhwng staff a gwestai yn y gwesty hwnnw ac fe wyddai hi hynny cystal â neb. Doedd hi ddim wedi gwneud dim byd tebyg erioed yn ystod y pum mlynedd y bu'n gweithio yn y gwesty. Ac roedd sôn fod dryll wedi'i danio yn union cyn iddi gwympo i'w marwolaeth. Roedd y peth yn annealladwy, yn hollol anghredadwy. . .

A bellach roedd y gwesteiwr wedi cilio i dawelwch ei swyddfa fach wrth gefn y dderbynfa a'r Arolygydd Alain yn aros am ateb Lyn ac Alphonse Duval.

"Ydi hi'n bosibl eich bod yn bwriadu agor pennod arall yn hanes troseddwyr yr ardal?"

Ysgydwodd Lyn ei ben.

"Nag ydw. Roedd hi'n sioc pan ddeffrois i a'i gweld hi'n sefyll uwch fy mhen a dryll yn ei llaw – fy nryll i, gyda llaw."

Crychodd yr Arolygydd ael. Teimlodd Lyn swildod o orfod cyfaddef iddi lwyddo i gipio'r dryll yn ddiarwybod iddo.

"A bwled o'r dryll hwnnw a daniwyd yn eich stafell."

"Ie – wrth inni ymgiprys amdano. Ac wrth gwrs, pan glywodd *Monsieur* Duval y sŵn mi redodd mewn ac fe geisiodd hithau ddianc – a neidio ar y balcon i ddianc dros y to a llithro yn ei brys – a. . ."

Agorodd ei ddwylo mewn ystum – roedd y gweddill yn hysbys i'r Arolygydd.

Nodiodd Alain yn fyfyrgar fel petai'n asesu dilysrwydd geiriau Lyn.

"Wrth gwrs, dyw hynny ddim yn esbonio pam roedd hi yn eich stafell yn y lle cyntaf."

"Nid fi wahoddodd hi – ond mae'n siŵr fod gennych chi ryw awgrym, *Monsieur l'Inspecteur*?"

"Wel, mae'n siŵr nad dod i roi *massage* i chi wnaeth hi – na'r un gwasanaeth personol arall chwaith. . ." Roedd y wên yn y llygaid erbyn hyn. "Ac o gofio'i chyswllt agos â Pierre Duclos, mi ddwedwn i fod dial yn amlwg ar ei meddwl. . ."

"Dyna 'nghasgliad innau – mi ddwedodd 'u bod nhw wedi

bwriadu priodi. . ."

"Ddwedodd hi hynny. . . ? Efallai fod Duclos wedi cael pwl o barchusrwydd neu o gydwybod dyner, ond prin fod hynny'n debygol o gofio iddo fod yn rhedeg merched ar y stryd ers blynyddoedd – Annette yn eu plith."

"Ydi hi'n bosibl 'i fod wedi cynnig 'i phriodi er mwyn 'i chadw'n hapus?"

Syllodd yr Arolygydd ar Alphonse am foment cyn ateb.

"Mae'n bosibl, wrth gwrs. . ."

"Ond braidd yn annhebygol, *Monsieur l'Inspecteur*?"

"Pwy all ddweud bellach, *Monsieur*?"

"Mi alla i ddweud cymaint â hyn – 'i bod hi wedi dweud mai dial oedd ar 'i meddwl – dial am y dyn roedd hi'n mynd i'w briodi. Dyw hi ddim yn amhosibl 'u bod nhw mewn cariad â'i gilydd. A dweud y gwir, rown i'n siomedig. . ."

"Siomedig?"

"Rown i 'di gobeithio ei bod hi'n rhan o'r Gadwyn ac y bydde modd inni afael yn y trywydd trwyddi."

Oedodd yr Arolygydd eto cyn ymateb.

"Ond fe fyddai hynny'n golygu fod y ferch arall – eich ffrind – hefyd yn rhan o'r Gadwyn."

"Byddai."

"Ond fyddech chi ddim yn hoffi hynny. . ."

Na fyddai – fyddai fe ddim yn hoffi cael tystiolaeth ddigamsyniol fod Rhian yn rhan o'r Gadwyn yn hytrach na'i bod wedi'i themtio unwaith i gario cyffuriau i Brydain. Ar y llaw arall, os nad oedd y ferch o Sénégal yn rhan o'r Gadwyn chwaith doedden nhw damaid yn nes at ddod o hyd i'r trywydd.

"*Monsieur l'Inspecteur*, mae 'na fater arall. . ."

"Ie?"

"Petai Rhian – y Gymraes – yn aelod rheolaidd o'r Gadwyn

ers misoedd fe fyddai hi wedi derbyn tâl am 'i gwaith; fyddai modd gwneud ymholiadau, chi'n meddwl?"

"Wrth gwrs, ond mae'n mynd i gymryd amser – hyd yn oed yn oes y cyfrifiadur. Mae'r banciau'n dal yn gyndyn i roi gwybodaeth, hyd yn oed i'r Heddlu. . . Mi ga i weld beth alla i wneud."

"Llawer o ddiolch; fe allai hynny fod o help mawr. . . Gyda llaw. . ."

Oedodd a'i lygaid yn syllu ar ei ddryll oedd mewn cwdyn plastig ar fwrdd coffi isel o'u blaenau.

"Ie?"

"A fyddai'n bosibl imi gael fy nryll 'nôl, chi'n meddwl?"

Ystyriodd Alain am ychydig yna nodiodd.

"Wela i ddim pam lai – doedd hwnna ddim yn gyfrifol am farwolaeth y ferch; mater rhyngoch chi a'r gwesty yw'r niwed i'r drych a'r twll yn y wal tu ôl iddo. A chan fod gennych chi drwydded. . ."

Cododd y dryll llaw o'r bwrdd coffi a'i roi'n ôl i Lyn ar ôl ei dynnu o'r cwdyn plastig.

"Diolch. Rwy i'n teimlo'n hanner-noeth hebddo."

"Ond rwy i'n gobeithio nad ydych yn bwriadu creu rhagor o hafog inni."

Roedd y rhybudd wedi'i liniaru gan wên ar wyneb yr Arolygydd ond fe wyddai Lyn ei fod yn rhybudd difrifol serch hynny.

"Mi alla i'ch sicrhau nad oes gen i ddim un bwriad saethu at neb, *Monsieur l'Inspecteur*. Fel mae'n digwydd, fydda i ddim yma'n hir."

"Felly?"

Duval lefarodd y tro hwn gyda syndod yn ei lais.

"Ches i ddim cyfle i sôn, Alphonse – ond mi fydda i'n mynd i'r Ariannin 'fory. . ."

*   *   *

"Mor gyflym â hyn? A thithau ond wedi bod yma ddiwrnod? Beth ddwediff Danvers Rowe neu Perkins?"

"Ddwedan nhw ddim byd achos fyddan nhw ddim yn gwybod dim byd."

Roedd y ddau'n sefyll yn y lifft wrth fynd 'nôl i'w stafelloedd ar ôl cael eu rhyddhau gan yr Arolygydd. Brasgamodd Lyn allan drwy ddrws y lifft ac yna fe fu camau byrion Duval yn gwneud eu gorau i gadw ochr-yn-ochr ag ef wrth i'r ddau frysio ar hyd y coridor i'w stafelloedd.

"Ond fe fydd rhywun yn gorfod cael gwybod. . ."

"Mi fydd yn ddigon dy fod *ti*'n gwybod ble bydda i, Alphonse – pe bai angen rhoi eglurhad rhywbryd a finnau'n methu gwneud – cofia'r weddw yn Buenos Aires. Roedd Rhian yn bwriadu cwrdd â rhywun yno drennydd – mae'n gyfle i fi gael gafael ar y trywydd. Ma' rhaid i fi fynd."

Nodiodd Duval gan gofio'r sôn am y bradwr yn y Gwasanaeth.

"Wel, ti sy'n gwbod, Lyn."

"O ran hynny, pam na ddoi di gyda fi?"

Ysgydwodd Duval ei ben.

"Petawn i am fynd i'r Ariannin fe fyddai rhywun yn siŵr o sylwi a dechre holi – a dyna'r peth ola sydd eisie arnom ni, yntê? Heblaw hynny adawai Marie ddim imi fynd hebddi ac mae *Grand-père* a *Grand-mère* yn rhy hen i ofalu am y plant droston ni bellach."

Roedd ei resymau'n rhy niferus a'r pendantrwydd yn ei lais yn rhy gadarn i fod yn gwbl argyhoeddiadol ac roedd Lyn yn synhwyro y byddai'i gyfaill wedi dwlu ar y cyfle i fynd gydag ef petai modd yn y byd iddo wneud hynny.

"Rhywdro arall o bosibl."

"Ie – rhywdro arall. . ."

Ond gwyddai'r naill fel y llall nad oedd hynny'n debygol o ddigwydd.

* * *

Hebryngodd Alphonse ef i faes awyr Marseille a'i adael wrth y fynedfa. Gwyliodd ef yn cerdded gyda'i fag teithio bach drwy'r drysau gwydr ac yn codi llaw arno cyn diflannu drwy'r drysau mewnol ym mhen draw'r neuadd dderbyn. Chwifiodd yntau'i law cyn anelu'n eiddgar at y Porsche glas. Byddai hwnnw'n gysur iddo ac yn fodd iddo beidio â theimlo gormod o genfigen at Lyn; gallai fwynhau'r car nerthol fel petai'n berchen arno nes y cyrhaeddai'i berchennog 'nôl, pryd bynnag y digwyddai hynny. Eisteddodd wrth yr olwyn a thanio'r injian a lledodd gwên foddhaus dros ei wyneb wrth wrando ar ei ru dwfn; sbardunodd ychydig a theimlo'r car yn crynu fel petai'n ysu am lamu ymlaen. Yna pwysodd ei droed chwith i lawr ar y gafael a gollwng y brêc ar ôl gosod y gêr. Symudodd y Porsche glas yn ofalus allan i ganol trafnidiaeth brysur y ddinas o flaen twr bach o edrychwyr edmygus.

Cafodd Lyn sedd wrth ymyl ffenest yn yr awyren *Air France* i Baris heb neb yn eistedd wrth ei ochr a phan ddechreuodd yr awyren symud gorweddodd 'nôl yn erbyn y glustog esmwyth a'i lygaid wedi cau. Unwaith eto teimlodd fwynhad wrth synhwyro fod yr awyren yn dringo; unwaith eto deffrowyd atgof yn ei feddwl amdano'n eistedd ar siglen yn ystod ei blentyndod. Llanwyd ei feddwl ag atgofion am ddyddiau hapus, diofal a digyfrifoldeb, cyn iddo dyfu'n ddyn a dod i wybod am fyd cyffuriau a lladron a smyglwyr – a serch.

"Quelque chose à boire, Monsieur?"

Agorodd ei lygaid a gweld y weinyddes yn gwenu arno ac yn cynnig diod. Roedd hi'n fer a chymen ei siâp mewn gwisg unffurf o las golau a'i gwallt yn dywyll a'i llygaid fel dau almwn. Ac roedd ei gwefusau'n llawn a synhwyrus. Derbyniodd sudd oren ac iâ ynddo a threuliodd y munudau nesa'n blasu'r hylif oer ac yn synnu ei fod wedi sylwi ar harddwch y ferch. Roedd fel petai'n euog o anffyddlondeb i Rhian yn ei feddwl. Ond sut gallai fod yn anffyddlon i rywun nad oedd bellach yn ddim ond atgof? Ysgydwodd ei hun a throi i syllu allan ar y wlad yn disgyn o dano wrth i'r awyren dyrchu drwy'r cymylau isaf. Rhyfedd fod cwmwl yn gallu edrych mor solet o bell ond yn troi'n ddim byd ond tipyn o niwl o agos. Ac yna cafodd gipolwg ar lygaid diniwed Rhian yn syllu arno o gesail cwmwl gwyn a cherydd yn ei threm unwaith eto.

Ym Mharis cafodd gyfle i ffonio Alphonse ar ôl glanio.

"Alphonse?"

"*Oui*?"

"Rwyt ti wedi cyrraedd adre'n ddiogel felly?"

"Lyn? Ydw, wrth gwrs. Mae'r Porsche'n gyrru fel breuddwyd a chyn iti ofyn – mae yn yr un cyflwr â phan adawest ti Marseille. . . Ble wyt ti – Paris?"

"Ie – rhwng awyrennau. . . Ym – mi ffacsia i 'nghyfeiriad atat wedi cyrraedd draw."

"Iawn. Wel – siwrnai dda. Cofia fi at y weddw. . . !"

* * *

"Buenos dias. . ."

Merch lygatddu arall a'i croesawodd i awyren Aerolíneas Argentinas a'i hebrwng i'w sedd. Suddodd ei galon wrth iddo glywed y capten yn cyhoeddi eu bod yn mynd i alw ym Madrid i ddadlwytho pobl a fu yn EuroDisney am y dydd. Byddai hynny'n chwanegu dwy awr at y deuddeg arall cyn cyrraedd Buenos Aires. Tybed a fyddai rhai o Gymry Patagonia ar yr awyren – neu aelod o'r Gadwyn yn ei wylied yn ddirgel – neu'n paratoi croeso anarferol o gynnes ym mhen y daith?

Fe fu honno'n anniddorol braidd; er ei fod wedi cael sedd wrth ffenest eto roedd hi'n union uwchben yr aden lydan a honno'n difetha unrhyw olygfa oni bai ei fod yn troi'i ben am 'nôl. Treuliodd yr oriau hir yn hepian a chysgu a darllen papur newydd a gwrando nawr ac yn y man dros glustffonau ar y radio neu syllu drwy'r ffenest a gweld llygaid Rhian eto. Drwy lwc a bendith roedd dyn a merch yn y ddwy sedd nesaf ato wedi ymgolli yn ei gilydd, yn bâr priod cariadus a hithau'n amlwg yn feichiog a'r ddau'n Lladinaidd dywyll eu bryd. Teimlodd Lyn don o genfigen yn chwyddo o'i fewn at y ddau am fod mor hapus ac mor gyflawn yn serch ei gilydd. Fel hyn y byddai pethau wedi bod – oni bai fod Rhian wedi gwneud cawl perffaith o'i bywyd ifanc. . .

Cafodd ddigon o gyfle i fwrw golwg dros ddigwyddiadau'r dyddiau blaenorol yn ystod yr oriau nesaf – beth fyddai adwaith Danvers Rowe petai'n dod i wybod am y daith? Cwyno am y gost? Neu ei longyfarch am fod mor daer ar drywydd y Gadwyn? A oedd yn gwneud peth ffôl yn ei gwanu hi dros Fôr Iwerydd ar drywydd mor denau? Fel arfer fe fyddai'r Gwasanaeth wedi trosglwyddo'r gwaith i gynrychiolydd lleol, pwy bynnag fyddai hwnnw neu honno, ond a phethau fel yr oedden nhw doedd ganddo ddim dewis ond mynd ar ei ben a'i liwt ei hun, gan gredu y byddai Danvers Rowe'n deall ei resymau.

Daeth pryd o fwyd a gwin i'w lenwi er nad i'w foddhau a

byrbryd arall cyn cyrraedd pen y daith a thywelion poeth i adnewyddu hwyl. Ac yna o'r diwedd roedd yr awyren yn disgyn a'i glustiau'n popio a'r ddaear yn codi'n ara deg i gwrdd â nhw. Teimlodd eiliad o anghysur wrth i'r olwynion lanio'n ysgafn a rhyddhad wedyn wrth i'r peiriannau mawr ruo o chwith yn sydyn er mwyn arafu'r anghenfil.

"*Bienvenido en Argentina!*" llefodd yr uchelseinydd.

Pennod 9

Roedd torf brysur ac afreolus yn brysio drwy'r clwydi yn y dderbynfa ym maes awyrennau Ezeiza ar gyrion Buenos Aires a swyddog digyffro'n rhyw esgus archwilio'r pasportau. Parhaodd yn ddigyffro wrth weld pasport Prydeinig Lyn a'i chwifio ymlaen heb yngan gair na'r un emosiwn amlwg ar ei wyneb. Roedd yn amlwg nad oedd yr atgof am ryfel 1983 yn fyw yn ei feddwl heb sôn am achosi adwaith o gasineb a dicter.

Roedd tacsi melyn yn disgwyl a gyrrwr tywyll ei bryd gyda gwallt cyrliog a llygaid glas gwengar yn barod i fynd ag ef i ganol y dref o'r maes awyr.

"*Hotel La Continental, por favor!*"

"*Si, señor.*"

Cychwynnodd y tacsi melyn ar y daith hir i ganol y ddinas gan ysgwyd a chrynu a chlindarddach fel petai ar fin chwythu'i berfedd. Herciodd yn swnllyd ar hyd yr heol ger glan y môr gan chwythu cwmwl o fwg du y tu ôl iddo. Daliodd Lyn ei anadl yn sydyn wrth gael cip ar y dyfroedd glas llonydd yn disgleirio drwy resi o goed jacaranda gyda'u blodau glas yn harddu'r ffordd. Roedd hi'n wanwyn a'r wlad yn ir cyn sychder haf a'r awyr yn ffres.

Daeth yn ymwybodol fod y tacsi'n dechrau cyflymu ac wrth gyflymu'n dechrau igam-ogamu fel petai'n fater o fywyd a marwolaeth ei fod yn goddiweddyd y cerbyd o'i flaen a llamu'n ôl i'w ochr wedyn a'i olwynion rwber yn protestio yn hytrach na'i blannu'i hun yn erbyn tu blaen y lorri oedd yn chwyrnu tuag ato o'r cyfeiriad arall. Gafaelodd Lyn yn dynn yn ochr y sedd â'r naill law a gwthio â'r llaw arall yn erbyn sedd y gyrrwr. A oedd pob gyrrwr tacsi yn yr Ariannin yn wallgof neu a oedd hwn yn eithriad? Cyn hir trodd yr heol i'r dde a sgrialodd y tacsi rhwng rhesi hir o adeiladau tal ac urddasol wedi'u codi â cherrig a fu unwaith o liw hufen cyn i fwrlwm trafnidiaeth eu tywyllu mewn cymylau o fwg drycsawrus. Sathrodd y gyrrwr ar y brêc wedyn wrth weld llifeiriant trwchus o bobl yn croesi'r ffordd o'u blaen; rywsut cafodd Lyn y teimlad na fyddai hynny wedi rhwystro'r tacsi oni bai am y goleuadau coch yn ei erbyn.

Safodd y car gyda hyn yn sŵn teiars yn gwichial o flaen gwesty La Continental gyda'i ddrysau gwydr dwbl agored a phrysurodd Lyn o'r tacsi fel petai'n ofni i'r gyrrwr gwallgof newid ei feddwl a hyrddio ymlaen unwaith yn rhagor cyn iddo ddianc o'i afael. Ond roedd y gyrrwr yn eistedd yn llonydd erbyn hyn a sigarét ddi-dân yn hongian yn llipa o'i wefus isaf. Cafodd fflach o ddiolchgarwch gan ddannedd gwynion wrth iddo dalu â doleri Gogledd America – roedd wedi cael ar ddeall yn y maes awyr fod y ddoler a'r peso yn gyfwerth â'i gilydd bellach wedi i'r awdurdodau roi terfyn ar y chwyddiant arswydus a fu'n nodwedd o gynifer o wledydd De America. Llamodd y tacsi i ffwrdd fel petai'r gyrrwr yn ofni iddo gwyno am y pris neu am ei fod ar drywydd rhyw deithiwr anffortunus arall. Anadlodd Lyn yn ddwfn er mwyn tawelu'i galon a throdd i wynebu'r gwesty hardd.

Roedd rhagor o lygaid ac wynebau Lladinaidd, hardd, yn ei groesawu wrth y dderbynfa; roedd y rhain eto'n ddynion golygus ac yn ferched deniadol, a'r argraff a gâi oedd fod peth gwaed 'Indiaidd' – os dyna'r gair – wedi cyfrannu i'r harddwch a'i ddyfnhau. Roedd un o'r merched yn siarad Saesneg ag acen Americanaidd yn ddigon da i ddelio ag ef. Sylweddolodd wedyn ei bod hi'n eithriad ymhlith ei chydwladwyr ac mai cyndyn oedd yr Archentwyr – fel pobl Ffrainc hefyd – i dderbyn dylanwadau Seisnig Gogledd America i'w gwlad. Roedd hynny'n beth i'w groesawu; ni fynnai feddwl am oes pan fyddai'r Saesneg yn rheoli'r byd i gyd. Nawr yn yr Ariannin gallai ddibynnu ar ei ychydig Sbaeneg – a'r Gymraeg. . .

Roedd ei stafell yn dywyll ac yn awgrymu iddi gael ei hadeiladu dros ganrif 'nôl gyda'i dodrefn trwm a'r gwely mahogani a'r sinc o farmor yn y stafell ymolch. A golwg ddigon hynafol oedd ar y baddon haearn a'r teils gwynion ar y gwaliau.

Edrychodd ar ei watsh – prin ganol dydd gan fod chwe awr o wahaniaeth rhwng Buenos Aires a Ffrainc. Roedd ganddo amser i fwrw golwg o gwmpas y ddinas cyn iddi nosi ac ar ôl eistedd am bymtheg awr neu ragor mewn awyren roedd y syniad o gael llond pen o awyr iach – mewn parc o bosibl – yn apelio ato.

Ar ben hynny, roedd ganddo amser i ddechrau dyfalu ystyr y neges ryfedd am y weddw gynta yn 'TC'. Fe allai ddigwydd gweld rhyw gyfeiriad a fyddai'n egluro'r cyfan iddo.

Trodd i'r chwith wrth adael y gwesty a gwau ei ffordd drwy dorf o gerddedwyr prysur. Ymhen ychydig daeth at gornel a gweld fod stryd i'r chwith yn rhydd o drafnidiaeth, yn hafn o dawelwch cymharol a di-fwg. Sylwodd ar enw'r stryd – Florida. Roedd ganddo syniad mai 'blodeuog' oedd ei ystyr – yn cofnodi oes cyn i'r rhesi siopau ddisodli blodau a llwyni a glaswellt a choed. Erbyn hyn, siop ar ôl siop a geid yno gydag amryw enwau cydwladol yn eu plith oedd yn tystiolaethu nad oedd cyfalaf yn gyfyngedig i ffiniau. Tybed a wyddai Harrod's Llundain fod yna Harrod's arall ar gael yn Buenos Aires?

Wrth gerdded sylwodd eto ar harddwch pryd a gwedd yr Archentwyr, gosgeiddrwydd y merched, sioncrwydd corfforol y dynion – mor wahanol i'r cyrff blonegog yn yr Unol Daleithau lle roedd Dunkin Doughnuts a Wendy's ac ati'n teyrnasu gyda'u bwydydd brys yn llawn braster neu felystra. Fe fyddai'n ddiwrnod trist pan ddôi MacDonalds i deyrnasu yn yr Ariannin. . . Tynnodd golau'n fflachio'i sylw ar y chwith a suddodd ei galon – roedd Big Mac yno'n wincio arno'n hy. Teimlodd awydd i weiddi ar y bobl i anwybyddu'r lle gan gadw'n hardd a heini ar fwydydd iach yr Ariannin ond aflwyddiannus fyddai unrhyw ymdrech i'w rhybuddio yn erbyn bwydydd brys, bysedd-lyfus a gorfras D'Ewyrth Sam. Cerddodd ymlaen gan ysgwyd ei ben mewn siomedigaeth.

Roedd Florida'n syth ac yn hir ac yn terfynu mewn codiad tir a pharc coediog ar ei ben a llethr glaswelltog yn disgyn yn raddol i gyfeiriad llain o ddŵr a dociau. A hithau mor gynnes – fel diwrnod o haf yn Neheudir Ffrainc – doedd ryfedd fod y parc yn frith gan bobl yn torheulo neu'n anwesu'i gilydd neu'n bwyta brechdanau neu'n chwarae â'u plant.

Dyna pryd y gwelodd y gofeb.

Roedd gwaelod y llethr wedi'i wastatáu a'i balmantu'n daclus gyda mur o feini llwyd yn sefyll mewn hanner-cylch. Roedd rhestri hir o enwau ar y mur ac yn ogystal gwelai ryw fath o fap o rywle anghyfarwydd. Sylwodd hefyd ar ddau filwr yn gwarchod y fan a fflam yn llosgi mewn llecyn yn union o flaen y mur. Roedd pobl yn mynd heibio ac yn oedi'n ysbeidiol i syllu ar yr enwau ac ambell un yn ymgroesi neu'n sychu deigryn wrth ymadael. Camodd yn nes i gael golwg well – a gwelodd y gair 'Malvinas'.

Yn sydyn teimlodd ennyd o anghysur a chyffyrddiad o euogrwydd – fel petai'n tresmasu ar fangre oedd yn gysegredig i luoedd o bobl y wlad os nad i'r genedl gyfan. Pa hawl oedd gan un o ddeiliaid y Deyrnas Unedig fod yno ar ôl y rhyfel a fu rhwng y ddwy wladwriaeth?

Nid bod gan Lyn deimladau cryf ar y pwnc; cyhyd ag y gwelai, yr un imperialaeth a greodd yr Ariannin a'r Falklands fel ei gilydd – imperialaeth Sbaen ar y naill law ac imperialaeth Prydain ar y llaw arall – a Chymry'r 'Hen Wlad' a'r Wladfa fel ei gilydd yn gorfod ymostwng i benderfyniadau dwy lywodraeth oedd yn berffaith barod i weld Cymry o Gymru'n wynebu Cymry o Batagonia ar faes y gad. Cofiodd yr arswyd o ddarllen am y difrod i'r llong ryfel, *H.M.S. Sir Galahad*, a'r Cymry a gollodd eu bywydau arni – a'r stori yn y Wasg am y nyrs o Gymraes yn cwrdd â milwr o Batagonia mewn eglwys a'r naill na'r llall heb sylweddoli eu bod o'r un hil. Cofiodd glywed merch yn darllen y newyddion ar y teledu o Lundain un noson ac yn cyfeirio at luoedd yr Ariannin yn ymgasglu yn 'Puerto Madr-în' gan bwysleisio'r sillaf olaf yn 'Madryn'. Roedd yn amlwg nad oedd ganddi unrhyw syniad mai enw Cymraeg oedd hwnnw. Cofiodd yr arswyd o weld y llosgiadau ar wyneb milwr o Gymro a ddaeth adref o uffern yn fyw rywsut. Digon tebyg fod mamau Patagonia wedi teimlo'r un arswyd a'r un tor-calon yn eu tro. Petai'n cael cyfle rywbryd fe hoffai ddweud wrth Gymry'r Wladfa mai'r ddwy lywodraeth yn Buenos Aires ac yn Llundain oedd yn gyfrifol am y rhyfel, nid bechgyn Cymru.

Craffodd ar enwau'r meirw a chael ennyd o foddhad na allai weld enw Cymraeg yn eu plith – ond fe allai rhai ohonyn nhw fod o waed Cymreig, serch hynny, gwaetha'r modd.

Cafodd ymdeimlad fod un o'r gwarchodwyr yn syllu arno

fel petai'n amheus ohono. Ymsythodd a chrymu'i ben mewn ystum o barch ac yna symudodd o'r neilltu. Gobeithio na ddôi gelyniaeth byth eto i fygwth y cwlwm rhwng yr Hen Wlad a'r Wladfa.

* * *

Trwy siawns hollol a dilyn ei drwyn cafodd bryd gyda'r nos mewn bwyty anferth o'r enw 'La Estancia'. Roedd gweld dyn mewn gwisg wledig wrthi'n coginio oen cyfan yn ffenest y bwyty wedi mynd â'i sylw a'r arogl wedi'i demtio i fynd i mewn. Gallai feddwl wrth gymryd sedd fod lle i bum cant o bobl fwyta yn y neuadd a honno wedi'i haddurno â murluniau cyffrous o fyd ymladd teirw. A golwyth o gig eidion a gafodd i'w fwyta – *bife al lomo* meddai'r fwydlen – a hwnnw'n ddarn enfawr a thrwchus ac yn fwy blasus na dim a gafodd erioed cyn hynny. Byddai wedi hoffi esbonio iddo ddewis eidion yn hytrach na'r oen gan ei fod yn dod o wlad cig oen gorau'r byd ond go brin y byddai'r gweinydd – dyn canol oed boldew gydag anferth o fwstásh cyrliog – wedi gwerthfawrogi'i hiwmor, meddyliodd.

Pan oedd eto heb fwyta mwy na hanner y cig ac yn teimlo'i hunan yn dechrau llenwi ar waethaf cymorth gwydraid o win coch daeth torf swnllyd a soniarus i mewn, yn deuluoedd cyfain, a'u bryd ar ddathlu rhyw achlysur teuluol – pen blwydd mae'n debyg, pen blwydd hen batriarch o dad penwyn – a'u chwerthin a'u sgwrs yn llenwi'r neuadd. A chyn hir roedd y poteli gwin a phlateidiau enfawr o wahanol gigoedd a llysiau wedi cylchredeg y lle gan achosi dirfawr lawenydd. Roedd yn ddarlun o deulu estynedig – llwyth bron iawn – yn hapus yng nghwmni'i gilydd heb feddwl dim am na rhyfel na gwerthwyr cyffuriau yn llawenydd yr achlysur hapus. Tybed a fu cystal hwyl ar y dathlu yn y briodas enwog honno yng Nghana, Galilea, pan drowyd y dŵr yn win yn ôl y Beibl? Ond o ran hynny, efallai fod capelwyr Cymru gynt wedi mwynhau eu dathliadau eitha cymaint yn eu ffordd ddirwestol syber yn eu festrïoedd diaddurn.

Doedd Lyn ddim nes at ddatrys y pos pan lithrodd rhwng llenni'r gwely'r noson honno, gan deimlo lludded y dydd yn drwm arno. Yn y munudau cyn mynd i gysgu dechreuodd ystyried ffolineb ei fenter yn dod mor bell ar drywydd mor denau. A phetai'n methu dod o hyd iddo yn ymyl y 'weddw gynta', beth wedyn? Mynd adref i ymddiheuro wrth Danvers Rowe?

* * *

Fore trannoeth cafodd frecwast o goffi a theisennod melys yn y lle bwyd ar y llawr isaf – bwyd digon maethlon ond yn rhy felys i fod wrth ei fodd. Byddai'n fwyd da ar gyfer tewhau ac ennill pwysau. Ond wrth edrych o gwmpas y stafell fwyta ni allai weld neb tew yno – ar wahân i un wraig fodrwyog a phan agorodd honno ei cheg deallodd yn syth mai o Ogledd America yr oedd hi'n dod. . .

Roedd y ferch â chrap ar Saesneg yno wrth y ddesg. Roedd golwg hawddgar a chyfeillgar arni a chafodd y teimlad y byddai hi'n barod iawn i ateb ei gwestiynau. Roedd wedi ystyried mynd at yr Heddlu ond roedd rhywbeth yn ei ddal 'nôl – rhyw deimlad y bydden nhw'n gwneud ymholiadau amdano'n ddistaw bach a'i bresenoldeb yn Buenos Aires yn dod yn hysbys i rywun yn Llundain, y rhywun fu'n gyfrifol am ladd Rhian.

Gwenodd y ferch wrth y dderbynfa pan holodd hi gan egluro iddo weld yr ymadrodd mewn pos croesair yn *The*

Times. Roedd yn gwestiwn hawdd i frodor o Buenos Aires; 'Teatro Colón' oedd 'TC' a 'sedd' oedd ystyr y gair *silla*, ac roedd rhes o seddau cysgodol ar y llawr cyntaf yn cael eu nabod wrth yr enw 'seddi'r gweddwon' – seddi lle gallai gweddwon eistedd i wylied perfformiadau heb i neb eu gweld 'slawer dydd pan ddisgwylid iddyn nhw fod gartref yn galaru ar ôl eu gwŷr marw. Os oedd y *señor* yn dymuno gweld y Teatro Colón gallai gymryd tacsi yno neu gerdded – 20 munud – allan drwy'r drws ac i'r dde hyd at yr Obelisg, croesi o dan yr heol lydan oedd yn rhannu'r ddinas yn ddwy ac i'r dde ac i'r chwith a dyna fe ger un o dai opera mwya'r byd – Teatro Colón a enwyd ar ôl darganfyddwr Cyfandir America.

Diolchodd Lyn iddi gan feddwl mai peth anghwrtais fyddai crybwyll dyfodiad y Llychlynwyr bum canrif o flaen Columbus, a hen chwedl Madog.

Roedd y ffordd o flaen y gwesty yn brysur gan drafnidiaeth stwrllyd a'r palmentydd yn llawn o gerddedwyr prysur ond heb fod yn rhy lawn i'w rwystro rhag anelu tuag at yr Obelisg anferth ar ganol y sgwâr. Gwelodd yr arwydd i ddangos yr is-lwybr tanddaearol ac i lawr ag ef – a rhyfeddu at y siopau niferus ar bob tu yn gwerthu tipyn o bopeth, yn ddillad a chofroddion a gemau o bob math. Dringodd i'r wyneb wedyn a cherdded am dipyn cyn troi i'r chwith ac i'r dde – a'i gael ei hun yn sefyll o flaen adeilad mawreddog y Theatr.

Roedd yn amlwg ar unwaith fod ymffrost y ferch yn y gwesty yn gywir pan welodd yr adeilad anferth uwch ei ben. Roedd hi wedi dweud fod cannoedd o bobl yn gweithio yno, yn weinyddwyr ac yn baentwyr a chrefftwyr o bob math a'r artistiaid, wrth gwrs, y cerddorion a'r dawnswyr.

Talodd am docyn wrth y dderbynfa a chamu drwy'r cyntedd a dringo'r grisiau eang, urddasol. Yna i mewn ag ef i'r neuadd fawr a syllu mewn rhyfeddod at anferthedd y lle.

Roedd y lle'n wag mor gynnar yn y dydd, cyn amser rihyrsio, a'r neuadd yn dywyll, ond roedd digon o olau'n dod o'r llwyfan iddo allu gweld ei ffordd i lawr y grisiau. Dyna pryd y gwelodd y bocsys tywyll ar bob ochr – dyna nhw, seddi'r gweddwon, ar yr ochr dde a'r ochr chwith. Y cwestiwn nesa oedd pa ben oedd y sedd gyntaf – dim un ffordd o gael ateb i'r cwestiwn.

Teimlodd ennyd o lawenydd wrth weld y rhif '1' ar ddrws y bocs cyntaf. Tybed a fyddai rhywbeth neu rywun yno'n disgwyl amdano?

Yn reddfol cyffyrddodd â'i gesail i weld fod y dryll yno yn ei wain – ac yna cofiodd ei fod wedi gorfod gadael ei arf yn Ffrainc gyda Duval cyn mynd ar yr awyren. Byddai angen iddo ddibynnu ar ei ddyrnau a'i wybodaeth o gelfyddyd ymladd Japan i'w amddiffyn ei hun.

Tynnodd anadl ddofn a chamu at ddrws sedd y weddw gyntaf. . .

Pennod 10

Roedd yn dywyll iawn yno yn stafell fach y weddw gyda'i dyrnaid o seddi a'r llenni tywyll; hawdd y gallai rhywun sefyll yno yn y cysgodion, yn gwbl anweladwy. Safodd Lyn yn hollol lonydd am eiliad neu ddwy a'i synhwyrau'n ymdrechu i ganfod y dystiolaeth leiaf o bresenoldeb rhywun arall – rhywun a allai fod yn elyniaethus iddo – anadliad ysgafn o bosibl neu symudiad distadl. Camodd yn dawel wedyn i'r dde gan wybod ei fod yn weladwy ac yn nod i anelu ato tra oedd yn sefyll yn erbyn goleuni pŵl y coridor y tu allan. Petai ymosodiad yn dod fe ddôi'n sydyn a dirybudd. Safodd yn hollol lonydd a chraffu a chlustfeinio, a'i lygaid yn ymgyfarwyddo fwyfwy â'r tywyllwch bob eiliad. Yna anadlodd yn hir gan deimlo'r tyndra'n lleihau; cyhyd ag y gwelai, roedd yno ar ei ben ei hun.

Beth nesaf? Hwn oedd y dyddiad penodedig yn ôl dyddiadur Rhian. Beth fyddai'r drefn – cwrdd â'r trosglwyddwr, cyfnewid gair cyfrinachol oedd wedi'i drefnu ymlaen llaw, ysgwyd llaw, cyfnewid a mynd heb yngan yr un gair gwastraff? Neu a fyddai pecyn bach mewn cwdyn plastig yn gorwedd ar y llawr o dan un o'r seddi? Plygodd a chraffu ar hyd y llawr gan gyrcydu a phwyso yn erbyn braich y sedd agosaf. Yna symudodd ymlaen yn ei gwrcwd i chwilio eto. Tybed ai heb gyrraedd oedd y pecyn? Roedd yn gynnar yn y dydd a doedd dim amser penodedig yn y dyddiadur; efallai y dylai ddod 'nôl yn y prynhawn.

Wrth feddwl 'nôl wedyn ni allai gofio beth wnaeth iddo droi'i ben fymryn a'i wallt ar wrych ar ei war – ai synhwyro cam distadl y tu ôl iddo neu glywed anadliad sydyn. Diolch i'w reddf i ymateb yn gyflym llamodd ar ei bedwar yn sydyn i'r dde wrth i ddwrn a rhywbeth main yn disgleirio ynddo anelu am ei gefn; yn yr un symudiad estynnodd gic â'i sawdl chwith at y cysgod tywyll a theimlo'i droed yn cyffwrdd â chorff byw. Yn yr un eiliad wedyn clywodd ebychiad a achoswyd gan fethiant yr ergyd i daro'r nod a'i ddilyn yn syth gan ochenaid o boen. Rhwng y methiant a'r gic ymhyrddiodd yr ymosodwr ymlaen, wedi colli'i gydbwysedd, a'r foment nesa diflannodd yn sŵn sgrech dros ymyl y balcon isel – sgrech a derfynwyd yn sydyn yn sŵn ergyd yn erbyn rhywbeth caled. Neidiodd Lyn ar ei draed a rhuthro at y balcon ac edrych i lawr. Nid oedd yn ffordd bell i ddisgyn – prin bedwar metr – ond roedd rhesi o seddau'n cychwyn bron yn union o dan focs y weddw – a chorff yn frawychus o lonydd rhwng dwy sedd; fe allai'r ymosodwr fod wedi taro'i ben ar ymyl neu fraich y sedd wrth gwympo a thorri cymalau'r esgyrn yn ei wddf a madruddyn ei gefn.

Nid arhosodd Lyn i wneud ymholiadau, fodd bynnag; gwell fyddai cadw o olwg yr Heddlu a phawb arall – yn enwedig aelodau eraill o'r Gadwyn. Trodd a brysio allan i'r coridor a'i gwadnu hi'n gyflym at y grisiau a'u disgyn yn hamddenol wedyn fel pe na bai dim o'i le. Wrth iddo gamu allan i'r heulwen grasboeth clywodd leisiau'n galw y tu ôl iddo yn y pellter; roedd rhywun wedi darganfod y corff. Oedodd eto ar y grisiau tu allan rhag i neb feddwl ei fod yn dianc ond ni ddaeth neb i'r golwg fel petai'n chwilio am rywun. Camodd yn hamddenol a throi i'r dde ac yna i'r dde eto ymhen ychydig a cherdded ar hyd y ffordd brysur. Ymhen dwy neu dair munud gwelodd gaffe palmant o dan gysgodfa o blanhigion a phenderfynodd eistedd a chael cyfle i feddwl a sadio'i nerfau.

"Una cerveza, por favor."

Roedd y cwrw melyn yn oer yn ei geg ac yn hynod o bleserus. Yfodd yn ddwfn ond ni allai ddweud fod y mwynhad cystal ag arfer. Roedd wedi cynhyrfu gormod i hynny yn sgil y digwyddiad sydyn yn y theatr.

Roedd y Gadwyn wedi bod yn ei ddisgwyl yntau neu rywun tebyg iddo ac yn gwybod nad oedd yn un ohonyn nhw. Felly rhaid ei ladd yn syth. Ond doedd yr ymosodwr ddim wedi disgwyl iddo ymateb mor sydyn nac mor effeithiol yn nhywyllwch cuddfan y weddw gyntaf.

Roedd goblygiadau'r sefyllfa'n sioc iddo. Roedd wedi cael ateb i'w ofnau a'i amheuon ynglŷn â Rhian; petai hi wedi trefnu i fynd yno ar ei gwyliau ni fyddai dim wedi digwydd iddo'r bore hwnnw. Ond roedd yr ymosodiad wedi profi fod rhywun wedi rhybuddio'r Gadwyn yn yr Ariannin i fod yn wyliadwrus gan wybod nad negesydd y Gadwyn fyddai pwy bynnag a ddôi yno, ond un o'i gelynion. Roedd y dyddiadur wedi awgrymu ei bod hi wedi bwriadu mynd i'r Ariannin i gadw oed yn Teatro Colón – bellach roedd y corff yn Teatro Colón yn profi fod ganddi gyswllt pendant â'r Gadwyn.

Roedd goblygiadau pellach hefyd. Pwy oedd wedi rhoi gwybod i'r Gadwyn yn Buenos Aires amdano? Ai rhywun oedd yn gwybod mai fe'n benodol fyddai'n dod – y rhywun hwnnw a drefnodd i ladd Rhian yn Lloegr? Os yr esboniad cyntaf oedd yn gywir, dim ond Alphonse Duval oedd yn gwybod ei fod wedi mynd i Buenos Aires; ond prin y gallai gredu fod Alphonse o bawb yn gyfrifol – roedd y syniad yn chwerthinllyd. Eto i gyd, roedd wedi dysgu yn ystod ei yrfa i fod yn amheus o bawb, hyd yn oed o'i gyfaill agosaf. . .

Ar y llaw arall roedd yn fwy tebygol mai anfon rhybudd cyffredinol i fod ar eu gwyliadwriaeth wnaeth y rhywun dienw hwnnw yn Llundain – y dyn neu fenyw yr oedd yn dyheu am ei ddal a'i ddwyn o flaen ei well.

Dyna oedd y cyfiawnhad dros fynd i Ffrainc yn y lle cyntaf ac yna i Buenos Aires. A nawr gyda marw'r dyn yn y theatr – a diwedd ar unrhyw obaith a fyddai wedi bod ganddo i dynnu gwybodaeth ohono – beth oedd y cam nesaf? Roedd un cyfeiriad eto ar ôl – y felin yn Nhrevelin. Ai trwy Drevelin y byddai'r cyffuriau'n dod? Roedd yn teimlo o dan anfantais gan nad oedd yn siarad llawer o Sbaeneg ond roedd yn bosibl y byddai'r Gymraeg o help iddo i lawr yn y Wladfa. Efallai y byddai pobl y Wladfa'n fwy parod i'w helpu wedi deall mai Cymro oedd ef.

* * *

Fe fu'n daith ddiddorol – ychydig oriau – o Buenos Aires i Drelew, ar un o awyrennau Cwmni Austral y tro hwn. Roedd digon o le ynddi a llwyddodd unwaith eto i gael sedd wrth ffenest, yn bellach ymlaen na'r aden y tro hwn, gyda golygfa dda drwyddi. Ar y cyntaf roedd y tiroedd o dano'n wyrdd a chymen – lleiniau o gaeau llysiau a thir pori'n bennaf gydag ambell dwffyn o goed yma a thraw. Ond yn raddol sylwodd fod y gwyrdd yn troi'n felyn a'r melyn yn tywyllu nes bod y wlad yn frown a llwyd heb ddim yn ysgafnhau ar y lliw diflas ar wahân i linellau hufen yn rhedeg yn syth hyd at y gorwel, llinellau oedd naill ai'n ffiniau rhwng ffermydd neu'n heolydd llychlyd a syth. A phan laniodd yr awyren ar faes awyr Trelew gallai weld mai tir diffaith oedd o'i gwmpas i bob cyfeiriad.

Cadarnhawyd yr argraff o ddiffeithwch yn ystod y daith i ganol y dref mewn tacsi dros heol arw a llychlyd. Gwelai lwyni brown di-ddail ar bob tu ac ambell lecyn gwyrdd lle buwyd yn taenellu dŵr o bibau. Yna'n sydyn cafodd gipolwg ar wyrddlesni yn y pellter ar y llaw chwith – rhes o goed tal a'u lliw yn gwrthdaro'n rhyfedd yn erbyn brown a melyn a llwyd yr anialwch. Beth oedd y gair – y Paith. . . ? Roedd yn ddigon cyfarwydd â'r hanesion am wrhydri'r Cymry'n dofi'r anialdir a phan gâi gyfle i fynd yn nes at afon Chubut fe gâi weld drosto'i hunan y tiroedd glas yn cael eu dyfrhau gan ddyfroedd yr afon.

Ond cyn hynny roedd mater o gael gwesty i aros a dechrau meddwl am gwrdd â rhai o Gymry'r Wladfa. Roedd wedi gweld enw gwesty wrth ddod trwy adeiladau'r maes awyr a gofynnodd i yrrwr y tacsi ei hebrwng i westy Libertador. Dyn o bryd tywyll oedd hwnnw a go brin y byddai llawer o waed Cymreig yn ei wythiennau a threuliwyd y daith mewn distawrwydd nes i'r gyrrwr droi'r radio ymlaen gan lenwi'r car â cherddoriaeth Ladinaidd.

Wrth i'r car dramwyo drwy dref Trelew daeth yn ymwybodol gyntaf o furddunod llwm yr olwg ar gyrion y dref a golwg dlodaidd ac aflêr ar y trigolion ond yna daeth newid gweddol gyflym a dechreuodd y car symud drwy faestref dipyn yn uwch ei safon o ran adeiladau a gerddi a glanweithdra. Roedd fel petai'r hen dref gymen wedi denu tlodion oedd wedi ymgartrefu ar y cyrion heb fentro mynd i mewn i gyfranogi o fywyd bras y dref.

Roedd gwesty Libertador yn adeilad gwyn trillawr, yn sefyll ar godiad tir ymhlith rhes o dai gwyn a thaclus, a golwg lewyrchus arno. Roedd grisiau llydan o farmor yn esgyn at y drysau gwydr ac roedd cyntedd eang gyda seddi esmwyth ar y chwith a derbynfa yn syth o'i flaen. Roedd dyn canol oed â gwallt brown a chroen ag ôl yr hin yn sgwrsio'n ddyfal â merch ifanc am y ddesg ag ef. Fe fyddai hi o gwmpas y deg ar hugain, barnodd Lyn, â gwallt du a llygaid tywyll; pan gododd ei phen i sylwi arno dyfnhaodd dau bant yn ei bochau gwelw wrth iddi wenu.

Cafodd Lyn ar ddeall fod y gwesty'n bur llawn oherwydd rhyw gynhadledd bwysig ond na phoened – fe geid lle iddo yn rhywle. Ar ôl crafu a throi tudalennau am ychydig daeth golwg fodlon dros wyneb y ferch ac estynnodd allweddi iddo – stafell ar yr ail lawr. Pan agorodd ddrws y stafell gwelodd ei bod yn ddigon diaddurn a chyfyng ond yn ddigonol ac yn gysurus gyda phapur wal digon di-liw a gwely sengl a chadair esmwyth go anesmwyth yr olwg; ond roedd ganddo'i gawodfa a'i dŷ bach ei hun a golygfa o'i stafell ar draws gerddi at ysgol. Roedd wedi cysgu mewn mannau gwaeth lawer tro.

Gan fod awydd arno fynd allan i gerdded o gwmpas cyn iddi dywyllu penderfynodd adael ei bethau yn y ces yn hytrach na dadbacio. Safodd yng nghyntedd y gwesty am foment fel petai'n ystyried pa ffordd i fynd. Ar y llaw dde roedd y dref yn gorwedd islaw ac yn gwahodd ei sylw. Cerddodd i lawr y rhiw ac oedi ar ymyl llecyn o dir noeth a charegog oedd fel petai rhywun wedi bwriadu iddo fod yn barc gyda rhodfeydd troellog a seddi ac ambell goeden yma a thraw a lle i blant chwarae. Yng Nghymru porfa werdd fyddai yno ond roedd y pridd mor galed a llychlyd â'r paith, yn brawf o brinder glaw pe bai angen prawf. Wrth gerdded daeth yn ymwybodol o wynt yn chwythu a theimlodd yn oer yn sydyn. Dechreuodd gyflymu'i gerddediad er mwyn ennill ei wres; a ph'un bynnag, roedd wedi sylwi ar ryw fath o adeiladwaith yn y pellter oedd yn haeddu'i sylw cyn i'r golau ddiffygio.

Wrth fynd yn nes gwelodd gymhlethdod o furiau addurnedig yn cofnodi dyfodiad y Cymry yn y ganrif ddiwethaf. Ac roedd delw o Lewis Jones – '*Fundador de*

Trelew' – yn sefyll yno a'i law allan fel petai'n arddangos neu'n cynnig y wlad i'w ddilynwyr. Yn nes draw wedyn roedd colofn drionglog yn cofnodi canmlwyddiant gwladychu'r Wladfa.

Yna gwelodd gerfluniau gwahanol – dynion ifanc mewn ing a dioddefaint – a gwelodd dystiolaeth eto o ddyfnder teimladau'r bobl adeg y rhyfel am ynysoedd y Malvinas, neu'r Falklands. Beth ddwedodd yr emynydd – 'dyn yw dyn ar bum cyfandir', gyda'r un gallu i fod yn ddewr a'r un gallu i ddioddef beth bynnag oedd ei liw a'i iaith – yn enwedig pan fyddai honno'n gyffredin i'r ddwy ochr.

Sylweddolodd erbyn hyn fod yr haul ar fin machlud a safodd gan ryfeddu at y lliwiau coch a melyn ac oren tanbaid oedd yn llenwi'r wybren. Roedd y lliwiau'n rhai i ryfeddu atyn nhw. Hyd yn oed pan fyddai'r tywydd ar ei orau nid oedd wedi gweld machlud tebyg erioed o'r blaen.

Trodd ar ei sawdl a cherdded i ganol y dref a gweld ambell gyfeiriad prin at y Cymry – ambell stryd yn dwyn enw Cymro – ac yna adeilad oedd ag enw Dewi Sant arno. Ond roedd hwnnw wedi cau am y nos.

Blinodd wrth gerdded a gwelodd fwyty mewn stryd gyfagos. El Quixote oedd yr enw ac aeth i mewn ar ôl edrych drwy'r ffenest a'i weld yn fwyty glân a deniadol gyda byrddau bychain.

Wedi iddo eistedd wrth ford ar y chwith daeth gwraig ganol oed ato dan wenu a chynnig bwydlen. Roedd yn wên garedig a chyfeillgar. Agorodd y fwydlen a dechrau petruso gan fod cymaint o'r geiriau'n anghyfarwydd. Byddai angen help arno. Cododd ei olygon ati.

"Señora – no hablar español – soy galés. . ."

Crychodd corneli llygaid addfwyn y wraig.

"Fedra i'ch helpu chi?"

"Diolch byth – mae fy Sbaeneg mor brin."

Roedd ei llygaid hi'n pefrio.
"O Gymru, ie?"
"Ie – yn pasio heibio i Drevelin."
"Trevelin? Mae gennych chi dipyn o ffordd i fynd felly."
"Oes, wir?"
"Oes. Yng Nghwm Hyfryd mae Trevelin."
"Wrth gwrs – yng Nghwm Hyfryd."

Nid oedd am ddangos ei anwybodaeth ragor. Ble arall tu allan i Gymru y gallai hyn fod wedi digwydd – fod Cymro'n mynd i mewn i fwyty a siarad Cymraeg? A chael croeso caredig hefyd a holi am faint roedd yn aros a mynegi siomedigaeth wedyn ei fod yn symud ymlaen drannoeth. Trueni na fyddai cyfle iddo gwrdd â'r Cymry yno yn Nhrelew. Ac wrth siarad â hi roedd Lyn hefyd yn teimlo'r siom na allai fanteisio ar y cyfle. Ond nid dod ar wyliau i Batagonia a wnaeth nac i chwilio am dylwyth chwaith – ond chwilio, serch hynny, er na fentrai ddweud hynny wrthi.

Roedd yn bryd hynod o flasus pan gyrhaeddodd – *bife al lomo* unwaith eto a gwin coch i'w olchi i lawr. A phan aeth 'nôl i'r gwesty roedd llais y foneddiges yn dal yn ei glustiau yn gobeithio y câi gyfle i alw eto ar ei ffordd 'nôl er mwyn i Gymry'r dref gael cyfle i estyn croeso iawn iddo.

* * *

Fore trannoeth cyn ymadael â'r gwesty llogodd gar gyda help y ferch hawddgar yn y dderbynfa. Cyrhaeddodd y car yn syndod o gyflym o gofio fod '*mañana*' yn air mor bwysig yn y gwledydd Lladinaidd. Car bach melyn oedd hwnnw – Citroën 'dau farch' oedd yn hwyl i'w yrru yn ôl y sôn. Fe'i llogodd am wythnos gan na wyddai'n hollol faint o amser byddai ei angen arno gan addo dod ag ef 'nôl i Drelew ar ddiwedd y cyfnod.

"Buenos dias – y gracias!"

Roedd tipyn o wahaniaeth rhwng y Citroën a'i Porsche glas. Byddai wedi hoffi cael nerth peiriant y Porsche o dan fonet y Citroën y bore hwnnw a'i ru dwfn nerthol yn hytrach na sgrech gwynfanllyd y car melyn fyddai'n protestio wrth iddo newid gêr, ac fe rôi unrhyw beth am gael sedd foethus o dano. Ond hwn oedd y car oedd yn digwydd bod ar gael a rhaid gwneud y gorau ohono ar y daith hir i Drevelin.

Penderfynodd ddilyn y ffordd at yr afon yn hytrach na'r heol fawr newydd er mwyn cael gweld y gwyrddlesni'n iawn. Cyn hir roedd Trelew lychlyd wedi troi'n baith hysb eto, ond yna cyn bo hir daeth at gaeau gwyrdd coediog gyda blodau'n tyfu a gwartheg a defaid yn pori – a nentydd o gamlesi'n taenu dŵr dros y caeau. Pwy gafodd y weledigaeth a'r dychymyg i ddyfeisio'r camlesi gan wneud bywyd yn bosibl yng nghanol y Paith?

Yn sydyn roedd maes pêl-droed ar y chwith iddo a thai yn dod i'r golwg ac arwydd yn cyhoeddi ei fod yn y Gaiman, gyda'i rhesi o dai taclus a gerddi blodeuog a chymen – tref fach swynol a golwg ffyniannus arni. Stopiodd y car o flaen parc bach taclus a cherdded o'i gwmpas. Yma eto roedd cofgolofn yn dathlu glaniad y Cymry. Ac roedd naws fwy Cymreig i'r lle – 'Tavarn Las' ac enw Michael D Jones ar y stryd a 'Goreu Arf, Arf Dysg' ar dalcen yr ysgol. Roedd capel Cymraeg yno wrth reswm a 'Casa de Té Galés'. Roedd wedi darllen am y 'te Cymreig' – y wledd o fara menyn a theisennod a phicau a jamiau oedd yn destun syndod i'r Lladinwyr ond yn dwyn atgof am hen ffordd o fyw cyn dyfodiad bwydydd brys a phrydau parod ac oergell a rhewgell a meicrodon. Fe fyddai wedi hoffi aros i gael te petai amser yn caniatáu! Ond roedd yn ffordd bell i Gwm Hyfryd.

PENNOD 11

FE FU'R DAITH i Esquel yn hir a blinderus er iddo stopio am bryd o fwyd mewn pentref bach tlodaidd ar y ffordd a phrynu petrol. Roedd hi wedi dechrau nosi erbyn iddo gyrraedd Esquel ac roedd yn falch i orffen y daith. Roedd wedi dod trwy Ddolavon ar ôl gadael y Gaiman ac wedi dotio ar y rhod ddŵr yn disychedu'r llain werdd o flaen rhes o dai ar lan camlas lydan. Yna gwelodd wyrddlesni Camwy'n cilio ar y chwith ac yn diflannu o'r diwedd wrth i'r car bach chwyrnu'i ffordd i ganol yr anialwch. Yna roedd llawenydd o weld copâu'r Andes yn dod i'r golwg a gwyrddlesni naturiol Cwm Hyfryd ac Esquel yn eu tro. Gallai ddychmygu'r fath ryfeddod a fu'r olygfa honno i'r Cymro anturus cyntaf hwnnw a fedyddiodd y dyffryn yn Gwm Hyfryd yn ei syndod.

Cafodd le i aros yn Esquel, yng Ngwesty Tehuelche – adeilad hardd, harddach na'r Libertador yn Nhrelew – gyda muriau allanol gwynion a phren tywyll yn rhan amlwg o'i addurn mewnol a grisiau troellog, serth yn dringo i ddau lawr o stafelloedd cysgu. Roedd y coridorau a'r stafelloedd cysgu'n fwy o dipyn nag yn y Libertador, gyda lluniau mawr, lliwgar yn addurno muriau'r cyntedd a'r stafelloedd bwyta ac yn rhoi argraff o foethusrwydd a chwaeth artistig a chyfoes, yn ffurfiau a lliwiau'n gymysg â'i gilydd a heb ymgais i fod yn realistig.

Roedd y ferch groesawgar wrth y ddesg yn dywyll ei

chroen, fel y rhan fwyaf o'i hil, â gwallt du, croen cochlyd a llygaid duon. Gloywodd ei llygaid wrth sylwi mor gloff oedd Sbaeneg Lyn a siaradodd ag ef yn Saesneg. Roedd hi'n fwy rhugl yn Saesneg na'r ferch yn Buenos Aires am ei bod wedi bod yn byw yn yr Unol Daleithau am gyfnod go hir. Byddai'n bleser ganddi drefnu stafell â chut ymolch iddo ar yr ail lawr.

Roedd golygfa hyfryd o ffenest ei stafell yng nghefn y gwesty – rhes o dai isel cymen yn union y tu ôl i ardd gefn y gwesty ac uwch eu pennau roedd bryniau gwyrddlas a'r mynyddoedd y tu hwnt i'r bryniau ag eira ar eu copaon. Roedd cymylau'n anwesu'r mynyddoedd ac yn diferu cawodydd ysgafn ar y bryniau am yn ail â'r heulwen – bron na allai fod yng Ngwynedd, yn edrych draw at 'Yr Wyddfa a'i chriw' o Borthmadog.

Trodd o'r olygfa ac agor ei ges a bwrw ati i ddadbacio'r ychydig ddillad oedd ganddo. Roedd y stafell braidd yn boeth a heb fodd i reoli'r gwres ar wahân i agor y ffenest. Tynnodd ei siaced ledr ddu, ffasiynol, ac agor coler ei grys. Roedd y gwres yn peri iddo chwysu – penderfynodd gymryd cawod a noswylio'n gynnar.

Fore trannoeth cafodd frecwast cyflym a brysiog yn y stafell fwyta. Roedd yn teimlo'n fwy bywiog ar ôl noson o gwsg ac yn fwy na pharod i'w chychwyn hi i Drevelin. Brysiodd allan i'r stryd gan dynnu'i siaced ledr amdano'n dynn wrth deimlo'r gwynt di-baid yn ei wyneb. Taniodd yr injian a dechreuodd y car bach rygnu'i ffordd gwynfanllyd. Doedd hi ddim yn ffordd bell – tua phymtheg o filltiroedd – a'r meysydd yn wyrdd a'r tyfiant yn ir a golwg lewyrchus ar y wlad yn heulwen y bore. Ar y dde fe welai gwmwl symudol oedd yn dangos fod cerbyd yn gyrru dros heol arw. Wrth weld y ffordd yn rhedeg i gyfeiriad y copâu gwyn daeth atgof iddo amdano yntau a Rhian yn dianc rhag y giang ac yn dringo'r Pic du Midi ac yn croesi drwy Andorra ym mynyddoedd y Pyrénées rhwng Ffrainc a Sbaen. Ochneidiodd yn ysgafn; roedd yr atgof yn dal i frifo.

Adeilad tal hirsgwar pedwar llawr o frics coch oedd y felin yn Nhrevelin, gyda ffenestri cymesur yn wynebu'r mynyddoedd a dyrnaid o dai taclus yn rhedeg i lawr y lôn oddi wrthi. Wrth ddiffodd yr injian ac agor drws y car bach melyn syllodd ar yr hen felin a dychmygu'r hen beiriannau nerthol yn troi'n araf a'r meini trwchus yn malu'r grawn dan reolaeth fedrus y Cymry a fu'n ei rhedeg cyn iddi gau. . . Y cwestiwn nesa oedd sut byddid yn gwneud contact? Ai yn y felin, gyda rhywun oedd yn dal i weithio yno – y gofalwr, er enghraifft? Ond roedd drysau'r felin dan glo a doedd dim sôn am ofalwr na neb arall yn agos i'r lle. Aeth 'nôl i'r car i feddwl. Roedd wedi prynu map o Batagonia yn Esquel ac fe'i hagorodd a syllu arno.

Roedd yr ymosodiad yn Buenos Aires wedi profi fod y Gadwyn yn gweithredu yn yr Ariannin – roedd yn ffordd arall o allforio heroin i Ewrop, ffordd oedd yn cychwyn yn Colombia ac yn rhedeg trwy Chile a'r Ariannin neu Brazil. Ond rhaid fod dwsinau o lwybrau o Chile dros yr Andes – er enghraifft, drwy Bari Loche i Igwasŵ ac ymlaen drwy Brazil i Rio de Janeiro. Pam felly y bydden nhw'n anfon cyffuriau trwy Gwm Hyfryd ac i lawr i Drelew ac ymlaen i Buenos Aires a honno'n ffordd hirach a chymaint yn bellach i'r De? Tybed a oedd rhywun yn y Gadwyn yn gwybod am y 'cyswllt Cymreig'? Ei adwaith cyntaf oedd chwerthin ar ben y syniad ac eto pwy allai ddweud nad oedd un o Gymry'r Wladfa wedi'i demtio i ddod yn rhan o'r Gadwyn fel y cafodd Rhian ei themtio, rhywun a chanddo gysylltiadau â Chymru? Beth fyddai'n fwy naturiol na bod Cymraes yn dod i Batagonia i weld ei thylwyth, neu i chwilio am feddau yn Nhir Halen, er enghraifft, a mynd draw i Esquel ac i Drevelin i weld bedd y ceffyl "Malacara" a lamodd dros glogwyn er mwyn i'w farchog ddianc oddi wrth yr Indiaid? Dim ond ugain milltir oedd oddi yno i ffin Chile. Pwy a wyddai na fyddai gŵr o Chile'n dod mewn cwch ar draws llyn Futaleufquen yng nghanol y mynyddoedd i gwrdd â Rhian ar y lan bellaf a phecyn o dan ei gesail? Neu efallai y byddai hithau wedi cymryd bws dros y Rio Grande a'r ffin i gwrdd ag ef yn Futaleufu – y pentref cyntaf dros y ffin yn Chile – neu wedi crwydro maestref yr Indiaid tlawd ar gyrion Esquel er mwyn casglu'r pecyn hwnnw. Sut bynnag, ar ôl y digwyddiad yn Teatro Colón fe fyddai'r Gadwyn yn gwybod amdano ac yn disgwyl iddo ddod i'r amlwg yn rhywle – yn Nhrevelin os oedd coel ar ddyddiadur Rhian. . .

Aeth i weld yr amgueddfa yn Nhrevelin ar ôl gweld fod y felin ar gau. Cafodd ei siomi ar y cyntaf gan na allai'r wraig a agorodd y drws iddo siarad gair o Gymraeg ond cafodd ganiatâd i gerdded o gwmpas y stafell fach ar ei ben ei hun. Gloywodd ei lygaid pan welodd offeryn cyfarwydd wrth un wal. Beth oedd yn fwy nodweddiadol o gymdeithas y ganrif flaenorol na'r harmoniwm? Beth oedd yn gwbl amlwg hefyd oedd y parch tuag at orffennol byr a balch y gymdeithas. Sylwodd gyda diddordeb ar olion yr hen ymdrech i greu cymdeithas Gymraeg yno – gwerslyfrau Cymraeg yr ysgol gynt, hen Feibl Cymraeg a llyfr emynau. Yna daeth 'nôl at y dderbynfa a rhoi gwên i'r wraig ganol-oed denau oedd yn eistedd yno. Beth bynnag arall y gellid ei ddweud amdani doedd dim llawer o argoel mai hi oedd y contact – dim un edrychiad arwyddocaol nac ymdrech i dynu sgwrs a holi cwestiwn a ragddisgwyliai ateb neilltuol. . . Ble nesa? Draw at ffin Chile, o bosibl?

Wrth iddo adael yr amgueddfa a theimlo'r haul yn gynnes ar ei wyneb gwelodd ddyn mewn esgidiau uchel, a phonsho a het â chantel lydan ar ei ben, yn mynd heibio'n ara' deg ar gefn ceffyl. Roedd ganddo fwstásh main, militaraidd ac aeliau trwchus, du, ac roedd yn gysglyd yr olwg. Aeth heibio a'i lygaid wedi hanner cau ac yn delwi neu'n hanner breuddwydio i bob golwg er iddo gyffroi ychydig pan welodd y car bach melyn. Arafodd tuth dioglyd y ceffyl wrth i'w yrrwr syllu â chwilfrydedd ar ei gar. Cyflymodd calon Lyn – ai hwn oedd y contact? Roedd y dyn ar gefn ceffyl yn tin-droi fel petai'n chwilio am rywun ond pan welodd Lyn yn edrych arno'n awgrymog fe drodd ben y ceffyl a'i sbarduno. Cyffrôdd y ceffyl fymryn a dechrau symud i ffwrdd yn anfoddog, fel petai'n gyndyn i gydnabod goruchafiaeth y marchog. Os hwn oedd y contact roedd ganddo ffordd ryfedd o ddangos hynny, ond efallai y câi gyfle i wneud hynny eto.

Yn y cyfamser roedd yn awyddus i gymryd y ffordd fawr i Chile – gwaith llai nag awr mewn car, hyd yn oed y car bach melyn.

Roedd y ffordd yn ddigon llydan ond bod yr wyneb yn arw a llychlyd ac roedd yn falch nad oedd llawer o drafnidiaeth drosti neu fe fyddai'n siŵr o dagu! Roedd y ffordd yn droellog ac yn dringo'n gyson ond heb fod yn rhy serth, yna dechreuodd ddisgyn yn raddol. Gwelodd fflachiadau arian yn y pellter a daeth afon i'r golwg a honno'n un sylweddol. Gwelodd gwm hirgul oedd bron yn gwbl wag o adeiladau, a'r afon yn rhedeg trwyddo tua'r gorllewin. Dim ond caban to sinc a rhwystr ar draws yr heol a swyddog cysglyd neu ddau oedd i'w gweld ar ochr Ariannin y ffin, yn holi'r teithwyr prin. A rhyw ddau neu dri chanllath yn nes draw roedd clwstwr o adeiladau Llywodraeth Chile ag arwydd yn estyn croeso a bwa o goed dros y ffordd yn cymryd arno fod yn borth. Roedd hon yn ffordd dawel a dibwys – yr union ffordd i smyglwyr groesi'r ffin. Ac eto a fyddai smyglwyr yn mentro drwy groesfan o dan lygaid swyddogion? Rhaid bod dwsinau o lwybrau distadl ar draws y bryniau heb neb yn gwylied nac yn holi. Troes Lyn 'nôl gan benderfynu mynd i weld Parc Cenedlaethol yr ardal – Parc Los Alerces, yn ôl y daflen a gododd yn y gwesty. Tybed a oedd hwnnw'n ffinio â Chile? Y foment nesa daeth lorri hynafol yr olwg i gwrdd ag ef gan godi cwmwl o fwg iddo fynd trwyddo. Yna clywodd sŵn brecio a gwelodd y lorri'n stopio ac yn troi fel yr oedd yntau wedi gwneud. Doedd e ddim wedi sylwi ar yrrwr y lorri ond roedd yn gyd-ddigwyddiad fod honno wedi gwneud yr un peth ag ef – roedd fel petai'r gyrrwr yn ei ddilyn. Crensiodd ei ddannedd mewn dicter ato'i hun na fyddai wedi sylwi ar y lorri wrth iddi fynd heibio i weld ai'r dyn yn y ponsho oedd yn gyrru.

Ar waetha'i golwg hynafol roedd y lorri'n gallu symud yn gyflym – ac roedd ei pheiriant dipyn yn fwy nerthol na pheiriant y Citroën bach – byddai'n siŵr o'i oddiweddyd yn y man os dyna oedd bwriad y gyrrwr.

Roedd tro ar y chwith yn sydyn ac fe drodd drwyn y car melyn iddo ond gwyddai y byddai'r cwmwl y tu ôl iddo yn dangos y ffordd i'r sawl oedd yn ei ddilyn. Efallai y gallai dynnu i mewn i ryw gilfach er mwyn gweld a ddôi'r lorri heibio yn y man. Ond roedd yr heol am unwaith yn syth a'r tyfiant o'i hamgylch yn rhy denau ac yn rhy isel iddo allu ymguddio. Doedd dim amdani ond gwanu ymlaen yn y gobaith y dôi cyfle cyn bo hir.

Edrychodd yn y drych – roedd y lorri newydd ddod i'r golwg y tu ôl iddo. Bellach doedd dim un ymgais i guddio'r ffaith fod y gyrrwr yn ei ymlid. Roedd fel petai'n gwybod ei fod wedi'i gornelu ac nad oedd dianc i fod. Wrth edrych ymlaen eto gallai weld pam – roedd yr heol yn arwain yn syth i ganol y mynydd. Digon tebyg ei bod yn terfynu yno wrth ryw ffatri neu weithfeydd. Ac wrth agosáu at y mynydd gwelodd fod ffurf bendant yn dod yn gliriach bob munud. O flaen llwydni garw a di-siâp y mynydd roedd llwydni o fath arall, un mwy cymesur gyda llinellau syth yn rhedeg ar ei draws – fel ymyl mur tal.

Ymhen munud arall gwireddwyd ei ofnau; roedd yr heol yn terfynu yn erbyn mur argae a'r unig ffordd oddi yno oedd troi'n ôl ac wynebu'r sawl oedd yn ei ddilyn.

Gyrrodd y car i ben draw'r ffordd a gwelodd fod grisiau'n codi ac yn diflannu trwy dwr o goed at dŵr uchel. Efallai y gallai ymguddio yno. Stopiodd y car a neidio allan a rhedeg nerth ei draed i gyfeiriad y grisiau gan glywed sŵn y lorri'n nesáu. Naid a sbonc ac roedd eisoes wedi cyrraedd y brig wrth i'r lorri stopio. Roedd esgynfan o'i flaen lle gallai pobl syllu ar y llyn ysblennydd yng nghesail y mynydd – roedd cilfachau yno hefyd lle gallai dyn ymguddio.

Ymhen dwy neu dair eiliad clywodd glic wrth i ddrws y lorri gau. Daeth sŵn cerdded i'w glustiau – cerdded araf ac ysbeidiol fel petai'r cerddwr yn ansicr pa ffordd i fynd ac yn ceisio symud yn dawel. Ond nid yn ddigon tawel i dwyllo clust fain Lyn. Tybed oedd y cerddwr yn arfog? Y foment honno fe roddai Lyn unrhyw beth am y Smith and Weston .38 a arferai gadw mewn gwain o dan ei gesail chwith. Ond gan na wyddai ddim am y dyn oedd yn ei ddilyn gwell cuddio a chwilio am ryw fath o arf i'w amddiffyn ei hun. Ychydig gamau i'r dde iddo roedd dŵr yn tasgu ac yn disgyn yn swnllyd o ganol y tŵr fel petai twll wedi'i dreulio yn y wal, gan greu'r argraff ei bod ar fin hollti a disgyn unrhyw funud. Wrth iddo frysio tuag ato roedd sŵn y dŵr yn boddi'i gerddediad – ac yn boddi cerddediad y dyn arall yn ogystal.

Newidiodd ei feddwl a throi'n gyflym i'r chwith at dyfiant trwchus o lwyni a choed. Edrychodd o'i gwmpas gan chwilio am rywbeth y gallai'i ddefnyddio fel arf – fe wnâi darn o bren y tro fel pastwn neu garreg hyd yn oed. Cofiodd yn sydyn am argae arall – ar y ffordd o Fôr y Canoldir i Andorra lle bu Rhian ac yntau mewn cymaint o berygl a lle boddwyd Jean-Baptiste Duclos. Gwasgodd ei ddannedd yn dynn – a wnâi hanes ei ailadrodd ei hun yma yng nghanol yr Andes?

Ymwthiodd i ganol y tyfiant trwchus gan glustfeinio am sŵn y dyn arall, a safodd yn llonydd er mwyn adennill ei anadl. Yr eiliad nesaf gwelodd garreg oedd yn ddigon mawr i'w dal yng nghledr ei law. Byddai honno'n well na dim.

Wrth iddo blygu i lawr i godi'r garreg clywodd sŵn a barodd iddo rewi gan deimlo'i galon yn rhedeg. Doedd dim modd camgymryd clec dryll yn cael ei baratoi i danio yn union y tu ôl i'w gefn. Yn ara' deg cododd ei ddwylo uwch ei ben a sythu'i goesau. Yna trodd i wynebu'r dyn oedd wedi'i oddiweddyd. Gwelodd yrrwr y lorri yn syllu arno a'r dryll ar anel ato yn ei law dde. A'r ddau mor agos at ei gilydd gallai weld fod y llall o gwmpas y deugain oed ac yn llawer meinach mewn gwirionedd na'r argraff a roddodd ar gefn ceffyl yn ei bonsho llaes. Oblegid doedd dim amheuaeth nad dyn y ponsho oedd hwn, gyda'i wyneb cochlyd a'r mwstásh hirfain a'r croen llyfn a'r ychydig wallt oedd yn y golwg yn ddu o dan ei het dywyll. Erbyn hyn roedd siaced fer a jwmper drwchus amdano yn lle'r ponsho. Yn ogystal roedd gwên o fuddugoliaeth ar ei wyneb main.

Diflannodd y wên a chulhaodd y llygaid tywyll a gwnaeth arwydd digamsyniol â'r dryll gan gyfeirio at y llwybr 'nôl at y car a'r lorri. Camodd Lyn i'r cyfeiriad hwnnw ac arhosodd y dyn iddo fynd heibio a'i ddilyn. Roedd meddwl Lyn yn gweithio'n galed wrth iddo gerdded mor araf ag y gallai tuag at y car. Beth nesaf? A'i ddwylo yn yr awyr uwch ei ben roedd siawns na wnâi'r llall ei saethu mewn gwaed oer. Efallai y byddai am ei holi'n gyntaf o leiaf, oblegid prin y byddai unrhyw sentiment am werth bywyd yn perthyn i aelod o'r Gadwyn. Ac fe roddai hynny gyfle iddo feddwl am ffordd i ymosod arno'n sydyn a dirybudd cyn iddo danio'r dryll.

Ar y llaw arall, oedd hi'n bosibl na wyddai'r dyn am farwolaeth Rhian a'i fod yn meddwl mai Lyn oedd y cymal nesaf yn y Gadwyn? Efallai mai bod yn wyliadwrus a gofalus oedd y dyn ac aros i gael tystiolaeth oddi wrth Lyn ei fod yn ddibynadwy.

Roedd y dyn yn union y tu ôl iddo a'i ddryll bron yn ei feingefn. Roedd hynny'n beth da – roedd y dyn yn ffôl o agos – petai'n cael cyfle i droi'n sydyn cyn i'r dyn gael amser i adweithio. . .

Chwyrnodd hofrennydd i'r golwg a'i ru annisgwyl yn taro'i glyw fel ergyd. Roedd y sioc yn ddigon i ddwyn sylw'r dyn am hanner eiliad – ac roedd hanner eiliad yn fwy na digon i Lyn droi ac anelu cic a fwriodd y dryll o'i afael a hedfan drwy'r awyr am bum llath. Yr eiliad nesaf roedd dyrnod gan Lyn wedi taro'r dyn yn ei ganol nes peri iddo duchan ac yna daeth ergyd arall i'w ên, ergyd a fyddai wedi llorio llawer dyn praffach yr olwg; ond roedd cryfder anarferol mewn corff mor fain a gafaelodd amdano â'i ddwyfraich gan gaethiwo'i freichiau a'i daro yn ei wyneb â'i dalcen. Saethodd iasau o boen wrth i drwyn Lyn hollti a dechrau gwaedu ond ymsythodd a rhoi hergwd i'r llall â'i ben-glin. Daeth gwaedd o boen o'i enau a syrthiodd yn swp a'i wyneb yn arteithio. Tynnodd Lyn ei ddwrn 'nôl er mwyn rhoi'r farwol iddo. Roedd hwn yn perthyn i'r Gadwyn – y gadwyn ddieflig oedd yn gyfrifol am y fwled yn nhalcen Rhian ac am filoedd o bobl yn marw mewn truenusrwydd a phoen yn eu caethiwed i gyffuriau. Doedd y math hwn o ddyn ddim yn haeddu trugaredd. . .

Atseiniodd ergyd gwn yn y creigiau uwchlaw'r argae wrth i'r hofrennydd ddisgyn nes ei fod yn gallu teimlo gwynt yr adenydd. Oedodd y dwrn ar anel yn sgil y rhybudd digamsyniol.

"Lyn! . . . Lyn! Gad lonydd iddo! Mae'n un ohonon ni!"

Gymaint oedd ei syndod wrth glywed y llais cyfarwydd fel na sylweddolodd yn syth mai yn Ffrangeg y gwaeddwyd y geiriau. Ond doedd dim modd methu nabod y dyn bach taclus yn chwifio ato o'r hofrennydd.

"Alphonse! Beth ddiawl wyt ti'n wneud fan hyn?"

PENNOD 12

DISGYNNODD YR HOFRENNYDD i ganol y ffordd a'i waellau'n codi corwynt a hwnnw'n llawn llwch oedd yn brifo llygaid ac yn chwipio wynebau a dwylo. Sadiodd y corff lletchwith yr olwg ar y stribedi dur o dano a dechreuodd nad uchel y peiriant ddisgyn wrth i'r gwaellau arafu. Cyn gynted ag y safodd yr hofrennydd yn llonydd neidiodd ffurf gyfarwydd Duval i'r ddaear a brysio tuag at y ddau. Disgynnodd ei olygon ar ddyn y ponsho oedd ar ei liniau o hyd ac yn dal i riddfan mewn poen. Beth yn y byd yr oedd Lyn wedi'i wneud iddo fe? Fel yr oedd wedi'i ofni, roedd rhyw gamddealltwriaeth mawr wedi digwydd ac unwaith eto roedd Lyn â rhan yn y cawl. Ysgydwodd ei ben yn anghrediniol.

Doedd Lyn ddim wedi teimlo'r fath syndod erioed yn ei fyw wrth weld Duval yno yn y cnawd. Llanwyd ei feddwl â sioc ac amheuon – allai Duval o bawb fod yn perthyn i'r Gadwyn? Pwy arall ar wahân iddo ef oedd yn gwybod ei fod yn yr Ariannin a Phatagonia? Fe fyddai hynny'n esbonio pam yr oedd rhywun yn aros amdano yn Teatro Colón – am fod Duval wedi rhoi gwybod i'r Gadwyn. Fe fyddai hefyd yn esbonio llawer am yr hyn oedd wedi digwydd yn Ffrainc – y byddai'r Gadwyn yn disgwyl am y ddau yn Portsmouth ac yn barod i ladd pe bai angen. Os oedd Duval yn aelod o'r Gadwyn fe allai fod yn gyfrifol am farwolaeth Rhian. . .

"Lyn! *Tiens!* Rwyt ti fel taset ti 'di gweld ysbryd aflan!"

Caeodd Lyn ei ddyrnau'n reddfol wrth droi i wynebu'i hen gyfaill ond roedd Duval yn syllu arno a gwên lydan ar ei wyneb, gwên o gyfeillgarwch yn hytrach na buddugoliaeth. Yna diflannodd y wên wrth iddo edrych eilwaith ar y dyn ar ei liniau ac roedd cerydd yn ei lais pan siaradodd eto.

"O! Lyn! Beth wyt ti 'di wneud i Sancho, druan?"

"Sancho. . ."

"Ie, Sancho Gonzalez de Jones – ein dyn yn Esquel."

"Ond – rown i'n meddwl. . ."

"Mai un o'r Gadwyn oedd e?" Lledodd y wên eto.

"Mi oedd yntau'n meddwl dy fod ti'n un ohonyn nhw. Dyna pam y ces i ddod yma mewn hofrennydd – rhag ofn iti roi'r farwol iddo ac, a barnu wrth ei olwg, mi fu bron iti wneud."

Traed yn agosáu ar frys a dynion mewn dillad gwyrdd yn helpu Sancho i godi a'i hebrwng draw i'r hofrennydd a thri arall yn syllu'n amheus a bygythiol ar Lyn. Ond cyfarchodd Duval nhw mewn Sbaeneg rhugl a nodiodd eu harweinydd a galw gorchymyn byr. Wrth i'r milwyr ddringo'n ôl i grombil yr hofrennydd dechreuodd y gwaellau droelli'n araf ac yna'n gyflymach a chyn pen dim roedd yr hofrennydd wedi codi i'r awyr a dechrau symud i gyfeiriad Esquel. Cododd Duval ei law mewn arwydd, yna trodd at Lyn.

"Mi ga i ddod gyda thi yn dy gar, mae'n siŵr?"

"Ym – wrth gwrs."

Roedd dod dros y sioc fel deffro o drymgwsg. Nawr wrth weld yr hofrennydd yn diflannu dros y gorwel, roedd ei amheuon yn ymddangos mor afreal; i feddwl y gallai Alphonse, ei hen gyfaill – rhag cywilydd iddo am feddwl y fath beth. . . Ond edrychodd yn galed arno serch hynny.

"Wel 'te, Alphonse, mae'n bryd iti esbonio. . ."

"Sut des i yma a pham?"

"Ie. . ."

"Roeddet ti 'di gadael trywydd perffaith – fu Marseille fawr o dro'n datrys y pos ac fe ffoniais y llysgenhadaeth yn Buenos Aires yn syth. Wyddet ti fod un arall o'n dynion yn Teatro Colón y bore hwnnw?"

"Naddo – sut gallwn i wybod?"

Roedd ei ateb mor bigog â'i dymer. Erbyn hyn roedd y ddau wedi cyrraedd y car melyn ac wedi eistedd ynddo. Taniodd Lyn yr injian a tharo'r gêr i fynd tua 'nôl; yna gwthiodd ffon y gêr yn arw gan gretsian y dannedd. Yna llithrodd y gêr i'w lle a gollyngodd Lyn y gafael yn sydyn nes i'r car lamu ymlaen fel peth gwyllt gan achosi i ddannedd Duval glecian.

"Nefoedd! Oes rhaid iti gynhyrfu cymaint?"

Ond sbarduno'r cyflymydd fwyfwy wnaeth Lyn nes bod y car yn oernadu ar hyd y ffordd.

"Wel?"

"Wel beth? . . . O – y dyn yn y theatr. Roedd e'n hwyrach yn cyrraedd na thi ond fe welodd y corff. . ."

Hyrddiodd y car o gwmpas tro arbennig o lym a'r graean yn tasgu'n swnllyd o dan yr olwynion. Ysgydwodd y cerbyd yn feddw chwil wrth iddo gymryd y tro ar ddwy olwyn cyn plannu'r ddwy arall 'nôl ar y llawr garw ag ergyd a barodd i ddannedd y Ffrancwr grensian. Gwynnodd wyneb Duval a gafaelodd yn dynn yn nolen y drws i'w sadio'i hun.

"Oes rhaid mynd mor gyflym, er mwyn popeth!"

"O – mae'n flin gen i. . ."

Cododd Lyn ei droed dde'r mymryn lleiaf oddi ar y sbardun.

"Roet ti'n dweud o beutu'r corff."

"O – oeddwn. Fel y dwedes i – mi gyrhaeddodd ein dyn ar dy ôl di, ond mewn pryd i weld y corff – a'i nabod. . ."

Syllodd Lyn arno ag ystum oedd yn awgrymu'r cwestiwn amlwg.

"Ie – un o'r Gadwyn yn disgwyl amdanat ti."

"Neu rywun yn lle Rhian o leiaf."

"Ie, wrth gwrs – ac mi aeth 'nôl i'r llysgenhadaeth a ffonio Marseille – a ffoniodd Marseille ata i. . ."

"A mi feddyliest 'mod i mewn perygl a phenderfynu dod ar fy ôl i warchod 'y nghefn i."

"A dal yr awyren nesa i Buenos Aires – ac wrth gwrs roeddet ti wedi gadael erbyn hynny – a'r lle amlwg i fynd wedyn oedd Trevelin. Ac felly dyma fi'n hedfan i Esquel a chyrraedd mewn pryd i glywed neges yn swyddfa'r Heddlu oddi wrth Sancho am yr estron o Sais. A'r peth nesa roedd hofrennydd y Fyddin wrth law i fy helpu i chwilio amdanat ti. . ."

"Mae'n amlwg fod Llywodraeth yr Ariannin yn casáu'r smyglwyr cyffurie gymaint â ni i fod mor barod i dy helpu."

Eisteddodd y ddau mewn distawrwydd wrth i'r car deithio'n arafach erbyn hyn 'nôl i Esquel a Gwesty Tehuelche. Fe fyddai arhosiad Lyn ynddo'n un byr wedi'r cwbl. Bellach fe wyddai fod yr awdurdodau'n cadw gwyliadwraeth yng Nghwm Hyfryd, a hynny'n fwy effeithiol nag y gallai Lyn a Duval ei wneud. Ond gyda marw'r dyn yn y theatr roedd y trywydd wedi dod i ben unwaith eto. Byddai cystal i Duval ac yntau droi am adref – a dechrau o'r dechrau unwaith eto. . .

Meddyliau digon tebyg oedd yn rhedeg trwy feddwl Duval hefyd wrth i'r car nesáu at y gwesty. Ond heblaw hynny, roedd ganddo ragor o wybodaeth nad oedd wedi cael cyfle i'w rhoi iddo hyd yma, gwybodaeth a allai fod o ddiddordeb i Lyn. Roedd rhywun wedi bod yn ceisio cysylltu ag ef.

* * *

"Danvers Rowe – wyt ti'n siŵr?"

Roedd y car yn nesu at dref Esquel erbyn hyn ac roedd yn ffodus ei fod wedi arafu cyn i Lyn sathru ar y brêc yn ei syndod. Lledodd Duval ei ddwylo mewn ystum oedd yn awgrymu nad oedd yn gyfrifol am gynnwys y neges.

"Fyddwn i'n dweud anwiredd wrthyt ti? Mi ffoniodd ata i a gofyn imi roi neges – mae am iti ddod adre ar unwaith."

"Adre?"

Roedd y syndod yn amlycach eto yn llais Lyn. Nodiodd ei gyfaill.

"Ie – hynny yw, adre i Ffrainc gyda fi."

"Ond pam?"

"Ailafael yn y trywydd, o bosibl?"

Ie, digon tebyg, neu fyddai Rowe ddim wedi mynd i'r drafferth o gysylltu â Duval. Rhaid fod rhyw dystiolaeth newydd wedi dod i'r golwg – rhywbeth yn ymwneud â Rhian yn St Cyprien, o bosibl.

"Ydi hyn yn golygu 'i fod e'n gwbod 'mod i wedi mynd i Buenos Aires?"

Roedd golwg ymddiheurol ar wyneb ei gyfaill.

"Mae'n flin gen i, Lyn. . ."

"Mi ddwedest ti wrtho fe."

"Do, mae arna i ofn – doedd gen i ddim dewis, wir."

Nac oedd, wrth gwrs – os oedd Danvers Rowe yn gwasgu arno pwy oedd e, Duval, i wrthod dweud y gwir wrtho?

"Pryd oedd hyn?"

"Y bore wedi iti fynd."

Newidiodd Lyn i gêr is yn ffyrnig a gwingodd Duval wrth glywed y car yn protestio; gêr go amrwd oedd gan y car ar y gorau ond roedd ffordd arw a herciog a diamynedd Lyn o newid gêr yn argoeli na fyddai bywyd hir i gar a gadwai yntau, oni bai fod hwnnw'n Porsche, wrth gwrs.

Roedd car yr Heddlu'n sefyll o flaen Gwesty Tehuelche pan gyrhaeddodd y Citroën bach – a Sancho yn eistedd yno'n ddisgwylgar. Cochodd bochau Lyn wrth ei weld a chofio'r ymladdfa a cheisiodd ymddiheuro iddo yn ei Sbaeneg clogyrnog am ei frifo. Ond atebodd Sancho yn Gymraeg gan ymddiheuro am ei ddrwgdybio yntau, ac egluro nad oedd wedi cael dim niwed parhaol. Ac roedd llygaid Duval yn llydan gan syndod wrth glywed y siarad rhwng y ddau fel petai heb gredu tan hynny fod y Gymraeg yn fyw yn yr Ariannin.

Mynnodd Sancho fynd â'r ddau am ginio mewn bwyty heb fod yn bell o'r gwesty – bistro o le wedi'i addurno'n foel a syml ond yn chwaethus gyda lluniau o olygfeydd gwledig, o feysydd a choedwigoedd a'r mynyddoedd lleol yn torri ar oerni'r muriau gwynion. A chyda thywalltiad gwin coch ymlaciodd tafodau'r tri mewn mwynhad a chyfeillgarwch a'r sgwrs yn newid o'r Gymraeg i'r Sbaeneg a'r Ffrangeg yn ôl y galw.

Wrth fwyta cadarnhaodd Sancho ei fod yn gweithio i'r gwasanaeth diogelwch ac mai un o'i ddyletswyddau oedd chwilio am gludwyr cyffuriau o Chile.

"A phan weles i chi'n gwneud eich gorau i ddianc dim ond un casgliad oedd yn bosibl. . ."

"A finnau'n eich amau chithe!"

"Dwedwch wrtho' i – sut mae'r Wladfa'n cymharu â'r 'Hen Wlad'?"

"Rhaid imi gyfaddef, braidd yn ddiflas a didostur yw'r Paith, ond mae'r Dyffryn – fel y bobl – yn fendigedig."

"A beth am Gwm Hyfryd? Ydi o mor hardd â Chymru?"

"Wel mae rhai'n gweld tebygrwydd rhyngddo a rhannau o Wynedd ond fod y mynyddoedd gymaint yn uwch wrth gwrs. Beth yw dy farn di, Alphonse?"

"Gweld y lle 'ma'n debyg i'r Pyrénées ydw i."

Ac roedd yn rhaid i Lyn gytuno – a chydnabod fod tebygrwydd mawr rhwng mynyddoedd uchel yr Andes a'r Pyrénées, mwy o dipyn na rhwng Eryri a mynyddoedd Cwm Hyfryd mewn gwirionedd. Ac wrth feddwl am y Pyrénées unwaith eto cofiodd amdano'n gyrru drwy'r mynyddoedd yng nghwmni Rhian. . .

"Beth sy, Lyn? Mae golwg drist arnat ti."

Cyffrôdd Lyn, yn anfodlon cyfaddef gymaint yr oedd yr atgofion yn dal i'w frifo.

"Gwaetha'r modd, rhaid inni fynd adre. . ."

"A chithe newydd gyrraedd?"

"Fel'na mae, gyfaill – gwaith yn galw – ond rwy i'n llawn fwriadu dod 'nôl yma eto, os ca i gyfle ryw ddydd."

* * *

Cyn cychwyn i gyfeiriad y Dyffryn roedd gan Lyn fater arall yn pwyso ar ei feddwl o hyd. Oni bai am yr enw, 'Trevelin', yn nyddiadur Rhian ni fyddai ganddo unrhyw dystiolaeth o gyswllt rhyngddi a'r Wladfa. A'r cwestiwn oedd – sut gyswllt? A oedd gan Rhian berthnasau yno? Os felly fe allai hi fod wedi bwriadu mynd yno i chwilio amdanyn nhw. . . Roedd ymwelwyr o Gymru'n dal i ddarganfod tylwyth nad oedden nhw'n gwybod am eu bodolaeth tan hynny. . . Petai hynny'n wir, petai gan Rhian reswm diniwed dros fynd i Drevelin – chwilio am dylwyth ac nid i nôl cyffuriau – byddai hynny'n gysur mawr iddo. Trueni mawr na fyddai wedi holi'i thylwyth pan aeth i Aberystwyth. . . Ond fe allai wneud hynny eto rywbryd ar ôl mynd adref o Batagonia.

Pan soniodd am y mater wrth Sancho, gwenodd hwnnw.

"Mi wn i am yr union ddyn i chi – Alfredo Brown – mae

o'n nabod pawb ac yn gwbod 'u hache i gyd yng Nghwm Hyfryd ac yn y Dyffryn." Tipyn o hanesydd lleol oedd Alfredo Brown. Roedd yn digwydd bod yn aros yn Esquel yng nghartre'i ferch a'i theulu ar gyrion y dref cyn mynd 'nôl i'w *estancia* yn y bryniau. Pan ffoniodd Sancho ato mi atebodd y byddai'n bleser o'r mwyaf ganddo gwrdd â Lyn; roedd croeso iddo ddod draw ar unwaith.

Ymesgusododd Duval rhag mynd gyda Lyn i'w weld gan ddweud yr hoffai aros gyda Sancho am sgwrs – a gwydraid neu ddau o win. Nodiodd Lyn a gwenu – ni fyddai hanesion llwythol y Cymry o ddiddordeb i'r Ffrancwr.

"À toute à l'heure, Alphonse!"

"Ta ta tan toc, Lyn!"

Roedd honno'n un frawddeg o Gymraeg o leiaf yr oedd Alphonse wedi'i dysgu ar ei gof.

Ymhen pum munud roedd y car bach melyn yn arafu o flaen tŷ sylweddol ar ddarn o dir gwastad a choediog, gyda gardd a lawntiau cymen o'i flaen a thoreth o blanhigion blodau yn anwesu'r tŷ. Wrth iddo gamu o'r car roedd gŵr yn ei saithdegau'n disgwyl amdano wrth y drws a gwên ar ei wyneb. Camodd ymlaen i'w gwrdd gan estyn ei law.

"Mr Brown?"

"Croeso i Gwm Hyfryd, Mr Owen! Pasiwch fewn!"

Roedd acenion Alfredo Brown, fel acenion y Gwladfawyr i gyd, yn adlewyrchu dylanwad Sbaenaidd o ran goslef ac ynganiad. Roedd yn awgrymu fod Cymraeg y Wladfa eisoes wedi dechrau troedio'r ffordd tuag at fod yn dafodiaith arbennig ynddi'i hun, gyda'i chyfuniad o dafodieithoedd Gogledd a De Cymru. Ac roedd yr acen Ladinaidd yn gwneud y cyfuniad yn un swynol a hyfryd i'r glust.

Dyn byr a main â barf fain wen daclus oedd Alfredo Brown – bonheddwr mewn siaced o frethyn wedi'i liwio'n wyrdd a chap o'r un defnydd ar ei ben. Roedd ganddo lond ceg o ddannedd gwynion ac amryw'n dangos ôl aur pan wenai. Arweiniodd y ffordd i stafell eistedd fodern a chysurus – moethus yn wir – gyda golygfa swyngyfareddol o'r mynyddoedd trwy'r ffenestri eang.

Ni fynnai Lyn baned o de na dim arall gan egluro mai newydd fwyta cinio yr oedd a chan obeithio na ddigiai Alfredo Brown oherwydd hynny. Ond roedd Alfredo'n ddibris o'r manion boneddigaidd hynny – roedd ganddo fwy o ddiddordeb yn neges Lyn.

"Wel, a gweud y gwir, dod i holi am dylwyth a allai fod wedi ymfudo yma ydw i – o gyffiniau Aberystwyth – perthyn drwy briodas," ychwanegodd yn frysiog rhag gorfod datgelu gormod am ei gyswllt â Rhian.

"Hm. . ." ystyriodd Alfredo Brown yn ddwys. "Cyffinie Aberystwyth. . ."

"Ie – Dafisiaid."

"Hm – dewch weld. . ."

Tapiodd bysedd ei law dde ar ymyl ledr ei gadair esmwyth; syllodd draw at y mynyddoedd fel petai'n chwilio am ysbrydoliaeth. Yna trodd ei olygon at Lyn a gwenu fel petai pos wedi'i ddatrys yn ei feddwl.

"Roedd 'na deulu o Ddafisiaid wedi ymfudo o Geredigion gyda'r fintai gynta ac mi ddaeth Dafisiaid o ardal Aberdâr hefyd ac o Landeilo ac mi symudodd Dafisiaid i Gwm Hyfryd yn y man. . ."

"I Drefelin?"

"Mae'n eitha posibl – ac wrth gwrs, fe allai rhai o'r disgynyddion – y merched – fod wedi priodi i deuluoedd eraill. Wrth gwrs, alla i ddim dweud pa Ddafisiaid yn hollol ddaeth i Gwm Hyfryd. Fe fydd angen holi'n bellach. . ."

Oedodd Lyn am foment cyn ymateb.

"Fyddwn i ddim yn dymuno peri trafferth. . ."

"Dim trafferth o gwbwl, Mr Owen. Mae hanes fy nghymdogion bob amser o ddiddordeb imi."

Gwenodd Lyn a nodio.

"Y drafferth yw. . ."

"Ie?"

"Rhaid imi gychwyn am adre bore 'fory fan bellaf. Rwy i wedi gadael pethe braidd yn hwyr, mae arna i ofn."

Gwenodd Alfredo Brown yn ei dro.

" 'Sdim gwahaniaeth; os leiciwch chi, mi wna i dipyn o ymholiadau a sgwennu atoch chi – os gadewch chi'ch cyfeiriad gyda mi."

Roedd yn gynnig na ellid ei wrthod.

"Wel, os ydych chi'n siŵr. . ."

Gwenodd y dannedd euraid.

"Chynigiwn i ddim oni bai 'mod i'n 'i feddwl e, Mr Owen."

Wrth gamu i gyfeiriad y car bach melyn roedd calon Lyn yn ysgafnach nag y bu ers wythnosau. Unwaith eto roedd 'na obaith, gwan mae'n wir, fod gan Rhian reswm diniwed dros ddod i Drefelin – cwlwm teuluol neu gymhelliad llwythol – nid cyffuriau!

Pennod 13

Mae maes awyr Esquel ar gyrion y Cwm, ar lain wastad o dir gyda mynyddoedd yr Andes a'u copaon gwyn yn codi'n urddasol yn y gorllewin, a'r bryniau'n graddol droi'n beithdir i gyfeiriad y gogledd-ddwyrain. Mae'r adeilad deulawr twt yn awgrymu nad oes cymaint â hynny o fynd a dod rhwng Esquel a threfi eraill Patagonia a gweddill yr Ariannin ac mae dyrnaid o staff yn ddigon i weinyddu'r lle a thrin yr awyrennau sy'n galw'n ysbeidiol a diwallu anghenion y teithwyr. O gwmpas y neuadd aros gyda'i nenfwd uchel a'i ffenestri eang fe geir swyddfeydd a phorth ar y llawr isaf ac mae stafell eang arall ar y llofft lle gallwch gael byrbryd a syllu i'r entrychion i weld a welwch chi ddot bach du yn y pellter yn graddol dyfu'n awyren.

Dyna'n union beth wnaeth Lyn fore trannoeth wrth sipian coffi cryf yng nghwmni Duval. Roedd pethau wedi digwydd mor gyflym – yr ymdaro rhyngddo a Sancho ac ymddangosiad sydyn ei gyfaill a'r neges oddi wrth Danvers Rowe yn ei alw'n ôl i Ffrainc. Roedd Duval wedi trefnu fod rhywun arall yn gyrru'r Citroën bach melyn 'nôl i Drelew ar ei ran er mwyn i Lyn ac yntau fanteisio ar y cyfle i ddal yr awyren nesaf i Buenos Aires. Yna roedd Sancho wedi'u hebrwng ill dau draw i'r maes awyr ac wedi ysgwyd llaw a dymuno siwrnai dda a '*hasta luego*' cyn eu gollwng wrth borth yr adeilad.

Doedd ar Lyn ddim hiraeth am y daith hir a blinderus 'nôl

dros y paith i'r Dyffryn; eto i gyd roedd yn chwithig ganddo adael Cwm Hyfryd a Dyffryn Camwy ar ôl adnabyddiaeth mor fyr ac anghyflawn o'r bobl groesawgar oedd yn byw ynddo. Nawr wrth aros i'r awyren gyrraedd teimlodd gyffyrddiad o chwithdod ac o hiraeth annisgwyl am y Gymru arall honno a dyhead am gael dod 'nôl yno eto rywdro. Wedi'r cyfan, dywedodd wrth Sancho cyn ymadael, a direidi yn ei lygaid, doedd e ddim wedi cael cyfle i gael '*té galés*' hyd yn oed!

Awyren Cwmni Austral aeth â nhw i Buenos Aires ac wrth deithio gallai Lyn weld y tir brown a llwyd yn graddol droi'n wyrdd ac ir wrth i ben y daith agosáu. Ac wrth alw i gof ei daith o Drelew i Esquel unwaith eto rhyfeddodd at ddewrder a dycnwch yr ymsefydlwyr cyntaf. Faint o anobeithio a thorcalon a fu wrth weld y cnydau'n crino rhwng yr haul a'r gwynt didostur? A'r wyrth wedyn o weld tir yn glasu a choed yn tyfu ac anifeiliaid yn pesgi a'r bywyd caled yn dod yn werth i fyw unwaith yn rhagor, diolch i'r camlesi a dyfroedd bywiol Camwy. Yn sicr, fe ddôi'n ôl i Batagonia eto pan fyddai'r modd ganddo i wneud hynny.

Pob o stafell ar seithfed llawr yr Hotel Continental oedd ganddyn nhw ar gyfer eu noson olaf yn yr Ariannin, noson a dreuliwyd yn ddigon syber yn cerdded o gwmpas y ddinas a chael pryd arall ym mwyty La Estancia. A'r tro hwn Duval fu'n rhythu'n edmygus ar y cogydd tew yn digoni oen cyfan wedi'i hollti'n ddau hanner dros ben tân o goed.

Fe fu'r pryd wrth fodd y ddau a bu'r ddau'n dyfal sglaffio cigoedd oen ac eidion gyda salad tomato a wynwns a gwydreidiau o win coch tywyll. Ac yna rhoddodd Duval ochenaid o foddhad gan sychu'i wefusau â hances bapur. Yna tapiodd ei fola gan wenu'n foddhaus.

"Bron cystal â bwyd Ffrainc, wyt ti ddim yn meddwl, Lyn?"

Datblygodd cysgod o wên yng nghorneli llygaid Lyn wrth iddo ateb.

"Gwell."

"Gwell? *O la la* – rwy i 'di lladd dynion am siarad fel'na!"

"Wel, ma' rhaid iti gyfadde fod blas arbennig ar yr eidion – rhywbeth yn y dŵr, mae'n siŵr."

Ystyriodd Duval y mater gan bigo'i ddannedd â gwaell fach o bren. Yna dododd y waell i lawr ar y ford o'i flaen.

"Wrth gwrs, erbyn meddwl, mae dylanwad Ffrainc wedi bod yn drwm ar Sbaen a'i threfedigaethe byth oddi ar adeg Napoleon."

"Digon gwir – dyna lwc fod y Ffrancwyr wedi'u haddysgu sut i goginio gan wŷr Tuscani cyn 'ny, yntefe?"

Roedd yr herio hwn yn beth parhaol rhwng y ddau, a'r digri bob amser yn drech nag unrhyw ergydion difrifol. Roedd yn arwydd o gyfeillgarwch dwfn a pharch y naill tuag at y llall. Roedden nhw wedi bod yn gefn i'w gilydd ers blynyddoedd a gallai Lyn alw i gof achlysuron pan fu llygad craff Duval yn achubiaeth bywyd iddo. Ac fe fu Alphonse yntau'n ddiolchgar am ddawn Lyn â'i ddwylo a'r nerth cuddiedig yn ei gyhyrau mewn mwy nag un sgarmes yn strydoedd tywyll Marseille. Roedd Sancho druan yn brawf o'r doniau hynny.

Wrth weld mwynhad ei gyfaill gyda'i bryd fe sylwodd Lyn am y tro cyntaf fod ei ganol yn dechrau llenwi ac yn rhoi awgrym o floneg. A oedd Alphonse yn dechrau mynd yn ddiofal er iddo wybod yn burion fod ystwythder corff a nerth cyhyrau'n gallu bod yn fater o fywyd a marwolaeth yn eu galwedigaeth nhw? Yn reddfol cyffyrddodd â'i ganol ei hunan â'i law dde a theimlo'r caledwch tynn. Roedd y cyffyrddiad yn gysur iddo, y cysur o wybod fod ei gorff mewn cyflwr da ac yn barod i ymateb mewn fflach mewn argyfwng neu i unrhyw fygythiad sydyn. Roedd yn dal i wneud ymarferiadau corfforol bob bore a fyddai wedi llethu dynion llawer mwy cydnerth; roedd yn llawer rhy gynnar iddo ddechrau ymlacio i fywyd esmwythach pobol ganol oed fel yr oedd Alphonse yn amlwg yn ei wneud. Rhaid fod hwnnw wedi synhwyro beth oedd yn ei edrychiad a'i feddwl oherwydd gwenodd yn sydyn ag awgrym o ymddiheuriad yn y wên.

"Rwy i'n gwybod – mae'n haws ennill pwyse na'i golli. Ond diwrnod neu ddau o goginio Marie eto ac mi fydda i'n ôl fel oeddwn i. . . Estyn dy wydr imi gael rhoi rhagor o win iti. . ."

A rywsut doedd gan Lyn mo'r ewyllys i wrthod gwahoddiad ei gyfaill.

* * *

Cyn mynd allan i giniawa'r noson honno roedd gan Lyn dasg i'w chyflawni. Gallai fod wedi'i gadael nes cyrraedd Ewrop ond roedd ar binnau o eisiau ateb i'r cwestiwn ar ei feddwl a go brin yr edliwiai Danvers Rowe iddo'r gost petai'r mater yn cyrraedd ei sylw ryw ddydd. Estynnodd ei law at y ffôn yn ei stafell wely a gofyn am help y dderbynfa.

Pan godwyd y ffôn ar y pen draw roedd llais brawd Rhian mor glir â phetai drws nesaf iddo ac nid miloedd o filltiroedd i ffwrdd. Roedd hynny o bosibl yn esbonio pam yr oedd ei ymateb mor ddidaro ac ni theimlodd Lyn angen egluro nad gartref yng Nghymru yr oedd yn ffonio ato'r funud honno.

"Hylô?"

"Hylô, Mr Davies? Iwan? Lyn Owen sy 'ma."

"O ie. Shwd ma' pethe'n mynd?"

"Eitha da ar y cyfan ond am resyme diogelwch alla i weud fawr o ddim dros y ffôn, chi'n dyall. . ."

"O, wrth gwrs – dyall i'r dim. Ym – beth galla i wneud drosoch chi?"

Carthodd Lyn ei wddw cyn ateb – yr holl lwch ar heolydd Patagonia, meddyliodd.

"Eise gofyn cwestiwn sy arna i. . ."

"Ar bob cyfrif – holwch chi."

"Eisie gwybod sy arna i – oes 'na hanes am dylwyth i chi'n ymfudo i Batagonia?"

"Patagonia? Pam yn y byd 'ych chi'n holi hynny?"

"O – dim ond trafod posibiliade, 'na gyd – ŷn ni'n gorfod chwilio am drywydd i bob cyfeiriad."

"Wel, alla i'ch sicrhau chi na fuodd sôn am neb yn mynd i Batagonia erio'd – ddim yn ein teulu ni, beth bynnag."

"A rych chi'n berffeth siŵr felly na fydde gan Rhian ddim rheswm dros fynd i Batagonia – i chwilio am berthnase, er enghraifft?"

"Ydw. . . Fel mae'n digw'dd. . ."

Oedodd Iwan am ennyd oedd yn ddigon i gyffroi chwilfrydedd Lyn.

"O?"

"Ma 'da fi gof inni drafod y peth rywdro."

"Yn ddiweddar?"

"Wel, yn weddol dd'weddar – 'beutu dwy flynedd 'nôl – pan dda'th y llyfr 'na am Batagonia mas – un da o'dd e 'fyd."

"Llyfr?"

"Ie – arhoswch funed i fi ga'l meddwl. . . 'Haul a rhywbeth' – ym – *Haul ac Awyr Las* gan Cathrin Williams. Fe fuodd hi'n byw yno am flwyddyn – y fenyw lwcus. Fe gododd y llyfr awydd arna i i fynd i Batagonia. Y drafferth yw'r gost, wrth gwrs. Dipyn drutach na'r Costa Brava."

"Wrth gwrs."

"Cofiwch – own i'n eitha siomedig nad o'dd 'da ni ddim

tylw'th yn byw mas 'co – petai 'na bosibilrwydd o fynd i aros at berthnase yno fe fyddwn i draw fel siotsen."

Rhoddwyd y teclyn yn ei grud a syllodd Lyn yn fud at yr adeilad o'i flaen ar draws y ffordd am rai eiliadau heb weld y morgrug o bobl brysur na synnu eu bod yn gweithio mor hwyr yn y nos. Roedd wedi cael ateb i'w gwestiwn – yr ateb yr oedd yn ei ofni – bellach ni allai wadu'r ffaith mai busnes y Gadwyn fu'n gyfrifol am y cyfeiriad at Buenos Aires a Threvelin yn nyddiadur Rhian.

* * *

Gwawriodd y bore dilynol mewn heulwen ysblennydd a chrasboeth ac roedd blas arbennig o dda ar y coffi a hyd yn oed ar y teisennod melys amser brecwast ar y llawr gwaelod er na fyddai bwydydd melys at ddant Lyn fel arfer. Roedd gan Duval ac yntau fore cyfan a rhan o'r prynhawn i'w lladd cyn troi i'r maes awyrennau am awyren Aerolíneas Argentinas 'nôl i Madrid dros nos a newid drannoeth i hedfan i Marseille.

Ar ôl trefnu i ddod 'nol i gasglu'u pethau yn nes ymlaen camodd y ddau allan i'r palmant a syllu'n anghrediniol ar fwrlwm y drafnidiaeth yn ymhyrddio heibio ar hyd y stryd a'r tonnau o bobl a ruthrai ar draws yr heol pan fyddai'r goleuadau'n goch. Roedd y gwres eisoes yn codi'n donnau o'r llawr ac yn cynhesu'u hwynebau – yr union dywydd i Lyn wisgo trowsus golau a chrys coler agored amryliw gyda llewys byr a sandalau ar ei draed. Roedd Duval yn ysblennydd mewn siaced las tywyll a throwsus llwyd a chrafát amryliw am ei wddw ac esgidiau golff du a gwyn. Brwsiodd ei law dros ei ben gan wasgu'i wallt i lawr a chodi'i ddwylo wedyn mewn ystum a allai fod yn un o siomedigaeth neu o syndod.

"*Qu'il fait chaud!* Mae'n dwym!"

"Ble'r awn ni – cerdded yng nghysgod Stryd Florida?"

"Na – tacsi!"

"I ble?"

Daeth gwên dros wyneb Duval.

"Dwed wrtho' i, Lyn – wyt ti'n gallu dawnso'r tango?"

"Y tango? Ydw, sbo – fwy neu lai. Pam wyt ti'n gofyn?"

Ond y cyfan a wnaeth ei gyfaill oedd codi un bys at ei wyneb a thapio ochr ei drwyn yn gymaint â dweud fod hynny'n gyfrinach. Yna rhoes naid at ymyl y palmant gan ddychryn mam ifanc â phlentyn mewn pram a feddyliodd ei fod ar fin cyflawni hunanladdiad.

"Tacsi!"

Sgrechiodd car isel melyn at ymyl y palmant a chamodd Duval ato ac agor y drws cefn gan amneidio ar Lyn i fynd iddo. Yna rhoes gyfarwyddyd byr i'r gyrrwr.

"*La Boca, por favor.*"

Nodiodd y gyrrwr a tharo'r gêr i'w le a sbarduno nes i'r car lamu ymlaen fel pe na bai'r un cerbyd arall yn agos. Teimlodd Lyn ei hunan yn cael ei wasgu'n ôl i feddalwch y sedd wrth ei gefn. Roedd Duval yn plygu ymlaen ar ymyl y sedd a'i holl sylw ar y ffordd o'i flaen a'r obelisg enfawr yn y pellter. Yna ymhen ychydig trodd y car i'r dde i lawr stryd lydan arall. Troi'r ffordd yma a'r ffordd acw wedyn rhwng adeiladau tal ac urddasol ac yna o'r diwedd dyma arafu a sefyll ar sgwâr agored. Trodd y gyrrwr ei ben tywyll a llefarodd "La Boca". Wedi disgyn o'r car fe welai Lyn simneiau tal dwy neu dair llong yn ei wynebu ar draws y sgwâr a glesni dŵr yn dawnsio yn yr heulwen. Roedd yn amlwg mai rhan o'r hen borthladd oedd y lle. Cyffyrddodd Duval ei benelin.

"Dere!"

Adeiladau ac ôl traul arnyn nhw oedd ar yr ochr yma i'r sgwâr a'u muriau plastredig yn dangos arwyddion ymosodiad glaw a gwynt heli ers dros ganrif ar eu glas a phinc a gwyrdd. Yn syth o'i flaen roedd caffe La Barberia'n eu gwahodd i eistedd am ddiod ond brasgamodd Duval yn benderfynol at gongl y sgwâr a'i lygaid yn pefrio. Safodd a gwenu.

"Voilà! – El Caminito."

"El Caminito?"

"Ie – cartre'r tango!"

Stryd fer o adeiladau plastr oedd El Caminito ond roedd iddi nifer o nodweddion anarferol gyda delwau a cherfluniau lliwgar ar furiau'r adeiladau ar y naill ochr a rhesi o stondinau artistiaid ar y llall gyda darluniau mawr a bach ar werth a'r rheiny wedi'u paentio'n gelfydd, mewn dyfrliwiau'n bennaf. Ar ben hynny roedd sŵn acordion yn eu clustiau a llais merch yn canu geiriau na allai Lyn wneud na phen na chwt ohonyn nhw heblaw'r gair 'Caminito' nifer o weithiau. Cerddodd y ddau drwy'r stryd i gyfeiriad y gerddoriaeth a sefyll i wylied. Roedd dyn mewn dillad tywyll, dyn canol-oed, yn eistedd ar stôl ac yn canu'r offeryn a gwraig yn ei deugeiniau mewn ffrog hir flodeuog a gwallt du hir yn disgyn dros ei hysgwyddau yn sefyll wrth ei ochr – hi oedd y gantores a'i llygaid duon yn fflachio wrth iddi ganu. Sylwodd Lyn hefyd ar gochni'i bochau a'i gwefusau paentiedig a gwynder llachar ei dannedd. O amgylch y ddau roedd cyplau'n dawnsio i rythmau'r tango gan gamu'n unol â churiadau'r gerddoriaeth. Syllodd Lyn ar y dawnswyr yn ymgolli yn y ddawns. Yna pan drodd ei ben gwelodd fod ei gyfaill hefyd wedi ymgolli yn sŵn y gân â'i lygaid ynghau a'i ben yn symud ychydig 'nôl ac ymlaen gyda'r gerddoriaeth. Safodd yno nes i'r gân orffen mewn uchafbwynt ac yna agorodd ei lygaid a churo'i ddwylo fel petai wedi cael un o brofiadau mawr ei fywyd.

Ymgrymodd y gantores a gwenu ar y ddau.

"Señor?"

Ac roedd ei llaw yn estyn tuag at Lyn a'i gwên yn ei wahodd. Ond cyn iddo allu ymateb mewn unrhyw fodd roedd Duval wedi camu ymlaen ati.

"Señora?"

Crymodd hithau'i phen a chamu i'w freichiau a rhoi arwydd i'r cerddor. Trawodd yntau'r nodau agoriadol cyffrous a'r eiliad nesaf roedd Duval a'r ferch yn camu'n ddramatig i guriadau'r dôn. Edrychodd Lyn â mwynhad ar y ddau'n symud 'nôl ac ymlaen ond trodd y mwynhad yn syndod ac edmygedd wrth weld y ddawns gelfydd yn ymddatblygu o'i flaen a'r cydsymud perffaith fel petai'r ddau wedi bod yn bartneriaid ers oes. Pwy fyddai wedi meddwl fod gan ei hen gyfaill, Alphonse, y fath ddiddordeb dwfn mewn dawns – yn y ddawns hon yn enwedig?

Cyflymodd y ddawns a chyrraedd ei huchafbwynt a therfynu yn sŵn curo dwylo edmygus a neb yn fwy edmygus na Lyn wrth i Duval ymgrymu i'r ferch a cherdded draw at ei gyfaill. Ac roedd elfen o ymffrost yn gymysg â direidi yn ei lygaid wrth agosáu ato.

"Rwyt ti'n dipyn o hen gadno, on'd wyt ti? Wyddwn i ddim dy fod ti'r fath arbenigwr ar y tango."

Tynnodd Duval hances o'i boced a sychu'r chwys oddi ar ei dalcen yn foddhaus.

"Mae'r ddawns wedi mynd â fi 'nôl i ddyddiau coleg, Lyn – pan oedd Marie a fi'n gyd-fyfyrwyr yn y Sorbonne. Mi enillson ni gystadleuaeth rywdro. . ."

"A byth oddi ar 'ny rwyt ti 'di bod yn breuddwydio am gael dod yma'n dawel fach?"

"Ydw – ond feddylies i erioed y cawn i."

Gwenodd Duval yn felys-drist.

"Trueni na fyddai Marie yma hefyd, yntê?"

"Falle dylet ti brynu llun i fynd adref ag e ati."

Nodiodd Duval a'i wedd yn ysgafnhau.

"Syniad da – fe fydd hi wrth 'i bodd."

Trodd ar ei sawdl ac anelu tuag at y stondinau i archwilio'r lluniau. Dilynodd Lyn ef gan deimlo cyffyrddiad o genfigen. O leia roedd gan Alphonse rywun i fynd adref ati.

Pennod 14

Unwaith yn unig y canodd y ffôn cyn i'r teclyn gael ei godi.

"Ie?"

"Ga i siarad â Don Carlos, os gwelwch yn dda?"

"Pwy sy'n galw?"

"Importadores Miguel, Buenos Aires."

Oedodd y gwrandawr eiliad cyn ymateb.

"Sut mae'r tywydd acw?"

"Gallai fod yn well ond rwy'n disgwyl hindda erbyn yr hwyr."

Mymryn o oedi eto cyn siarad.

"Don Carlos yn siarad – ewch ymlaen. Beth sy ar eich meddwl?"

Roedd yn amlwg fod Don Carlos yn fodlon ar ymateb y galwr.

"Mae arna i ofn y bydd y nwydde'n hwyr, *señor*. Mae un o'n staff wedi cael niwed."

"Pa mor ddifrifol?"

"Angheuol."

"Ymhle?"

"Teatro Colón."

"Damwain?"

"Anodd dweud i sicrwydd ond fe fu rhywun o gwmpas tua'r un adeg."

"Unrhyw syniad pwy?"

“Nac oes – ond mae ymwelwyr diddorol wedi bod yma’n ddiweddar. . .”

“O?”

“Ffrancwr o Marseille – a Sais – gwerthwr cyfrifiaduron. . .”

“BETH?”

* * *

Wrth iddi redeg lliain llwch dros ddodrefn y lolfa clywodd Mollie glic y ffôn yn disgyn i’w grud yn stydi’i brawd. Cododd ei phen mewn ystum o ddirmyg. Mi fyddai wrthi’n galw rhywun ben dydd a’i ganol a phobl yn ei alw yntau o bedwar ban byd ddydd a nos. Ond beth arall oedd i’w ddisgwyl o ystyried natur ei waith? Doedd drwgweithredwyr ddim yn rhoi’r gorau iddi’n daclus ar ddiwedd y prynhawn. Roedd hi’n gyfarwydd hefyd â’r angen am gyfrinachedd a diogelwch a’r enwau a’r brawddegau cyfrin a ddefnyddid i sicrhau fod galwr yn ddilys. ‘Don Carlos’ oedd yr enw diweddaraf a chyn hynny fe fu mynd ar ‘Captain Dewhurst’. Hy! Fel bechgyn bach yn chwarae plismyn a sbiwyr! Ymhen munud fe ddôi mas a dweud ei fod yn gorfod mynd bant dros y Sul ‘ar fusnes’ ond heb erioed feddwl dweud i ble na chynnig iddi hi ddod gydag ef. Wel, mi fyddai’n falch i’w weld yn mynd. Roedd hi wedi cael llond bol ar gadw tŷ iddo heb air o ddiolch ar hyd y blynyddoedd fel petai’n rhan o’i rhesymol wasanaeth, a hithau’n hen ferch ac yn byw ar drugaredd ei brawd. Syllodd o gwmpas y lolfa – stafell ddigon moethus mewn tŷ teras a godwyd ddechrau’r ganrif yn un o faestrefi Llundain, stafell olau ac eang gyda muriau wedi’u papuro mewn lliw lemwn a charped trwchus patrymog, yn las a gwyrdd am yn ail, a dodrefn o goed derw solet os braidd yn ddiddychymyg.

Syllodd wedyn ar ei hwyneb yn y drych mawr hirgrwn yn ei ffrâm o fahogani tywyll uwchben y lle tân a theimlodd ddiflastod wrth weld ôl y blynyddoedd – y rhychau ar draws ei thalcen a'r cysgodion o gwmpas ei llygaid a'r brithni yn ei gwallt a fu unwaith yn ddu ac yn tonni dros ei hysgwyddau, ond a oedd bellach yn fyr fel a weddai i wraig ganol oed. Gwelodd ei llygaid almwn oedd bellach yn hanner-caeedig a thrymaidd. Roedd hi wedi ennill pwysau am ei chanol ac roedd ei mynwes wedi chwyddo'n afrosgo; roedd hi'n teimlo'n dda i ddim, heb gwmni na gwefr yn ei bywyd llwm.

Ochneidiodd ac aeth at y ffenest ac agor y llenni felfed o wyrdd tywyll fymryn i gael mwy o olau ar ddiwrnod mor ddiflas. Diflas oedd popeth bellach: cadw tŷ i'w brawd, a'r unigedd oedd yn llethol i ferch ddibriod a di-blant – merch oedd yn teimlo fod bywyd yn prysur basio heibio iddi a'i gadael ar yr ymylon. O leia petai hi'n briod byddai ganddi rywun i fyw er ei fwyn – a phlant hyd yn oed i fynd â'i sylw a'i bryd. A byddai gobaith am wyliau nawr ac yn y man a thipyn o ramant. Ond roedd hynny'n ormod i'w ddisgwyl gan ferch ddibriod a dialwedigaeth a hithau'n dda i ddim ar wahân i gadw tŷ i'w brawd diddychymyg a diddiolch.

Clywodd gerdded y tu ôl iddi a llais yn galw. Trodd i wynebu'r drws.

"Mollie?"

"Ie?"

"A – Mollie – rwy i'n gorfod mynd bant am ychydig ddyddie – ar fusnes. . ."

* * *

Roedd hi'n gymylog a diflas pan laniodd awyren Air France ym Marseille a'r ddau'n crynu yn yr oerfel llaith ar ôl cynhesrwydd gwanwynol Buenos Aires. Wrth gamu ar draws y tarmac yng nghanol twr o deithwyr sythlyd eraill ac i mewn i'r swyddfeydd roedd Lyn yn falch ei fod wedi gwisgo siwmper amdano cyn ymadael â Buenos Aires. Ni allai ddweud fod newid hinsawdd yn mennu fawr ddim arno; pobol ganol-oed a gysylltid â dillad isaf trwchus oherwydd y duedd i deimlo'r oerfel yn waeth wrth heneiddio. Hyd yn hyn roedd wedi llwyddo i gadw at yr un dillad isaf haf a gaeaf gan deimlo fod hynny'n help i gadw'n ifanc yn gorfforol yn ogystal â mewn ysbryd. Ond rhyw ddydd, efallai, mi fyddai'n falch i wisgo hosanau trwchus hyd at ei liniau a fest o dan ei grys hyd yn oed, a'r weithred yn arwyddo fod dyddiau ieuenctid yn prysur ddiflannu'n bell y tu ôl iddo.

Fel yr oedden nhw eisoes wedi diflannu yn achos Duval, gallai feddwl, wrth ei weld yn rhwbio'i ddwylo yn erbyn ei gilydd i'w cynhesu ac yn gwneud ystumiau oedd yn awgrymu ei fod yn sythu. Llwyddodd Lyn i ymatal rhag gwneud cyfeiriad ysgafn am agosáu at ganol-oed rhag i'r gwirionedd anfelys hwnnw frifo'i gyfaill. Ond petai wedi meddwl yn ddwysach ar y mater, doedd Alphonse ddim mewn hwyl i wrando ar ei hiwmor y prynhawn hwnnw gan fod ei feddwl mewn man arall. Ac ymhen ychydig funudau, ar ôl mynd i mewn trwy'r tollfeydd a dangos eu pasportau, fe sylweddolodd Lyn pam.

"Chérie! Ici!"

Ac roedd gwraig luniaidd a siriol mewn dillad ffasiynol o dan got law werdd yno yn y cyntedd a'i breichiau ar led i dderbyn anwes Alphonse. Anodd dweud pwy oedd wedi gweld eisiau'r llall fwyaf wrth weld y ddau'n cusanu a chofleidio'i gilydd.

Ymhen ychydig fe ddaeth Duval yn ymwybodol o edrychiadau gwengar pobl yn mynd heibio ac fe ymwahanodd y ddau a'u hwynebau'n wridog.

"Lyn! Mae'n flin gen i – rown i wedi anghofio amdanat ti."

"*Monsieur* Lyn – mae'n braf eich gweld unwaith eto."

"Mae'n dda gen inne'ch gweld chi, *Madame* Duval."

Ysgwyd llaw ac yna dyna'r tri'n ei throi hi i gyfeiriad y porth a'r car oedd yn disgwyl amdanyn nhw yn y maes parcio. Wrth i'r tri symud roedd breichiau'r Duvaliaid am ei gilydd fel dau gariad, fel petai'r serch amlwg rhwng y ddau'n eu cadw'n fythol ifanc – yn dystiolaeth fod amryfal weddau i gariad, boed rhwng llanc a llances neu bâr oedd wedi dyfnhau'u serch at ei gilydd dros dreigl y blynyddoedd. Gwyn fyd y Duvaliaid, meddyliodd Lyn wrth weld yr hapusrwydd yn llygaid y ddau.

Tynnodd Mrs Duval y sgarff oddi am ei phen ac ysgwyd ei gwallt brown golau'n rhydd wrth eistedd yn y car yn ei chot law a thanio'r injian a gyrru i ffwrdd. Roedd fel petai hi'n cymryd yn ganiataol y byddai Lyn yn treulio'r nos yn eu cartref fel sawl tro o'r blaen. Roedd eu cartref ar gyrion y ddinas ar lan un o geinciau afon Rhone yng nghanol llannerch o goed poplys tal oedd yn atgof bellach i Lyn o goed y Dyffryn ym Mhatagonia.

Nid aros nos oedd ar ei feddwl, fodd bynnag, y foment honno wrth i'r car arafu o flaen y tŷ. Roedd yn bryd iddo wneud galwad ffôn arbennig, i rif cyfrinachol yn Llundain – rhif na wyddai neb amdano ar wahân i ddyrnaid o bobl ddethol.

Fe wyddai Duval am yr alwad ac fe hebryngodd Lyn i stafell gefn. "Dyma ti, Lyn – mi gei di berffaith lonydd i ffonio fan hyn. Mi fydda i ar y llofft os bydd eisie rhywbeth arnat ti."

Ac roedd y cysgod gwên o amgylch ei lygaid yn awgrymu na fyddai croeso, wir, i neb ymyrryd â Marie ac yntau am dipyn.

Roedd yn amlwg fod hon yn rhyw fath o swyddfa gartref i Duval rhwng y bwndeli o bapurau a'r cyfrifiadur a'r lamp bwrpasol ar ei choes onglog wrth ymyl y bysellfwrdd. Ac roedd teleffon a pheiriant ffacsio wrth law.

"Hylô. . . Hylô?"

"Ie?"

"O, hylô – Lyn Owen sy 'ma – o Marseille – mi ges i neges i ffonio Syr Danvers wedi imi gyrraedd 'nôl i Ffrainc."

"Do wir? Wel, mae'n flin gen i, Mr Owen, dyw Danvers ddim gartre – wedi cael 'i alw i ffwrdd am ychydig ddyddie – gyda'i waith, chi'n deall."

"O – wela i. . . Ym – wnaeth e adael unrhyw neges ar fy nghyfer?"

"Naddo, ond mae'n siŵr na fydd e ddim bant yn hir iawn – ga i awgrymu'ch bod chi'n rhoi caniad i'w swyddfa ddechre'r wythnos? Rwy i'n casglu'ch bod chi'n gwybod y rhif. . ."

"Ydw, diolch. Wel 'te – mi alwa i'r wythnos nesa – llawer o ddiolch. Prynhawn da 'te."

"Prynhawn da, Mr Owen."

Dododd y teclyn i lawr mewn syndod pur. Roedd wedi cael ei lusgo'n ôl o Batagonia fel petai rhywbeth o'r pwys mwya ar waith ac yn galw am ei sylw, a nawr wedi iddo gyrraedd roedd Danvers Rowe wedi diflannu heb adael unrhyw neges o fath yn y byd iddo. Roedd y peth yn gwbl anghredadwy o dan yr amgylchiadau. Pam anfon neges ato gan beryglu'i gyfrinachedd wrth wneud hynny? Oedd Rowe ar ganol rhyw weithgarwch peryglus? Neu mewn trafferth? Rhaid bod rhywbeth wedi codi'n sydyn iawn – rhywbeth nad oedd am i neb arall wybod amdano.

A nawr – beth nesaf? Roedd heb unrhyw gyfarwyddyd oddi wrth ei bennaeth nac unrhyw syniad pam y mynnodd Rowe iddo ddod adref. Y cyfan allai'i wneud nawr fyddai mynd ymlaen â'i ymholiadau fel yr oedd wedi bwriadu gwneud. Siwrnai seithug fu'r daith i Batagonia ar waetha'r hyfrydwch o gwrdd â rhai o bobl y Wladfa ond roedd yr amser yno wedi bod mor fyr – yn rhy fyr o lawer ac roedd y Gadwyn yn brinnach o un aelod yn sgil ei ymweliad. Oni bai iddo gael ei alw'n ôl i Ewrop fe allai fod wedi treulio amser yng nghwmni Sancho, er enghraifft, a chwilio am y sawl yr oedd Rhian fod i gwrdd ag ef yn Nhrevelin; ond go brin y câi fynd 'nol i Batagonia eilwaith. Roedd Rhian wedi bod yng Nghyprus a Moroco; doedd dim amdani ond dilyn y naill neu'r llall – neu'r ddau, o bosibl. P'un gynta, felly? Teimlodd yn ei boced am ddarn o arian. . . pen neu gynffon? Cyprus amdani.

PENNOD 15

CAFODD WEFR O weld y gwyn ar bennau'r mynyddoedd wrth i awyren Cwmni Awyrennau Cyprus groesi drostyn nhw, y copâu a fyddai o dan drwch o eira hyd yn oed ganol haf ac yn fangre i'r trigolion ddianc rhag gwres yr haul yng Ngorffennaf ac Awst gan adael y glannau i'r twristiaid. Yna disgynnodd yr awyren i'r llain wastad a glanio'n ysgafn fel plufyn ar lawr.

Roedd car bach Subaru'n ei ddisgwyl pan ddaeth allan drwy borth y maes awyr a merch ifanc siriol lygatddu mewn dillad unffurf o goch tywyll yn disgwyl amdano gyda cherdyn a'i enw arno yn amlwg rhwng ei dwylo. Roedd yn falch ei fod wedi gwneud y trefniant hwnnw cyn cychwyn o Marseille. Ychydig o sgwrs oedd angen rhyngddo a'r ferch cyn iddo arwyddo dogfen a chymryd yr allweddi gyda diolch. Cyn agor drws y car bach glas tywyll sylwodd ar y llythrennau cofrestru ar y blaen – y llythyren 'Z' yn gyntaf ac yna nifer o rifau mewn lliw coch. Ceir a hurid gan dwristiaid oedd y ceir arbennig hynny a doedd ryfedd fod Prydeinwyr wedi eu llysenwi'n 'zed-cars'. Cyn iddo gychwyn llawenhaodd y ferch mai Prydeiniwr oedd Lyn a'i fod yn gyfarwydd o'r herwydd â gyrru ar y llaw chwith. Roedd hynny'n atgof, pe bai rhaid ei atgoffa, fod yr ynys wedi bod yn rhan o'r Ymerodraeth fawr cyn iddi ennill ei hannibyniaeth. Roedd yn rheswm hefyd pam y byddai'n well gan y cwmnïau ceir hurio'r ceir i Brydeinwyr gan eu bod yn llai tebygol o gael damweiniau. Y gyrwyr gwaetha, meddai hi dan wenu, oedd yr Almaenwyr fyddai'n cael trafferth fawr i ymgyfarwyddo â gyrru ar y chwith.

Gwenodd Lyn ac addo y cymerai bob gofal o'r car bach. Yna roedd yr injian wedi'i thanio a'r car yn gyrru tua'r gorllewin.

Roedd yn daith awr dda o faes awyr Larnaca i Limassol, y porthladd prysur hwnnw ar lan ddeheuol Ynys Cyprus, a'r heol yn codi a disgyn dros fryniau isel. O'i chymharu ag irder meysydd Mallorca, dyweder, braidd yn foel a digysur oedd golygfa o lwyni gwyrdd tywyll a choed olewydd yn codi o bridd calchog gwyn. Roedd yn harddwch 'gwahanol' i ymgynefino ag ef.

Erbyn iddo gyrraedd cyrion y ddinas roedd Lyn wedi dechrau suddo i swyn Cyprus gyda'i hwybren ddigwmwl a'r môr glas disglair i'w weld yn y pellter bob hyn a hyn a'r tai plastredig, fel tai Andalucia, yn wynion fel petaen nhw wedi'u cannu ym mhelydrau'r haul.

Wrth yrru bwriodd ei feddwl 'nôl dros ddigwyddiadau'r dyddiau blaenorol gyda theimlad o syndod ei fod filoedd o filltiroedd i ffwrdd ac mewn tymor gwahanol ddeuddydd 'nôl. Y syndod mwyaf oedd diflaniad sydyn Danvers Rowe cyn iddo gael cyfle i'w weld. Tybed a oedd ganddo wybodaeth ynglŷn â'r Gadwyn oedd yn galw am weithredu cyflym, rhyw weithredu na allai ymddiried i neb o dano? Os felly, pam na fyddai wedi gadael neges ar ei gyfer gyda rhywun dibynadwy – fel Gwilym, ei frawd, er enghraifft? Ond wyddai hwnnw ddim byd am Rowe pan ffoniodd ato o Marseille o dŷ Alphonse a Marie Duval a doedd dim llythyr na neges o unrhyw fath wedi dod ato ym Marseille chwaith. A nawr roedd ar ei ben ei hun heb fawr ddim amcan ble i fynd, heb wybod dim ar wahân i'r ffaith fod Rhian wedi bod yn Limassol ac wedi ymweld ag Israel a'r Aifft oddi yno. Roedd yn wybodaeth ddigon ansicr a niwlog i seilio a chyfiawnhau ymchwiliad arni ond gyda lwc fe gâi help gan gysylltiadau'r Gwasanaeth yn Limassol.

Merch dri deg a rhywbeth oed oedd y cyswllt hwnnw ac roedd hi'n disgwyl amdano yng ngwesty Miramar pan gyrhaeddodd y Subaru bach glas. Ni chafodd Lyn fawr o drafferth i ddod o hyd i'r gwesty gan fod arwyddion yn ei gyfeirio i droi i'r chwith yn y man priodol wrth ymyl pont dros wely afon sych yn yr heol fawr. Roedd hynny ar ôl pasio heibio i resi o westyau tal a gwyn (gan mwyaf) ar gyrion y ddinas. Yna fe aeth y dref yn ddwysach o ran adeiladwaith gyda strydoedd o ffatrïoedd a thai a siopau a swyddfeydd yn ymledu ar ddwy ochr y brif heol o lan y môr ar y chwith hyd at y drafford newydd o Limassol i Nicosia ar y dde.

Roedd Caterina Antoniou wedi bod yn eistedd yn eisteddfa'r gwesty ers chwarter awr gyda gwydraid o ddiod ysgafn o'i blaen a'i llygaid yn gwylio'r fynedfa dros ymyl uchel cylchgrawn. Doedd ganddi ddim disgrifiad o'r dyn yr oedd hi'n mynd i'w gwrdd, dim ond ei enw a'r wybodaeth eu bod yn perthyn i'r un Gwasanaeth. Roedd hi wedi gadael neges ar ei gyfer wrth y dderbynfa a'r cyfan oedd ganddi i'w wneud yn y cyfamser oedd gwylied a disgwyl a dyfalu sut un fyddai Lyn. Roedd ganddi ragddisgwyliad, wrth reswm – yr wybodaeth y byddai'n ddyn cydnerth ac ystwyth – ac na fyddai'n foliog ac afiach yr olwg. Byddai hefyd ar ei ben ei hun. Treuliodd Caterina'r munudau nesaf yn chwarae gêm ddyfalu, gan wylied pob dyn ifanc digwmni a ddôi i mewn i'r gwesty, ac asesu'r tebygolrwydd mai fe fyddai Lyn.

Doedd dim modd peidio â'i nabod pan gyrhaeddodd; syllodd yn foddhaus ar y dyn tri deg a rhywbeth fel hithau a ddaeth i mewn yn ystwyth ei gerddediad ac yn olygus ei wedd, gyda bag teithio bach mewn un llaw. Roedd yr elfen o hunanhyder yn y dyn yn dweud y cyfan oedd angen iddi wybod. Dododd ei chylchgrawn i lawr ac edrych i'w gyfeiriad. Gwelodd y ferch wrth y dderbynfa'n siarad ag ef a'i weld yn arwyddo'r gofrestr ac yn derbyn allwedd, ac yna'n troi'i ben i'w chyfeiriad o dan gyfarwyddyd y ferch. Cododd Caterina'i phen yn ddisgwylgar. Gwenodd wrth iddo gamu tuag ati.

"Mr Owen?"

"Ie?"

"Caterina Antoniou – mae'n dda 'da fi gwrdd â chi."

Estynnodd ei llaw ato i'w hysgwyd, yna dangosodd sedd am y ford â hi.

"Hoffech chi eistedd?"

"Diolch."

"Gawsoch chi daith bleserus?"

"Wel – 'ych chi'n gwybod fel mae awyrenne – digon difyr am dipyn ond mae dyn yn falch i gael llyfr gydag e i basio'r amser."

"Diod o rywbeth, Mr Owen?"

"Galwch fi'n Lyn, wnewch chi?"

"Lyn – a Rina ydw inne i fy ffrindie. . . Wel?"

"O – mae'n flin 'da fi – fe fydde gwydred o *ouzo*'n dderbyniol iawn."

Cododd Rina a cherdded draw at y bar i nôl y ddiod ac edrychodd Lyn arni'n mynd â diddordeb. Gwelai ferch dal a main mewn siwt haf o liw lemwn; roedd ei hwyneb yn hir a'i chnawd yn olau gyda thaeniad o frychau haul, y math o groen na allai oddef heulwen heb losgi'n gyflym. Roedd hynny'n esbonio'r siwt yn hytrach na ffrog haf. Pan ddaeth 'nôl â'r ddiod gwelodd fod ganddi lygaid llwyd ac aeliau tenau a bochau gwelw ac roedd ei gwallt brown golau wedi'i dorri'n ffasiynol o fachgennaidd ond bod cudyn ar ei thalcen yn crwydro i lawr bron at ei llygad chwith. Gydag esgidiau gwyrdd â sodlau uchel a bag ysgwydd oedd hefyd yn wyrdd a minlliw tywyll roedd ei golwg yn awgrymu merch hunanfeddiannol a hyderus. Pan wenai fe ddangosai ddannedd perffaith a gwyn. Roedd hi'n hardd ac yn ddeniadol heb fod yn rhywiol – fel pe na bai i ddynion le o bwys yn ei bywyd. Am hynny'n unig, ar wahân i unrhyw beth arall, roedd hi'n ferch ddiddorol, yn ferch a allai fod yn her i ddyn. Nid ei fod yntau'n awyddus i gynnig yr her honno iddi ar y foment; roedd ei feddwl yn rhy lawn o Rhian a'u cariad a'r dadrithiad a'r euogrwydd wedyn yn ei galon. Nid oedd yn barod y foment honno i edrych ar ferched fel yr oedd wedi arfer gwneud.

"Wel 'te – iechyd da!"

"Croeso i Gyprus!"

Roedd y ddiod yn chwerw ond doedd wiw iddo ddangos hynny. Sipianodd hi'n araf fel petai'n sawru pob diferyn. Yna edrychodd ar y ferch a sylwi ar y cryfder yn yr ên a chadernid ei threm. Dyna'r math o ferch a lwyddai orau yn y Gwasanaeth gyda'i beryglon lu o bob tu.

"Diolch i chi am ddod i 'nghwrdd. Ond cyn inni ddweud rhagor efallai y dylwn i ddangos hwn i chi."

Tynnodd gerdyn bach mewn cas plastig tryloyw o'i boced a'i estyn iddi. Syllodd hithau ar ei lun ac ar yr wybodaeth amdano a gwenodd a'i rhoi'n ôl iddo; yna agorodd ei bag ysgwydd a thynnu cerdyn digon tebyg a'i llun hithau arno a'i gynnig iddo yntau. Dododd y cerdyn 'nôl yn ei bag ysgwydd, yna edrychodd arno a gwenu.

"Wel, dyna'r rhan ffurfiol heibio. Sut gallwn ni'ch helpu chi, Lyn?"

Edrychodd Lyn arni am eiliad cyn ateb.

"Ga i ofyn gynta faint wyddoch chi amdana i?"

Pwysodd Caterina 'nôl ar y gadair esmwyth ac edrych o hirbell arno drwy lygaid hanner-caeedig fel petai'n ei astudio.

"Wel, mi wn i ein bod yn gweithio i'r un achos a bod disgwyl inni roi pob help allwn ni. A chyn i chi gael camargraff, mi fydd hynny'n bleser pur – 'nenwedig gan mai Cymro ydych chi."

"Pam y dylai hynny fod yn ystyriaeth?"

Roedd ei llygaid yn chwerthin.

"A chithe'n amlwg yn Gymro, Lyn Owen – a finne wedi fy magu yn y Barri. . ."

"Y Barri?"

Nodiodd hithau.

"Ac wedi bod yn ddisgybl yn Ysgol San Ffransis a Rhydfelen."

"Ond. . ."

"Mae'r peth yn anghredadwy!"

"Yn annisgwyl efallai."

"Glywsoch chi am gwmni teithio Aspro yng Nghaerdydd? Wyddech chi fod llond stryd o siopau yn y Barri lle mae teuluoedd o Gyprus yn byw? Wedi dod draw i weithio yn y docie'n wreiddiol ond bellach yn cadw siop wallt a siop fwyd a siop bysgod a tships ac yn y blaen. A mi ges inne ddysgu Cymraeg yn yr ysgol a siarad Groeg gartref – a Saesneg ar y stryd. A dod 'nôl i Gyprus i fyw a gweithio tua deng mlynedd 'nôl."

Doedd y peth ddim yn anghredadwy ar ôl siarad Cymraeg ym Mhatagonia a chwrdd â Rhian yn St Cyprien – Rhian oedd bellach yn ddim ond atgof. Teimlodd bwl o ddiflastod a thristwch.

"Oes rhywbeth yn bod?"

Ac roedd cyffyrddiad tyner ar gefn ei law wrth iddi estyn

ei llaw hithau ato a'i thynnu i ffwrdd wedyn fel petai wedi bod yn hy arno.

Ymysgydwodd Lyn.

"Atgofion. . ."

"Atgofion. . . ?"

"Ie. . . Roedd 'na ferch – Cymraes. . ."

"Wela i. . ."

Roedd dealltwriaeth sydyn yn ei llygaid.

" 'Sdim rhaid i chi ddweud os yw e'n rhy boenus i chi."

"Na – ma' rhaid i chi ga'l gwbod – hi yw'r rheswm rwy i yma. Chwilio am 'i llofrudd hi ydw i."

Lledodd ei llygaid mewn syndod.

"Llofrudd?"

"Ie. . . Fis Medi dwetha. . ."

Gwrandawodd Caterina Antoniou'n astud wrth iddo fraslunio'r digwyddiadau.

"Felly mae'n bosibl 'i fod e yma ar yr ynys?"

"Dim ond posibilrwydd, cofiwch – gan fod Rhian wedi bod yma rywdro."

"Hm. . . dyw hynny ddim yn llawer i weithio arno."

"Rown i'n gobeithio y byddech chi'n gwybod am rywun yn y Gadwyn, neu rywun fyddai'n cofio Rhian."

Agorodd ei fag teithio a chodi amlen a thynnu ffoto ohoni, ffoto oedd wedi'i thynnu ar ddiwrnod ei graddio. Teimlodd gnepyn yn ei lwnc wrth edrych arni. Estynnodd y ffoto i Rina.

"Mae hi'n ferch bert, Lyn."

Ond roedd yr harddwch wedi mynd am byth oherwydd ergyd bwled yn ei thalcen, a'r hiraeth ar ei hôl wedi troi'n ddadrithiad gan adael dim ond dicter a dyhead am ddial ar y Gadwyn felltigedig.

"Roedd hi'n ferch bert."

"Wrth gwrs – mae'n flin 'da fi."
Astudiodd Rina'r llun.
"Mae 'na un neu ddau o ddihirod y gallen ni'u holi – ond 'ych chi'n gwbod cystal â finne mor anodd yw torri rhywun heb dystiolaeth. . . Fyddech chi'n fodlon imi wneud copïe o hwn inni gael 'i ddangos o gwmpas? Fe alle hynny brocio cof rhywun."
"Wrth gwrs – mae'n fan cychwyn o leia."
"A beth arall?"
"Meddwl a thrafod posibiliade efalle?"
"Ar bob cyfrif."
Dododd Rina'r llun yn ei bag llaw.
"Iawn. Wel 'te – gwell inni fwrw ati ar unwaith."
Edrychodd ar ei watsh.
"Un o'r gloch. Ga i'r pleser o ddangos peth o'r ynys i chi? Ac fe allwn ni siarad yr un pryd."
"Syniad ardderchog – ac mae 'da fi gar wrth y drws yn disgwyl. Ga i fod yn *chauffeur* i chi?"
"Wrth gwrs."

* * *

O dan gyfarwyddyd Rina fe safodd y Subaru bach wrth ymyl swyddfa dwristiaeth ar y stryd fawr. Gadawodd Rina Lyn gan addo na fyddai hi ddim yn hir ac esbonio ei bod yn gweithio yno'n swyddogol fel tywysydd i dwristiaid. Roedd yn swydd berffaith iddi, yn rhoi cyfle iddi gwrdd â nifer helaeth o dwristiaid – a rhai fyddai'n cymryd arnyn nhw fod yn dwristiaid – wrth eu hebrwng o gwmpas mannau diddorol yr ynys. Roedd yn gyfle di-ail i gadw llygad ar ymwelwyr.
Ei rheswm dros fynd i'r swyddfa oedd ffotogopïo'r llun o Rhian er mwyn ei ddosbarthu ar hyd a lled Cyprus. Fe fu hi

cystal â'i gair a phrin yr oedd Lyn wedi cael cyfle i astudio'r stryd o'i amgylch pan gyrhaeddodd hi'n ôl. Gwenodd arno wrth gau'r drws a chlymu'i gwregys diogelwch. Gwenodd yntau gan estyn ei law i danio'r injan. "Popeth yn iawn?"

"Ydi – fe fydd y llun ym meddiant ein pobl ar hyd a lled yr ynys erbyn 'fory. Fues i ddim yn rhy hir, gobeithio."

"Naddo – rown i'n ddigon hapus yn trio darllen ychydig o Roeg. Er enghraifft, ga i ofyn beth yw ystyr *ethniki*?"

"Cenedlaethol. . ."

"Felly 'cenedlaethol' yw ystyr y gair 'ethnig'."

"Wrth gwrs – ond bod y Saeson yn ei ddefnyddio i olygu lleiafrif hiliol."

Dododd Lyn y car mewn gêr a'i gychwyn.

"Ymlaen, ife?"

"Ie. Fe awn ni heibio i'r hen dre'n gyntaf, rwy i'n meddwl."

Roedd y stryd yn syth a hir ac yn brysur gyda thrafnidiaeth o bob math. Yn raddol dechreuodd yr adeiladau fynd yn fwy hynafol a mwy melyn yr olwg ac yna gallai Lyn weld strydoedd cul yn agor i'r dde bob hyn a hyn, strydoedd yn llawn tai a siopau bach a llawer ohonyn nhw heb fod fawr gwell nag adfeilion. Ar y llaw chwith roedd rhodfa agored gyda blodau a lawntiau arni a llongau yn y dociau yn y pellter, yn llongau masnach yn bennaf ac ambell long bleser. Yna trodd y car i'r dde gan basio hen gastell a'i feini wedi melynu yn yr haul dros y canrifoedd; gwau wedyn ar hyd heol gulach a mwy troellog rhwng rhesi o goed tal, ac ambell gae o lysiau neu winllan lewyrchus yr olwg.

Roedd y wlad yn fwy mynyddig ar ochr orllewinol Limassol gyda chaeau pori ar gyfer gwartheg yn dod yn fwy niferus am yn ail â'r caeau llysiau. Yna cafodd Lyn gip ar adfeilion Groegaidd – dwy neu dair colofn o farmor a darn o wal – teml i ryw dduw lleol nad oedd prin yn werth gwastraffu amser i fynd i'w weld, yn ôl Rina, gan fod gwell i ddod.

A'r gwell hwnnw oedd theatr agored ar ochr bryn a golygfa ysblennydd dros y môr o dan belydrau tanbaid yr haul.

Roedd gwres y prynhawn cynnar yn llethol ac fe arhosodd y ddau ar gopa'r theatr heb fentro i lawr, gan wybod y byddai rhaid dringo'n ôl eto. Fe fu'n theatr enwog yn ei dydd ac roedd mewn cyflwr da o hyd o ran ei chadwraeth. A'r ddau'n sefyll yno daeth criw o bobol ifainc i'r golwg, plant ysgol, o bosibl, ac amryw ohonyn nhw – merched – wedi'u gwisgo mewn dillad a masgiau ac adenydd. Ac yna roedden nhw'n dawnsio o gwmpas ac yn llafarganu geiriau oedd yn amlwg yn dod o ddrama Roegaidd – *Yr Adar* o waith Aristophanes, tybed?

"Ie," atebodd Rina dan wenu'n falch.

Ac roedd ganddi reswm dros fod yn falch, meddyliodd Lyn, wrth glywed yr ieuenctid yn perfformio drama oedd filoedd o flynyddoedd oed. Roedd yn foment o hyfrydwch ac o ryfeddu at geinder iaith er nad oedd yn deall y geiriau.

Rhoes y perfformwyr y gorau iddi ymhen ychydig a diflannu mor sydyn ag y daethon nhw. Troes Rina ei phen ac edrych arno.

"Awn ni ymlaen, ie?"

"Iawn."

Gyda hyn gadawodd yr heol y môr y tu ôl iddi a dringo dros fryniau ac i lawr i gymoedd coediog lle gellid cael cysgod rhag yr haul. Wrth droi cornel gwelodd Lyn olygfa nad oedd wedi breuddwydio'i gweld – dynion ar gefn ceffylau yn chwarae polo.

"Beth yn y byd? – polo – yng Nghyprus?"

Chwarddodd Rina.

"Ydych chi ddim yn cofio am y cyswllt Prydeinig?"

Yna daeth tôn fwy difrifol i'w llais.

"Un o'ch safleoedd milwrol."

Y funud nesaf roedd y Subaru'n dringo rhiw serth gan fynd heibio i arwydd yn hysbysu pawb eu bod bellach yn mynd trwy safle filwrol Episkopi. Profiad rhyfedd oedd gweld y tir bob ochr i'r heol yn ymdebygu'n sydyn i Loegr gydag arwyddion Saesneg a thai o bensaernïaeth y gellid gweld ei thebyg yn Lloegr ac enwau Saesneg ar y strydoedd cyfagos. Roedd heddwas yn ei ddillad unffurf Prydeinig yn sefyll wrth fŵth teleffon ar gongl y ffordd ac, yn sydyn, y tu draw iddo, roedd catrawd o filwyr yn martsio.

Roedd Rina'n dawel iawn wrth i'r car symud ymlaen a synhwyrodd Lyn ryw ymdeimlad o ryddhad pan ymadawyd â'r gwersyll Prydeinig ymhen ychydig. Cofiodd fod gan Brydain ddau wersyll parhaol ar yr ynys; faint o wrthwynebiad oedd i'r rheiny, tybed, hyd yn oed mewn merch oedd wedi byw ei phlentyndod yng Nghymru? Byddai'n gwestiwn i'w ofyn pan fyddai'n ei nabod hi'n well o bosibl.

Llithrodd y car yn hamddenol ar hyd y ffordd ac yna wrth ddisgyn rhimyn syth o heol pwyntiodd Rina at damaid o graig yn agos i draeth.

"*Petra tou Romiou* – Craig Aphrodite."

"Hardd iawn."

"Sylw gan ddyn, os ca i ddweud."

"A beth fyddai merch yn ei ddweud?"

"Rhamantus iawn. . . Maen nhw'n dweud, ond i chi nofio o amgylch y graig dair gwaith, y byddwch yn cadw'n ifanc ac yn byw am ganrifoedd."

"Ac rych chi'n credu hynny, wrth gwrs?"

"Wel, y cyfan ddweda i yw fod cas cadw lled dda arna i a finnau'n ddau gant oed, 'dych chi ddim yn meddwl?"

Roedd chwerthin yn ei llais a direidi yn ei llygaid. Ac erbyn meddwl roedd hi'n dweud y gwir, i raddau o leiaf – roedd cas cadw arbennig o dda arni ar y prynhawn hyfryd hwnnw.

Pennod 16

Fe fu'n daith hawdd ymlaen i dref Paffos ar lan y môr, tref oedd wedi elwa – neu ddioddef – yn fawr oherwydd twristiaid. Roedden nhw wedi heidio yno yn eu miloedd – Saeson yn bennaf yn gymysg ag Almaenwyr, a'r gwahaniaeth rhyngddyn nhw gyda'u crwyn golau a thrigolion tywyllach Cyprus yn amlwg yn syth. At ei gilydd teuluoedd cyfain yn hytrach na llymeitwyr ifainc a ddôi yno i droi'n goch a llosgi ar y traeth ac roedd y 'bywyd nos' yn gymharol gymedrol a thawel.

Cafodd Lyn le hwylus i barcio mewn stryd gefn heb fawr o ffordd i gerdded at y rhodfa ger y traeth a'r porthladd. Lle bach oedd hwnnw, ar gyfer cychod pysgota'n wreiddiol ond roedd y rheiny'n gorfod rhannu'r lanfa'n anfoddog â chychod pleser drud y cyfoethogion.

"Ffordd hyn!"

Roedd hi'n ei gyfeirio ar draws yr heol i gyfeiriad y porthladd a'i draeth garw a chreigiog. Cerddodd yn frysiog at y mur isel oedd yn ffin i'r porthladd a safodd yno'n ddisgwylgar gan edrych o'i chwmpas. Tybed oedd ganddi gyswllt yno, rhywun â neges iddi hi – neu iddo yntau, meddyliodd Lyn wrth ei dilyn. Ond golwg ddigon siomedig oedd ar ei hwyneb wrth droi i edrych arno. Ysgydwodd ei phen.

"Dyw e ddim 'ma, gwaetha'r modd."

"Nac yw? Pwy yn hollol – rhyw gontact?"

Ysgafnhaodd ei gwedd a gwenodd.

"Nage – y pelican – fan hyn mae e'n byw."

"Pelican. . ."

"Ie – roedd pâr ohonyn nhw 'ma unwaith a phobol yn dod o bell i'w gweld nhw ond dim ond un sy ar ôl erbyn hyn – os nad yw hwnnw hefyd wedi marw."

Trodd ar ei sawdl a dechrau cerdded i gyfeiriad y gwestyau moethus ar ochr ddwyreiniol y porthladd a chamodd Lyn ar ei hôl. Roedd rhywbeth afreal yn y sefyllfa – eu bod nhw wedi dod i Paffos i weld pelican fel pe na bai dim byd arall ar eu meddyliau. Ond ar ddiwrnod mor odidog anodd meddwl fod dihirod yn y byd yn gwerthu cyffuriau ac yn dyfeisio cant a mil o ddulliau o gam-drin ac ecsploetio'u cyd-ddyn. Roedden nhw wedi mynd ar daith o gwmpas yr ynys gyda'i gilydd er mwyn siarad a thrafod y sefyllfa – ond beth oedd i'w ddweud ar wahân i'r hyn yr oedd Lyn wedi'i ddweud wrthi'n barod?

Roedd 'na un peth, cofiodd Lyn yn sydyn – yr un broblem â'r un fu'n ei wynebu ychydig ddyddiau'n ôl yn yr Ariannin – doedd ganddo ddim arf yn ei feddiant. Unwaith eto roedd wedi gorfod gadael ei ddryll ar ôl yn Ffrainc a'r gyllell daflu finiog yn y wain ar ei goes. Tybed a allai – a wnâi – Rina ei helpu? A thybed a oedd dryll bach yn cuddio yn ei bag llaw yn barod at unrhyw daro?

Roedd hi'n symud yn gyflymach erbyn hyn a bu rhaid iddo gyflymu'i gamre i gadw gyda hi. Roedd ei cherddediad yn gadarn heb ddim ysgafnder ynddo – yn wahanol i gerddediad Rhian ar ddec y llong o Sbaen i Portsmouth. Cafodd y teimlad fod rhywbeth gwrth-ddynol yn ei ffordd o symud, fel petai'n ceisio gwrth-ddweud ei benyweidd-dra.

"Paned o goffi fydde'n braf."

"Ar bob cyfrif."

"Ffordd hyn."

Cyfeiriodd Rina'i chamre tuag at gaffe am y ffordd â'r traeth ac eisteddodd y ddau yng nghysgod ymbarél haf. Roedd y coffi'n dywyll a chwerw ac yn gryfach na choffi Ffrainc, ond roedd wrth ddant Lyn ac fe'i hyfodd â mwynhad. Roedd Rina'n yfed yn araf a'i golygon yn syllu dros y traeth.

"Beth nesa?"

Roedd hi wedi siarad heb dynnu'i llygaid oddi ar yr olygfa o'i blaen, fel petai'n dal i obeithio y dôi'r pelican unig i'r golwg gyda hyn. "Mynd am dro ar hyd y traeth?"

Adweithiodd Rina drwy chwerthin.

"Nid hynny rown i'n feddwl – beth nesa ynglŷn â'r Gadwyn?"

Roedd yn gwestiwn pwrpasol ac wedi bod yn pwyso ar feddwl Lyn drwy'r prynhawn. Fe fyddai cymaint o'i amser yn mynd ar ddisgwyl a sylwi a chwilio. Yn aml, damwain a hap fyddai'n gyfrifol am ddod â rhyw wybodaeth neu ryw unigolyn i'w sylw, digwydd bod yn y man iawn ar yr adeg iawn neu ddilyn awgrym, pa mor annhebygol bynnag yr edrychai hwnnw ar yr olwg gynta. Dyna beth oedd wedi mynd ag ef i Buenos Aires ac i Batagonia yn y lle cynta – y cyfeiriad yn nyddiadur Rhian; ac yno cafodd gadarnhad o fodolaeth y Gadwyn yn y Teatro Colón – ac o ran Rhian ynddi. Dyna oedd y darganfyddiad mwya a'r gwaetha – y dadrithiad terfynol ynddi hi, y ferch yr oedd wedi cwympo mewn cariad â hi yn Ffrainc. Roedd Rhian wedi rhoi argraff o ddiniweidrwydd oedd yn hollol argyhoeddiadol a hyd yn oed pan geisiodd fwrw'r bai am y pecynnau cyffuriau yng nghar Lyn arno yntau gallai dderbyn mai panig y foment oedd hynny ac nid rhan o gynllun bwriadol. Ond ar ôl Buenos Aires roedd y cen wedi disgyn oddi ar ei lygaid yn derfynol. A bellach roedd ei ddyhead i ddial wedi'i gyplysu ag awydd i waredu'r byd o'r Gadwyn felltigedig mewn unrhyw fodd y gallai – ac yn arbennig drwy ddod o hyd i'r bradwr cudd yn Llundain.

"Lyn?"

Cyffrôdd.

"Mae'n flin 'da fi – meddwl beth i 'weud own i. 'Sdim llawer iawn y galla i wneud heblaw gobeithio y gwnaiff rhywun gofio rhywbeth yn rhywle wrth weld llun Rhian."

"Wel fe gawn ni weld – erbyn 'fory fe fydd pob un o'n pobl wedi gweld hwnnw."

Cododd ei llaw a gwneud arwydd ar y gweinydd.

"Mi dala i."

"Na wnewch! Fi gynigiodd ein bod ni'n cael paned yn y lle cynta!"

Roedd y pendantrwydd yn ei llais bron yn ymosodol, yn awgrymu nad oedd ganddi amynedd â'r hen gwrteisïau a barnodd Lyn mai peth doeth fyddai peidio â phwyso. Gwenodd.

"*Effcharistó.*"

Gwenodd hithau.

"*Paracaló.*"

Diolch, croeso – roedd e wedi dysgu dau air Groeg eisoes ar ôl cyrraedd Cyprus – tri gair, wrth gofio am "*ethniki*".

" 'Nôl at y car?"

"O'r gore. . ."

"Ma' 'na ragor o lefydd wy'n moyn 'u dangos i chi," meddai hi mewn eglurhad.

Roedd y Subaru'n chwilboeth pan agorodd y drws a bu rhaid agor y ffenestri i'r pen a throi'r chwythwr ymlaen i leddfu tipyn ar y gwres tanbaid. Yna i ffwrdd â nhw i'r gorllewin eto ar hyd heol oedd yn garwhau bob munud. Ond roedd yr olygfa o'r môr yn ysblennydd gyda chaeau gleision yn rhedeg i lawr ato'n ddi-dor. Dringodd yr heol yn serth wedyn rhwng caeau o olewydd cyn disgyn at olwg arall o'r môr ar ochr orllewinol yr ynys. Roedd tref fach Prodroma'n dechrau dangos arwyddion twristiaeth gyda siopau cofroddion a fflatiau gwyliau'n codi hwnt ac yma ond doedd gan Rina fawr o amynedd â'r lle. Ysgydwodd ei phen a thwt-twtian o dan ei hanadl a gyrru ymlaen wedyn nes i'r heol ddirwyn i ben bron ar y pegwn mwyaf gorllewinol lle nad oedd twristiaeth prin wedi cyrraedd.

Tynnodd y car i'r ochr a cherddodd y ddau ychydig ffordd drwy dyfiant go drwchus a sefyll wedyn uwchben pwll bas oedd yn orlawn o dyfiant a llaid. Tynnodd Rina ystum o ddiflastod wrth weld cyflwr y pwll.

"Beth sy'n bod?"

"Pwll Aphrodite. . . Yn ôl yr hen chwedl fe fydde Aphrodite yn ymdrochi 'ma. Ro'dd pobol yn arfer meddwl 'i fod e'n ddŵr iachus." Syllodd Lyn ar y dŵr seimllyd.

"Fe fyddech yn fwy tebyg o ddal afiechyd na'i wella nawr. . ."

Nodiodd Lyn.

"Rhaid fod rhywbeth wedi llygru'r dŵr yn ddiweddar – diwydiant falle."

"Ie, mae'n siŵr."

Cytunodd Rina ag ef a throi'n ôl am y car yn siomedig, fel petai rhywbeth gwerthfawr wedi'i ddifwyno. Yna ymsioncodd.

"Dim ond hen stori yw hi wedi'r cyfan."

* * *

Ar ôl ailgychwyn y car fe drodd ei drwyn i'r gogledd-ddwyrain wedyn a dringo drwy goedwig drwchus o goed pin dros heol oedd yn mynd yn arwach bob munud.

"Rhaid i chi fadde cyflwr yr heol," meddai Rina. "Oddi ar i'r Atilas gipio gogledd yr ynys does gyda ni ddim arian i atgyweirio ffyrdd."

"Maddeuwch i fi – Atilas?"

"Disgynyddion Atila – y Twrciaid!"

Roedd angerdd anghyffredin yn ei llais yn gymysg â dirmyg.

"Rhaid i chi fadde fy niffyg gwybodaeth. . ."

"Maen nhw wedi cipio'r dyffryn o Nicosia i Famagusta a'r glannau gogleddol i gyd!"

Atilas – rhyfedd o enw i ddisgrifio cenedl gyda'i ddelwedd o'r treisiwr barbaraidd o'r dwyrain a greodd arswyd ar wledydd Cred gymaint o ganrifoedd 'nôl. Roedd yn arwydd o'r hen gasineb rhwng Groegwr a Thwrc ers pum canrif o leiaf.

Gwellodd yr heol cyn hir ac ymledu wrth i'r car basio mynachdy ysblennydd Kykko gyda'i farmor gwyn a'i addurniadau euraid, a dringo i ben y mynydd. Roedd yr olygfa'n rhyfeddol dros fynyddoedd â chopaon gwyn a llechweddau coediog a'r môr yn ddisglair filoedd o droedfeddi islaw yn y pellter. Ond yna fe sylwodd Lyn ar filwr yn gwarchod llecyn a baner Cyprus yn cyhwfan uwch ei ben. Edrychodd Lyn ar Rina.

"Bedd Makarios. . ."

Nodiodd Lyn – doedd dim angen esboniad pellach. Rhyfeddodd at harddwch y lle – cilfach fel ogof a'r bedd o faen yn y tu mewn. Cerddodd Rina'n araf at ymyl yr ogof a chrymu'i phen; dilynodd Lyn hi a sefyll wrth ei hochr. Yna ymhen ychydig edrychodd y ddau ar ei gilydd a synhwyrodd Lyn wladgarwch Rina yn ei threm falch.

"Dyn mawr. . ."

"Arwr cenedl!"

* * *

Symudodd y ddau ymlaen wedyn i ben mynydd Troodos cyn disgyn i ardal ffasiynol Platres gyda'i thai moethus. Doedd dim amser i aros, fodd bynnag, a'r haul yn anelu at y gorwel – lle digon oer fyddai Troodos ar nos o aeaf cynnar ac roedd Rina'n awyddus i gyrraedd Nicosia cyn iddi dywyllu gan fod ganddi rywbeth arall i'w ddangos iddo, meddai. Edrychodd Lyn arni ac un ael yn codi fel petai am ofyn cwestiwn. Ond gwenu wnaeth hithau a dweud "fe gewch chi weld".

Roedd Nicosia wedi'i hamgylchynu ganrifoedd 'nôl â muriau praff ond bellach roedd hi wedi tyfu ac ehangu nes bod y muriau o'r golwg yng nghanol adeiladau diweddarach. Roedd culni'r strydoedd yn tystiolaethu fod hyd yn oed y rhannau newydd wedi'u codi cyn bod sôn am drafnidiaeth fodern. Cyfarwyddodd Rina Lyn i barcio'r car mewn man agored.

"Dewch!"

Wrth gerdded drwy'r strydoedd daeth Lyn yn ymwybodol o ddyrnaid o filwyr bygythiol yn syllu'n oeraidd arnyn nhw o ben gwal am y ffordd â nhw a baner wen ac arwydd hanner lleuad a sêr arni. Rhaid fod Rina wedi sylwi.

"Y Llinell Werdd."

"Maddeuwch i fi – y Llinell Werdd?"

Pwyntiodd Rina at y milwyr o'u blaenau.

"Fan'co – y ffin rhwng pobol Cyprus a'r gormeswyr. Dyna mor bell y cyrhaeddodd y Twrciaid cyn i'r Cenhedloedd Unedig a lluoedd Prydain eu stopio nhw. Dyna'r Llinell Werdd; mae'n rhedeg tu cefen i'r stryd 'ma – a dweud y gwir, mae cefne'r tai'n agor yn syth i diriogaeth y Twrciaid. Fe all y trigolion agor y ffenestri ond chân nhw ddim mentro mas trwy'r drws cefen. Mewn ffordd, mae'n drueni na fyddech chi yma ym mis Mawrth."

"Pam? Beth sy'n digwydd ym mis Mawrth?"

"Dyna pryd bydd merched yr ynys yn dal dwylo gyda'i gilydd mewn un llinell hir ar draws yr ynys i brotestio yn erbyn y rhaniad. Dychmygwch filoedd o leisie'n gweiddi *'Ecso Atilas apo tin Cyprou!'* "

"*Ecso Atilas*. . ."

"*Apo tin Cyprou* – Mas â'r Twrciaid o Gyprus!"

* * *

Roedd hi'n tynnu at ddeg o'r gloch pan ollyngodd Rina wrth ei swyddfa. Roedd ganddi un neu ddau o bethau i'w casglu ac fe âi adref wedyn yn ei char ei hunan o gefn yr adeilad. Cyn hynny, fodd bynnag, roedd hi wedi cytuno i gael pryd gyda Lyn mewn bwyty yn Limassol.

Roedd y bwyty'n lle bach a chartrefol, gyda thyfiant gwyrdd yn addurno'r ffenestri – digon tebyg, cofiodd, i'r bwyty yn Nhrelew ac fel yn Nhrelew roedd ganddo gwmni a allai siarad Cymraeg ag ef. Roedd yn syndod cymaint o eisiau bwyd oedd arno pan eisteddodd y ddau wrth ford fach yn ymyl ffenest ac roedd yn amlwg fod Rina a'r gweinydd yn nabod ei gilydd. Hwn oedd y perchennog o bosibl – dyn main tua deugain a phump oed gyda mwstásh trwchus, diflas yr olwg, yn rhoi golwg o iselder ysbryd iddo. Syllodd ar Lyn â chwilfrydedd a diddordeb yn ei lygaid nes i Rina ddweud rhywbeth wrtho mewn Groeg. Nodiodd y gweinydd yn ddoeth fel petai hynny'n eglurhad cyn cymryd eu harcheb am fwyd.

"Gobeithio nad oes gwahaniaeth 'da chi. . ."

"Gwahaniaeth – am beth?"

"Am ddweud ein bod yn nabod ein gilydd yng Nghymru – neu mi fyddai'r stori ar led yfory 'mod i ar fin priodi."

Roedd gwên yn cuddio yng nghilfachau'i llygaid.

Roedd yn anodd ganddo feddwl beth i'w ddweud. Roedd hi'n ferch ddigon deniadol ond roedd ganddo deimlad rywsut nad oedd yn dangos fawr ddim diddordeb mewn priodi nac mewn dynion. Yn sicr, nid pryd rhamantus i ddau oedd ei bwriad wrth dderbyn ei wahoddiad i gyd-swpera yn gymaint â gorffen y dydd mewn ffordd bleserus, gan ddangos cwrteisi i ymwelydd â'i gwlad.

Roedd y pryd yn bryd o bysgod gwyn, tew, wedi'u pobi yn y ffwrn a'r blas yn ddigon tebyg i gnawd brithyll er mai pysgodyn y môr oedd hwn, gyda reis gwyn wedi'i lapio mewn dail llysiau gwyrdd, a gwydraid o win gwyn i'w olchi i lawr. Yna roedd yn bryd i'w hebrwng hithau i'w swyddfa cyn troi'n ôl i'w westy.

Breciodd yn ysgafn a llywio'r car at ochr y ffordd o flaen yr adeilad modern, isel gyda ffenestri gwydr a gwaliau wedi'u plastro'n wyn. Gafaelodd hithau yn nolen y drws a'i agor.

"Diolch am sbario cymaint o'r diwrnod imi."

"Pleser – roedd yn gyfle i siarad Cymra'g unwaith 'to."

Camodd o'r car ond daliodd ef yn lled-agored.

"Beth wnewch chi 'fory?"

"Crwydro dipyn, mae'n siŵr – os byddwch mor garedig ag awgrymu rhywle diddorol."

Meddyliodd Rina cyn ateb.

"Ga i awgrymu'ch bod chi'n mynd i weld Nicosia eto yng ngolau dydd ac yna i'r dwyrain a galw ym mhentref Pyla ar y ffordd?"

"Pyla?"

"Ie – un o'r ychydig fannau lle mae'r Twrciaid a'r Groegiaid yn dal i fyw ochr-yn-ochr â'i gilydd. Os byddwch yn teimlo awydd i dorheulo fe fydde traethe Agia Napa'n taro i'r dim – neu os 'ych chi'n teimlo'n rhamantus ewch 'nôl ar yr heol i Paffos i weld yr haul yn machlud dros Graig Aphrodite. Mae'n olygfa i ryfeddu ati." Ei dro yntau i wenu oedd hi nawr.

"Beth bynnag wnewch chi – beth am inni gwrdd yn fy swyddfa fore trennydd tua deg o'r gloch? Falle y bydd ymateb wedi dod i'r llun erbyn hynny."

"Mi edrycha i 'mla'n at hynny."

Roedd hi ar fin cau'r drws pan feddyliodd am rywbeth. "Wnewch chi aros am funed? Ma' 'da fi rywbeth i chi."

Roedd hi wedi mynd o'r golwg cyn iddo allu dweud dim byd. Beth yn y byd oedd ganddi i'w ddangos iddo, dyfalodd wrth syllu ar y drws gwydr yn swyddfa'r Heddlu ar ben draw'r llwybr.

Ni fu hi'n hir – agorodd y drws a phrysurodd Rina ar hyd y llwybr ac ar draws y palmant ato.

"Rhywbeth i chi agor yn eich stafell. Nos da!"

Edrychodd yn syn ar y pecyn bach yn ei law, yna fe'i dododd ar y sedd wrth ei ochr a gyrru'n ôl i'w westy, yn ysu am ei agor – ond os oedd hi wedi'i rybuddio i wneud hynny yn ei stafell rhaid fod ganddi reswm da dros hynny. Trodd y car bach i'r chwith o dan ganghennau bwaog o goed â dail hir a thywyll ac yna trodd i'r chwith eto ymhen can metr i fuarth eang. Parciodd y car bach yn ymyl llwyni trwchus o flaen y gwesty a brysio i mewn, gan nodio ar y porthor, a'r parsel bach yn ei law.

Ond roedd wedi dyfalu natur y parsel cyn cyrraedd ei stafell ar y pedwerydd llawr oherwydd ei bwysau a'i ffurf o dan y papur, a chadarnhawyd ei dybiaeth wedyn pan agorodd y pecyn. Eisteddodd ar erchwyn y gwely gan deimlo pwl o syndod. Sut yn y byd yr oedd Rina wedi dyfalu ei ddymuniad am ddryll – a hwnnw'n ddryll Smith and Weston?

PENNOD 17

PENDERFYNODD LYN GYMRYD cyngor Rina a mynd 'nôl i ddinas Nicosia er mwyn ei gweld yng ngolau dydd fore trannoeth. Roedd unwaith eto'n fore heulog a digwmwl a'r gwynt yn ysgafn a dail bythwyrdd yr olewydd yn llonydd. Daeth y ddinas i'r golwg ar ôl dwy awr dda o yrru. Roedd y drafnidiaeth yn syndod o ysgafn ac ni chafodd ddim trafferth i barcio'i gar mewn sgwâr mawr agored lle rhoid lle blaenllaw i ddelw enfawr o arwr y genedl, yr Archesgob Makarios o flaen ei balas.

Rhyfeddodd at y ddelw yn ei rhwysg a'r balchder yn llygaid a gwên yr Archesgob. Tybed oedden nhw wedi gor-wneud pethau braidd wrth godi delw mor enfawr? Ond gellid maddau hynny yn sgil eu gwladgarwch tanbaid oedd wedi'i dymheru yng ngwewyr rhyfel. Bellach roedd pobl Cyprus fel petaen nhw'n falch o bresenoldeb y twristiaid – Prydeinwyr gan mwyaf – ac yn prysur ddifetha cymeriad yr ynys, gellid meddwl, â'u holl arwyddion Saesneg, heb sylweddoli'r perygl o andwyo'u hiaith eu hunain. Trodd ar ei sawdl a dechrau crwydro. Ymhen hanner awr o gerdded hamddenol sylweddolodd ei fod wedi cerdded mewn cylch, fwy neu lai, a bod delw Makarios wrth law eto, fel petai'n ei hudo'n ôl.

Yna gwelodd Amgueddfa'r Ymgyrch.

Ni chymerodd fawr o amser iddo sylweddoli cymaint yr

oedd agwedd y bobl wedi newid dros gyfnod o ychydig ddegawdau. Yn lle cyfeillgarwch a chroeso heddiw fe'i cafodd ei hun mewn cyfnod o drais a chreulonderau a gelyniaeth anghymodlon. Doedden nhw ddim yn falch o bresenoldeb milwyr Prydain 'nôl yn '56-'59. Roedd y lle'n llawn lluniau o erchyllterau, fel cyrff maluriedig a thai wedi'u distrywio mewn cyrchoedd gan ynnau mawr. Sut gallai bechgyn gwaraidd gwledydd Prydain – Cymry yn eu plith – fod wedi bihafio fel barbariaid – fel y Natsïaid yn wir?

Dechreuodd gerdded eto ar ôl gadael yr amgueddfa a'r tro hwn fe'i cafodd ei hun yn agosáu at y Llinell Werdd lle bu'r menywod yn galw ar i'r *'Atilas'* adael eu gwlad. Y tro hwn fe welai'r ffin yn gliriach – gwal uchel o feini tywyll gyda thwffiau o weiriach a chwyn yn glynu wrth graciau, a milwyr yn helmau glas y Cenhedloedd Unedig yn cadw gwyliadwriaeth mewn caban ar ben tŵr yn y wal. Yna gwelodd adeiladau o fflatiau tua chanllath i ffwrdd a phobl yn byw eu bywydau yno yn union yr un peth â'r bobl ar yr ochr Roegaidd. Craffodd eto ar y rhes o adeiladau, yn siopau a bwytai oedd â'u ffenestri cefn yn agor ar diriogaeth y Twrc. Beth ddwedodd Rina am y drysau cefn na feiddiai neb gamu drwyddyn nhw? Ond fe ellid agor ambell ffenest yn ddistaw bach ac estyn pecynnau drwyddi – pecynnau o gyffuriau ar eu ffordd i lawr y drafford i Larnaca. Fe geid awyren wedyn i Lundain neu Gaerdydd neu siwrnai i lawr i'r porthladd yn Larnaca ac i grombil llong a fyddai'n hwylio yn y man i Marseille neu Athen neu Fenis.

Aeth ton o syndod trwy'i gorff wrth ystyried y peth. Tybed ai dyna pam yr awgrymodd Rina iddo fynd 'nôl i Nicosia i weld drosto'i hunan yng ngolau dydd? I weld un arall o lwybrau dirgel y Gadwyn? A thybed a fu Rhian yma yn Nicosia ar y llwybr hwnnw pan ddaeth hi i Gyprus?

* * *

Er ei bod yn fis Tachwedd roedd yr haul yn ei anterth a'r dydd yn gynnes braf pan adawodd y Subaru bach Nicosia. Roedd Rina wedi awgrymu un lle ar y Gadwyn – tybed a fyddai'r llefydd eraill a enwodd hefyd yn arwyddocaol? Lle glan môr oedd Agia Napa, lle i folaheulo, ond doedd arno fawr o awydd gwneud hynny. Roedd y lle arall, fodd bynnag – Pyla – yn swnio'n fwy diddorol. Os oedd un o lwybrau'r Gadwyn yn mynd drwy Nicosia fe allai llwybr arall fynd trwy Pyla, lle roedd y Groegiaid a'r Twrciaid yn dal i fyw'n gytûn. Pan oedd wedi gyrru ychydig gannoedd o fetrau fe sylwodd Lyn fod car bach o liw coch tywyll yn teithio rhyw gan metr y tu ôl iddo. Craffodd arno yn y drych ond roedd ffenestri tywyll i'r car a doedd dim modd gweld y gyrrwr yn glir o gwbl drwyddyn nhw. Daeth y posibilrwydd fod hwnnw'n ei ddilyn i'w feddwl. Roedd hynny'n ddiddorol gan na wyddai neb ar wahân i Duval a Rina Antoniou am ei bresenoldeb yng Nghyprus. Tybed a oedd rhywun yn y Gadwyn yn gwybod hefyd? I roi prawf ar y ddamcaniaeth dechreuodd gyflymu a gwelodd fod y car coch yn cyflymu hefyd a phan arafodd fe welodd fod hwnnw hefyd yn dal 'nôl. Ond lleihawyd ei amheuon ac anghofiodd amdano pan drodd i heol Pyla a gweld y car coch yn y drych yn gyrru heibio'n dalog i gyfeiriad Larnaca. Doedd dim modd y gallai gyrrwr y car coch fod heb ei weld yn troi o'r drafffordd ac yntau wedi rhoi arwydd ymhell cyn troi ac wedi gwneud hynny'n araf dros ben.

Roedd map ar gyfer twristiaid yn y Subaru a gwelodd wrtho y byddai'n gorfod mynd i gyrion Larnaca i fynd i Pyla gan fod y Twrciaid wedi cipio darn cul o dir gan dorri'r heol fwyaf syth ar draws yr ynys. Gan hynny fe gymerodd y daith awr a hanner erbyn iddo weld arwyddbost yn dangos y ffordd i Pyla. Pentref bach yng nghysgod mynydd oedd Pyla, gwelodd wrth agosáu ato, yn fawr ddim mwy na man agored a hanner cylch o siopau ac adeiladau isel a bwytai'n amgylchynu'r fan. Roedd caniatâd i barcio'r car ar ganol y 'maes' a chael cerdded o gwmpas.

Y peth cyntaf iddo sylwi arno oedd fod grwpiau o ddynion canol-oed, yn bennaf mewn dillad duon, yn eistedd am y maes â'i gilydd o flaen dau gaffe, y naill â geiriau Twrceg ar y ffenestri a'r llall â geiriau Groeg ar ei ffenestri yntau. O graffu'n nes gwelodd fod caban gwylio uwchben y caffe Groegaidd a'r milwr mwya diflas yr olwg a welodd erioed gyda helm glas y Cenhedloedd Unedig ar ei ben yn eistedd yno. Uwchlaw'r caffe Twrcaidd ar godiad tir wedyn fe welai faner Twrci'n cyhwfan a delw hyll o filwr Twrcaidd a'i fidog ar anel a milwr yn syllu arno'n amheus os nad yn fygythiol o gaban bach arall wrth ymyl y faner. Roedd y maes rhwng y ddau gaffe'n fath o dir neb y gellid ei groesi'n ddirwystr.

Aeth Lyn i'r caffe Groegaidd am baned o goffi gan fod mwy o gysgod dros y byrddau nag wrth y caffe arall. Roedd ganddo sbectol haul dywyll yn ei boced ac fe'i gwisgodd oherwydd y golau cryf. Y funud nesaf diolchodd ei fod wedi gwneud hynny wrth weld wyneb cyfarwydd yn y pellter a'r adnabyddiaeth yn ei rewi fel delw yn ei sedd, yn rhy syn i gyffro. Roedd Syr Danvers Rowe newydd gerdded allan o'r caffe Twrcaidd.

Nid oedd modd peidio â nabod ei Bennaeth wrth i hwnnw gamu'n benderfynol ar draws y maes fel petai'n anelu tuag ato, yn ei siwt haf lwydwyrdd Seisnig a'i het wellt. Yna newidiodd ei lwybr a mynd heibio ychydig i'r dde fel petai heb ei weld. Roedd ei sbectol dywyll yn help iddo ymguddio ac ar ben hynny ni fyddai Danvers Rowe'n disgwyl ei weld yno beth bynnag, felly roedd eitha siawns nad oedd wedi'i nabod.

Wrth i'w Bennaeth fynd heibio trodd ei ben yn araf a syllu arno'n mynd. Roedd y profiad wedi bod yn sioc ofnadwy a'r goblygiadau'n ysgytwol i'w feddwl a'i bwyll. Danvers Rowe yng Nghyprus – ac yn yr union fan lle gallai'r Gadwyn fod yn gweithredu! Beth oedd Rowe'n ei wneud mewn siop Dwrcaidd mewn pentref oedd yn lleoliad perffaith i smyglo cyffuriau os nad oedd yn rhan o'r Gadwyn? Ai Rowe o bawb oedd y bradwr yn y Gwasanaeth?

Roedd y posibilrwydd yn gwneud iddo grynu yn ei sedd. Pwy arall ar wahân i Duval oedd yn gwybod am ei ymweliad â'r Ariannin? Pwy arall allai fod wedi rhybuddio'r Gadwyn yn yr Ariannin er mwyn iddyn nhw ymosod arno yn y Teatro Colón? Pwy arall fyddai wedi gallu trefnu i saethu Rhian rhag iddi ddweud gormod yn yr amser byr y bu hi yn y ddalfa yn Lloegr? Roedd y cyfan yn pwyntio at un dyn – ei Bennaeth, Syr Danvers Rowe!

Yn sydyn roedd cynddaredd yn ei lenwi, gydag awydd aruthrol i redeg ar ei ôl a'i ergydio a'i labyddio i ddial am farw Rhian, ond yna meistrolodd ei dymer a challio. Yn y lle cyntaf doedd Danvers Rowe ddim yn ddyn i ymosod arno; nid heb achos yr oedd hwnnw wedi dringo i'w swydd, ar ôl blynyddoedd yn y maes, yn ymladd drwgweithredwyr yng ngwres a phwys y dydd, fel petai. Ac wrth hynny roedd wedi ennill enw iddo'i hun fel ymladdwr medrus â'i ddyrnau a'r crefftau ymladd yn gyffredinol; roedd ei yrfa wedi'i haddurno ag aelodau toredig ei wrthwynebwyr. Ac er ei fod wedi magu ychydig o floneg am ei ganol gyda'r blynyddoedd roedd yn dal yn gydnerth a chryf – a pheryglus.

Yr ail reswm dros ymatal oedd yr angen i gael rhagor o wybodaeth amdano a'i gysylltiadau â'r Gadwyn ar yr ynys. I wneud hynny rhaid iddo'i ddilyn yn hollol ddirgel. Cododd o'i sedd a cherdded yn gyflym draw at y Subaru bach. Taniodd yr injian y tro cyntaf a dechreuodd y car symud ymlaen yn araf wrth iddo chwilio am Danvers Rowe.

Roedd ganddo dipyn o broblem o'i flaen – sut i gadw gwyliadwriaeth arno heb i hwnnw ei nabod. Prin y gallai fynd at yr heddlu a chwyno am ei Bennaeth ei hun a gofyn am eu help i gadw gwyliadwriaeth arno. A beth am Rina Antoniou – a wnâi hi ei helpu i wneud hynny? Tybed a allai ymddiried ynddi neu a fyddai hi'n fwy tebyg o ochri â'i bennaeth a'i amau yntau? Petai'n colli golwg ar Danvers Rowe nawr fyddai ganddo ddim amcan ble i chwilio amdano oni bai iddo fynd 'nôl i Pyla neu i Nicosia, o bosibl. Rhaid iddo'i ddilyn gan obeithio darganfod ble roedd e'n aros. Yna gallai gadw rhyw fath o wyliadwriaeth. Ni allai wneud hynny ddydd a nos, wrth reswm. Nawr petai Duval yno fe allen nhw rannu baich y gwylio – ond roedd Duval ym Marseille.

Symudodd y car bach ymlaen yn ara' deg a llygaid Lyn yn craffu o ochr i ochr, gan ofidio ei fod wedi'i golli, ac yna ysgafnhaodd ei wedd wrth weld gwrthrych ei sylw'n cychwyn mewn car digon tebyg i'w gar yntau. Trawodd ei feddwl fod y car dipyn yn wahanol i'r Mercedes mawr yr arferai Rowe ei yrru.

Wrth i'r ddau gar symud yn araf allan o bentref Pyla gofalodd Lyn gadw can metr y tu ôl i'r car arall rhag tynnu sylw Danvers Rowe ato. Erbyn hyn roedd yr haul yn dechrau machlud a'r golau'n dechrau cilio. Byddai'r tywyllwch yn ei gwneud hi'n anos i ddilyn y car arall; y cyfan a allai wneud oedd gobeithio nad oedd Danvers Rowe'n bwriadu gyrru i ben draw'r ynys.

Cyn hir fe gyrhaeddodd y ddau gar yr heol fawr rhwng Agia Napa a Larnaca a throi iddi. Roedd Lyn yn ddiolchgar oherwydd roedd y drafnidiaeth yn drymach ar yr heol hon ac roedd hi'n haws ymguddio rhwng loriau. Roedd y car arall yn symud yn arafach nawr oherwydd y drafnidiaeth ac nid oedd yn anodd cadw llygad arno.

Roedd yr haul wedi disgyn dros y gorwel a'r cysgodion yn estyn pan ddaeth porthladd Larnaca i'r golwg ond daliodd Danvers Rowe i yrru ymlaen i gyfeiriad Limassol gan basio maes awyrennau ar y ffordd. Erbyn i faestref Limassol ddod i'r golwg, yn rhesaid o westyau gwynion ar lan y môr, roedd hi wedi duo'n llwyr.

Pan oedd y ddau gar yn agosáu at ganol y dref troes Danvers Rowe i'r dde rhwng dau westy enfawr ac yna i'r chwith i heol gefn ac i mewn i le parcio. Wrth drwyno blaen ei gar o gwmpas y gornel gwelodd Lyn ef yn cerdded i mewn i adeilad tal. Gyrrodd i lawr yr heol heb arafu wrth basio'r lle a gwelodd mai fflatiau oedd yno, fflatiau digon cysurus yr olwg ond heb unrhyw arbenigrwydd mawr. Roedd hyn, fel y car bach, yn anghydnaws â'r ddelwedd gyffredinol oedd gan Danvers Rowe o fewn y Gwasanaeth o ddyn prysur a chyfoethog a hoffai dipyn o fywyd brasach na'r cyffredin. Ond roedd yn lle delfrydol i aros heb dynnu sylw ato'i hunan.

Tynnodd Lyn i'r ochr a diffodd yr injian a'r goleuadau. Yna disgynnodd o'r car a cherdded ychydig gamau'n ôl nes ei fod yn ddigon agos i gael golwg well ar y fflatiau. Roedd hi bellach yn ddigon tywyll iddo allu sefyll am yr heol â'r adeilad heb ofni cael ei nabod; byddai wedi mentro'n nes ar draws yr heol at glwydi'r lle oni bai i gar ruthro heibio a'i oleuadau yn ei lygaid. Oherwydd y goleuadau'n ei hanner-dallu ni sylweddolodd fod y car yn debyg iawn i'r car coch tywyll oedd wedi tynnu allan i'r draffordd o Nicosia'r prynhawn hwnnw.

Wedi i'w lygaid addasu i'r tywyllwch eto craffodd ar yr adeilad a rhifo pedwar llawr a'r enw 'Essex Apartments' uwch ben drws y cyntedd goleuedig. Gallai deimlo'n ffyddiog mai un fynedfa oedd i'r lle – fe wnâi hynny gadw gwyliadwriaeth gymaint â hynny'n haws.

Ac yntau'n sefyllian yn y cysgodion am y ffordd â'r fflatiau cyffrôdd wrth weld golau'n cael ei gynnau mewn stafell ar yr ail lawr a Danvers Rowe yn dod at y ffenest ac yn cau'r llenni. Teimlodd gyffroad byr o fuddugoliaeth ac yntau'n gwybod yn hollol bellach ble'r oedd ei bennaeth yn aros.

Y cwestiwn nesa yn ei feddwl oedd a ddylai aros yno i'w wylio drwy'r nos neu ddod 'nôl yn fore a gadael neges i Rina i egluro ei fod ar drywydd rhywun, ac na allai gwrdd â hi. Roedd hi tua hanner awr wedi saith erbyn hyn wrth ei watsh – hawdd y gallai Danvers Rowe fynd allan i gwrdd â rhywun. Penderfynodd aros yno am dipyn. Cerddodd at ei gar a'i yrru'n ôl at y fflatiau a pharcio yn y cysgodion. Setlodd i lawr i gadw gwyliadwriaeth.

Fe fu'n wyliadwriaeth hir a diddigwyddiad; dros bedair awr o eistedd yn llonydd a chraffu pryd bynnag yr âi rhywun neu rywrai i mewn ac allan. Deuoedd a theuluoedd fu'n gwneud hynny gan mwyaf ond fe aeth dau neu dri o ddynion i mewn hefyd. Am a wyddai, fe allai'r rheiny fod yn ymweld â Danvers Rowe ond doedd ganddo ddim ffordd o wybod i sicrwydd. Yr unig beth sicr oedd na ddaeth hwnnw allan o'r lle tra bu'n cadw gwyliadwriaeth. Fe fu hefyd yn gyfle iddo daro'i feddwl 'nôl dros ddigwyddiadau'r dydd.

Roedd yn dal yn ffaelu credu'r peth er fod y dystiolaeth yn erbyn ei bennaeth mor gryf. Rhaid bod esboniad arall yn bod, yn egluro presenoldeb Rowe ar ynys Cyprus – ei fod ar drywydd rhyw ddihiryn – rhywun go bwysig yn y Gadwyn i dynnu sylw personol y Pennaeth. Am ennyd fflamiodd gobaith am brawf o ddieuogrwydd Rowe yna edwinodd wrth iddo gofio am yr ymosodiad arno yn Buenos Aires. Ar wahân i Duval – ac fe ymddiriedai'i fywyd i ddwylo hwnnw – dim ond Danvers Rowe oedd yn gwybod iddo fynd i'r Ariannin – a fe'n unig allai fod wedi rhybuddio'r Gadwyn am ei ddyfodiad.

Am hanner nos gwelodd y golau'n diffodd yn stafell Rowe a'r tebygolrwydd oedd ei fod wedi mynd i'r gwely. Penderfynodd Lyn fynd adre i gael ychydig oriau o gwsg a dod 'nôl mor gynnar ag y gallai. Byddai'n rhaid iddo ymddiheuro i Rina pan gâi gyfle am dorri'r oed â hi.

Pennod 18

Roedd cloc mawr y tŵr ar sgwâr y dref yn taro chwech o'r gloch pan agorodd Lyn ei lygaid; roedd wedi'i ddisgyblu'i hunan i wneud hynny'n ddidrafferth – dim ond dweud wrtho'i hunan fod angen iddo ddihuno ar ryw amser neilltuol ac fe wnâi hynny'n ddi-feth y bore wedyn. Y bore hwn doedd ganddo ddim amser i wneud ei ymarferiadau corfforol arferol; brysiodd i wisgo amdano ar ôl ymolch ac eillio ac aeth allan heb gymryd dim ond paned o goffi du a thoc o fara menyn o'r stafell frecwast.

Roedd y Subaru wedi bod yn sefyllian yn dawel ym mhen draw'r heol ers dwy awr pan ddaeth car Danvers Rowe i'r golwg yn sydyn o'r barcfa a throi i'r dde. Cyffrôdd Lyn a thanio'r injian yn frysiog; wnâi hi mo'r tro iddo golli'i bennaeth ar ddechrau'r daith. Ond doedd raid iddo ofidio wrth weld car Danvers Rowe yn tynnu allan i'r chwith ar yr heol fawr. Am unwaith roedd cymylau duon uwch eu pennau a dafnau ysbeidiol o law yn disgyn yn swnllyd ar doeau ceir ac ar lawr gan dasgu diferion lleidiog ar esgidiau a migyrnau cerddedwyr. Wrth i'r Subaru droi i'r ffordd fawr cynyddodd y dafnau glaw nes troi'n gawod drom gan beri i'r cerddedwyr redeg i gysgodi. Lledodd crych o siomedigaeth ar draws ei dalcen – roedd glaw'n cymhlethu pethau, gan beri i geir sgidio ar ôl dyddiau o sychder a gwnâi fywyd yn annifyr yn gyffredinol. Gobeithio mai cawod yn unig oedd hi.

Gwireddwyd ei obaith ymhen ychydig funudau; peidiodd y gawod yn sydyn ac agorodd y cymylau a'r eiliad nesaf roedd pelydrau o heulwen lachar yn tasgu oddi ar yr heol wlyb ac yn disgleirio yn llygaid gyrwyr a cherddwyr fel ei gilydd.

Ymhen dwy neu dair munud gwelodd gar Danvers Rowe yn troi i'r chwith i ffordd gefn; doedd ganddo ddim dewis ond ei ddilyn gan wybod y byddai Rowe'n siŵr o sylwi arno yn ei ddrych hwyr neu hwyrach. Ond ni wnaeth hwnnw ddangos unrhyw arwydd ei fod wedi'i weld na'i fod yn ei amau. Petai Lyn wedi sylweddoli hynny, roedd ei bennaeth yn rhy brysur yn meddwl am ben draw ei daith i ofidio am neb na dim arall.

Roedd y tirwedd yn newid yn gyflym wrth i'r ddau gar symud bant oddi wrth y môr a'r heol yn rhedeg ar hyd cwm cul oedd yn troelli rhwng bryniau isel a choediog ac ambell goedlan o olewydd a dolydd o wair. Yna cododd yr heol dros dir uwch, nes cyrraedd rhai cannoedd o fetrau uwchlaw'r môr yn y diwedd.

Ymhen ychydig gwelodd Lyn fod y car arall yn cyflymu ond ymataliodd rhag pwyso ar y cyflymydd gan wybod y byddai hynny'n arwydd ei fod yn dilyn y llall. Gobeithio na fyddai Danvers Rowe yn troi oddi ar yr heol yn ddiarwybod iddo.

Yna wrth droi tro daliodd ei anadl wrth weld llen o ddyfroedd glaswyrdd dwfn o'i flaen rhwng y mynyddoedd, ac arwyddbost yn ei hysbysu ei fod yn ymyl argae Germasogeia. Ar adeg â llai o dyndra ynglŷn â hi fe fyddai wedi ymhyfrydu yn yr olygfa ysblennydd ond roedd ei feddwl ormod ar y bradwr tybiedig yn y pellter o'i flaen i hynny. Heblaw hynny, roedd yr argae'n dwyn atgof iddo am yr ymladdfa rhyngddo a Sancho yng Nghwm Hyfryd a'r argae arall honno yn Ffrainc a'r ymladdfa a fu rhyngddo a'r dihiryn cyn i hwnnw syrthio i'w farwolaeth dros y dibyn. Roedd yn atgof hefyd o Rhian a'r arswyd yn ei llygaid wrth ei weld yn ymgodymu â'r Ffrancwr a'r rhyddhad wedyn. Yn bennaf oll, roedd yn atgof ei fod ar drywydd y Gadwyn, un o'r rhwydweithiau mwyaf didostur a mileinig a welodd neb erioed – rhwydwaith yr oedd ei grafangau llygredig yn ymestyn i rengoedd uchaf cymdeithas, gan gynnwys ei bennaeth ei hun, o bosibl.

Pentref tawel, gyda dyrnaid o dai gwych a gwachul ac ambell gi cyfarthgar ynddo, yw Akrounta, tua dau neu dri kilometr y tu draw i'r gronfa ddŵr. Gyrrodd Lyn yn araf trwyddo a'i lygaid yn chwilio am y car arall ar bob tu. Yna arafodd yn sydyn wrth weld croesffordd o'i flaen. Roedd yr heolydd yn culhau a garwhau'n ddifrifol o hyn ymlaen, gydag wynebau garw a llychlyd o gerrig a phridd. Roedd hyn yn nodweddiadol o gefn gwlad yr ynys, yn arwydd o gyni economaidd ac amharodrwydd y llywodraeth, gellid meddwl, i wario ar heolydd oedd â chyn lleied o drafnidiaeth yn eu defnyddio. Oedodd ar y groesffordd heb wybod i sicrwydd pa ffordd i'w chymryd ond yna gwelodd gwmwl o fwg yn symud oddi wrtho'n araf ar yr ochr chwith. Trodd drwyn ei gar i'r un cyfeiriad, heibio i'r arwyddbost oedd yn dweud 'Mithacolonni 4 km'.

Roedd yn heol wir erchyll, sylweddolodd ymhen ychydig eiliadau, gyda cherrig mawr a thyllau dwfn yn peri i'r car bach sboncio a siglo'n ddilywodraeth bron ac yn peri i'w ddannedd glecian; roedd yn heol na fyddai wedi breuddwydio am ddod â'i gar ei hun drosti. Ymhen ychydig funudau gallai weld adeiladau gwynion Mithacolonni yn y pellter o'i flaen a char Danvers Rowe, gyda'i gwmwl o fwg, yn symud tuag ato. Diflannodd y car o gwmpas tro sydyn yn y ffordd a theimlodd Lyn yn rhydd i sbarduno ychydig ar ei gar yntau ar waetha'r sigliadau a'r protestiadau o du'r corff a'r hongiad gwichlyd.

Arafodd wrth gyrraedd cyrion y pentref a brecio'n sydyn wrth weld car Danvers Rowe'n llonydd ar ymyl y ffordd tua chan metr o'i flaen a dau gar arall rhyw hanner can metr yn bellach ymlaen wedyn. Diffoddodd y peiriant a chraffu o'i gwmpas ond doedd dim golwg o'i bennaeth. Agorodd ddrws y car a'i gau ar ei ôl mor dawel ag y gallai, yna dechreuodd gerdded ymlaen gan gadw at y borfa fras ar ymyl y ffordd rhag cadw sŵn.

Roedd ei law dde'n byseddu carn ei ddryll yn ei boced pan gyrhaeddodd y car cyntaf. Doedd dim sôn am neb ynddo, a symudodd ymlaen at y ddau gar arall. Y tro hwn roedd chwilfrydedd yn llenwi'i feddwl. Roedd y lle'n amlwg yn fan cyfarfod i rywrai; os oedd gan Danvers Rowe drefniant i gwrdd â rhywrai yno, pwy, tybed, fyddai'r rheiny – aelodau eraill o'r Gadwyn? Gallai dynion ddod i'r golwg o rywle unrhyw bryd a dechrau holi pam yr oedd yno. Safodd yn llonydd am foment ac edrych o gwmpas yn wyliadwrus.

Am y tro cyntaf daeth yn ymwybodol o dawelwch llethol y lle, heb sŵn cŵn yn cyfarth na gwartheg na defaid yn brefu na chân adar hyd yn oed. Sylwodd wedyn na allai glywed lleisiau pobl chwaith na dim un sŵn a dystiolaethai i bresenoldeb bodau dynol, fel radio a char a thractor ac injian ddyrnu – dim byd ond siffrwd yr awel yn nail yr olewydd a'r coed ffigys. A sylweddolodd gyda syndod cynyddol mai adfeilion gwag oedd pob adeilad o fewn golwg, yn siopau heb ddrysau a thai heb wydr yn y ffenestri na dillad yn sychu yn y gerddi na thrugareddau plant wrth y drysau. Cofiodd am eiriau rhyw fardd anhysbys mai'r gwir dawelwch yw tawelwch y fan lle peidiodd bywyd â bod. Dyna'r teimlad a gafodd y funud honno, ac roedd yn foment o arswyd a thyndra ac anghysur. Roedd fel petai rhyw fod goruwch-ddynol wedi sgubo trigolion y lle i ebargofiant yn sydyn a'i amddifadu'n llwyr o fywyd, fel lle oedd o dan felltith, neu fel Dyfed o dan yr hud yn yr hen chwedl. Am a wyddai ef, gallai fod ellyllon y Fall yn ei lygadu o dywyllwch y tai, yn aros am y foment i neidio.

Ymysgydwodd a dechrau camu ymlaen ar hyd y ffordd wrth droed bryn serth gan deimlo'n anghyfforddus o noeth ac yn agored i ymosodiad mewn man mor anial a digroeso. Clywodd lithriad sydyn ar y chwith iddo a throdd mewn fflach a'r dryll ar anel ond doedd neb yn y golwg a'r unig symudiad oedd madfall fach werdd yn ei gwadnu hi mewn braw o'i ffordd. Clywodd ei hunan yn anadlu allan mewn gollyngdod.

Yr eiliad nesaf clywodd y lleisiau.

Dechreuodd ei galon gyflymu wrth iddo synhwyro fod y foment y câi'r cyfan ei ddadlennu'n agosáu. Roedd y lleisiau'n dod o gyfeiriad adfeilion hen eglwys bron yn union gogyfer ag ef ar ben y bryn ar y dde – adfail a'i ffenestri wedi'u cau ag estyll o bren i gadw tresmaswyr allan. Roedd ochr y bryn yn serth ond yn rhygnog a mater hawdd oedd crafangu lan drosti gan glywed y lleisiau'n dod yn gliriach gyda phob cam. Ac wrth i'r lleisiau ddod yn gliriach roedd y tyndra yn ei feddwl yn cynyddu, oblegid roedd yn gyfarwydd â dau o'r lleisiau – yn gyfarwydd dros ben.

Safodd wrth hen fur garw'r eglwys ac anadlu'n ddwfn i gael ei wynt yna ymnesaodd at y ffenest agosaf i wrando'n well. Ond roedd y lleisiau'n bellach i ffwrdd erbyn hyn fel petai'r siaradwyr – neu'r dadleuwyr yn hytrach – wedi symud i ochr bella'r lle.

Symudodd Lyn ar hyd y mur a throi'r gongl yn wyliadwrus; roedd porth yr eglwys yn union o'i flaen erbyn hyn a'r lleisiau'n gliriach. Symudodd yn araf at y porth a rhoi'i lygad at fwlch cul rhwng dwy astell – a syllu'n anghrediniol ar yr olygfa. Ar ganol llawr pridd yr eglwys roedd tri dyn yn sefyll: Danvers Rowe, dyn â dryll yn ei ddwrn ac ar anel ato, a'r trydydd dyn oedd Perkins. . .

Perkins! Beth yn y byd oedd hwnnw'n ei wneud yng Nghyprus a'i wyneb yn goch wrth iddo siarad ar dop ei lais – a Danvers Rowe'n coethan arno yntau yr un mor uchel ei gloch?

"Ti o bawb, Perkins. . . !"

"Ie – fi! Fi sy wedi'ch twyllo chi i gyd, y diawliaid, ers blynyddoedd. . ."

"Rwyt ti 'di bradychu'r Gwasanaeth a dy wlad – oes dim c'wilydd arnat ti, ddyn?"

"C'wilydd? Pam y dylai fod cywilydd arna i? Does arna i ddim byd i gymdeithas nac i dy siort di, Syr Danvers Rowe. . . !"

Ynganodd enw'r pennaeth gyda'r holl ddirmyg a feddai.

"Be ti'n feddwl, 'fy siort i'?"

"Roedd arian dy dad yn gallu prynu dy ffordd i'r top a theitl iti tra own i'n gorfod gwneud fy ffordd lan o ddim. . ."

"Ond fe gest ti ysgol fonedd a mynd i Rydychen hefyd. . ."

"Drwy fy haeddiant – yn wahanol i ti. . . !"

"Cenfigen oedd yn dy f'yta di, ife, Perkins? Ffaelu goddef gweld neb arall yn gwneud yn well na thi – gwell coleg a gwell gradd. . ."

"A gwell swydd – diolch i arian dy dad, a finne'n gorfod bod yn was bach i ti ar hyd y blynyddoedd. . . !"

Arteithiodd ei wyneb mewn casineb ond roedd buddugoliaeth yn ei lygaid hefyd.

"Ond fe wnes i ffŵl ohonot ti, on'd do fe? Mi wnes i ffyliaid ohonoch chi i gyd. A wyddost ti beth? Ar waetha dy swydd ac arian dy dad mae gen i fwy o arian nag y gallet ti freuddwydio amdano fyth. . ."

Lledodd gwên sur ar draws ei wyneb.

"A dyna'r jôc fwya yntê? Fod gen i swydd mewn gwasanaeth i ymladd cyffurie, a 'mod i wedi gallu twyllo'r gwasanaeth hwnnw a gwneud miloedd drwy werthu cyffurie – a dweud y gwir, alla i ddim dweud wrthyt ti faint yn hollol rwy i wedi'i wneud. . ."

"Er dy fod yn gwybod am y bywyde ifainc sy'n cael 'u distrywio. . ."

"Paid â gwneud i fi grio! 'Sdim neb yn 'u gorfodi nhw i brynu'r stwff – y ffyliaid. . . !"

"Rwyt ti'n siŵr o gael dy ddal hwyr neu hwyrach. . ."

"Ydw i? Rwy i wedi dal yn hynod o dda hyd yn hyn. . ."

"Wyt ti, wir? Pam wyt ti'n meddwl 'mod i yma? Dwyt ti ddim mor ddiogel ag wyt ti'n meddwl, Perkins. . ."

"Os ca i ddweud, Rowe, fe wnest ti beth ffôl yn 'y nilyn i yma; mae arna i ofn na chei di ddim mynd o'ma – fe fydde hynny braidd yn anghyfleus. . ."

"Faint gwell fyddet ti o fy saethu i, dwed? Wyt ti'n meddwl o ddifri 'mod i wedi mentro yma heb adael gwybodaeth amdanat ti 'nôl yn Llundain? Rwyt ti 'di bod o dan amheuaeth ers misoedd, Perkins. A dweud y gwir, os nad a' i'n ôl i Lundain fe fyddan nhw'n gwybod mai ti fydd yn gyfrifol am hynny ac fe ddôn nhw ar dy ôl di dan saethu. Felly man a man iti roi'r gore iddi nawr a dweud wrth y dyn 'ma am roi'r dryll i fi!"

Am ennyd daeth cysgod o amheuaeth dros wyneb Perkins ond yna ymwrolodd a gwenodd yn sarrug.

"Fe fuost ti'n un da erioed am raffu celwydde, Rowe. Dwy i'm yn credu dim o dy honiade di. Dod yma ar dy ben dy hunan wnest ti; allet ti ddim ymddiried yn neb, na allet ti?"

Oedodd i dynnu anadl ac yna aeth ymlaen yn fuddugoliaethus.

"Wedi cael gwared ohonot ti mi alla i fynd 'mlaen â 'musnes heb ymyrraeth. A phan gaiff dy olynydd 'i benodi i dy swydd – achos dwy i ddim yn meddwl am foment y ca i f'ystyried – mi fydda i'n gallu ymddeol mewn protest, fel petai, a dod yma i Gyprus i fyw a chadw 'mlaen â 'musnes. Felly, rwyt ti'n gweld, mi fydd dy farwolaeth di'n ddigwyddiad eitha cyfleus i fi mewn gwirionedd. . ."

Oedodd eto a chiledrych ar y dyn â'r dryll yn ei law. Dyn byr a chydnerth yr olwg oedd hwnnw, gydag aeliau duon trwchus uwchben dau lygad tywyll mewn wyneb rhychiog ac wedi'i wisgo mewn trowsus llwyd a chrys gwyn â llewys byr iddo a dapiau glas tywyll ar ei draed. Roedd y crafát lliwgar a'r cap morwr pig yn awgrymu ei fod yn ddyn nad oedd yn brin o docyn neu ddau. Edrychodd hwnnw ar Perkins fel petai'n disgwyl gorchymyn. Gwenodd hwnnw'n ôl.

"Ymhen munud, Nicolaos, ymhen munud, rwy i'n addo. . ." Trodd ei ben ac edrych ar Danvers Rowe eto. "Fe fyddai'n ddiddorol cael gwybod, cyn i ti farw, sut yn hollol y dest ti ar y trywydd. . ."

"Os wyt ti'n meddwl am foment 'mod i'n mynd i ddweud unrhyw beth wrth fradwr fel ti, rwyt ti'n camsynied. . . !"

"Bradwr, Syr Danvers? Twt twt twt! Gair cryf – a gair sarhaus braidd, os ca i ddweud. Mae'n well gen i feddwl amdanaf fy hunan fel dyn busnes gweddol fentrus a llwyddiannus, y math o ddyn a wnaeth yr Ymerodraeth y fath lwyddiant 'slawer dydd. . . Ac mi fydda i'n llwyddiannus eto ar waetha ymdrechion dynion pitw fel ti a Lyn Owen i fy rhwystro! Fe fydd rhaid i fi feddwl yn galed sut i gael gwared ohono yntau hefyd cyn bo hir; mae e wedi bod yn rhy agos i'r gwir i 'mhlesio'n ddiweddar. Tase fe ddim wedi digwydd dod ar draws y ferch 'na yn Ffrainc yn ddamweiniol a'i hebrwng adre i Portsmouth wedyn fe fydde popeth wedi bod yn iawn. Ond does dim drwg parhaol wedi'i wneud – mi lwyddes i gau'i phen hi cyn iddi gael cyfle i ddweud gormod. . . O ie, mae'n siŵr dy fod ti wedi bod yn trio dyfalu pwy lwyddodd i drefnu hynny mewn amser mor fyr. Clyfar, yntê? Er mai fi sy'n dweud hynny. . ." Roedd gwên hunanfoddhaus ar ei wyneb wrth iddo siarad. "A nawr mae Owen yn ddigon pell oddi yma – ar drywydd sgwarnog yn Ne America. . ."

"Nag yw ddim, Perkins!"

Gwthiodd Lyn ei ysgwydd yn erbyn y drws a'i hyrddio ar agor wrth weiddi. Ymatebodd y tri dyn ar unwaith yn eu syfrdandod; fflachiodd y dryll yn llaw Nicolaos tuag ato a thanio ond adlais oedd hwnnw i daniad Lyn yntau ffracsiwn o eiliad yn gynt, taniad a fwriodd y Groegwr 'nôl ac i'r llawr yn ddiymadferth lle dechreuodd staen coch dyfu ar draws ei grys yn union uwchlaw ei galon. Ac yn y ffracsiwn o eiliad pan chwibanodd y fwled dros ysgwydd Lyn ac ymgladdu yn y drws anelodd Danvers Rowe ergyd nerthol a fyddai wedi datgysylltu penglog Perkins oddi wrth ei gorff petai wedi cyrraedd y nod. Ond methu wnaeth yr ergyd a chollodd ei gydbwysedd a baglu a theimlodd flaen dryll yn ei feingefn yn ei gymell i sefyll yn llonydd a braich arall yn ei lindagu yr un pryd.

"Owen, y cythraul. . . !"

"Gollwng e'n rhydd, Perkins – mae ar ben arnat ti nawr. . ."

"Na! O'r ffordd, Owen, neu mi saetha i Danvers Rowe. . . !"

Roedd ei ddryll ar anel ond roedd ei bennaeth fel tarian rhyngddo a Perkins. Ar y llaw arall, ni feiddiai Perkins symud ei law i danio ato heb lacio'i afael ychydig ar Danvers Rowe ac fe wyddai ddigon am hwnnw i sylweddoli nad arhosai'n llonydd am eiliad wedyn; byddai symud ychydig fodfeddi'n unig yn rhoi digon o nod i Lyn ei daro. Felly symudodd y tri mewn hanner cylch wrth i Perkins wthio a llusgo Danvers Rowe at y porth a Lyn yn camu o'r ffordd. Yna, a'r ddau wedi cyrraedd y drws, rhoes Perkins bwniad sydyn i Danvers Rowe a neidio allan gan danio ergyd i gyfeiriad Lyn. Methu wnaeth yr ergyd hon eto gan fod Lyn wedi llamu y tu ôl i'r drws, gan ddisgwyl ymosodiad o'r fath. Taflodd gip sydyn ar ei bennaeth oedd wedi syrthio ar ei liniau a'i ddwylo yn y cythrwfl.

"Ydych chi'n iawn, Syr Danvers?"

"Ydw, wrth gwrs – byddwch yn ofalus, ddyn!"

Galwodd hwnnw'r rhybudd wrth weld Lyn yn troi am y porth a neidio'n ôl eto wrth i fwled arall chwibanu heibio. Cododd Danvers Rowe ar ei draed a dod ymlaen at y porth gan dynnu gwn llaw o'r wain o dan ei ysgwydd.

"Mae'n siŵr o geisio dianc."

Nodiodd Lyn a phwyso ymlaen yn ara' deg gan hanner disgwyl taniad arall ond pan na ddaeth hwnnw ciledrychodd yn fwy ewn ac ymlacio.

"Mae e wedi mynd."

"Ar 'i ôl e 'te! Dewch!"

Brysiodd y ddau allan ac o gwmpas talcen yr adfail a gweld Perkins yn anelu i lawr y llethr garw am y ceir ar waelod y bryn.

"Yr hen gythraul ag e!"

Tynnodd Danvers Rowe wn o'i boced a thanio. Adwaith Perkins oedd troi a rhedeg i mewn i dŷ unllawr gwag. Daeth gwên dros wyneb Rowe; roedd Perkins wedi'i gornelu ei hun gyda dau ohonyn nhw yn ei erbyn. Amneidiodd Rowe ar Lyn i fynd i'r naill ochr ac fe âi yntau i'r cyfeiriad arall. Nodiodd Lyn a throi ar ei sawdl a dechrau brysio ar draws y tir garw o flaen yr hen eglwys, allan o olwg y tŷ unllawr. Gwelodd risiau o gerrig yn disgyn i'r heol isod wrth ymyl murddun arall ac fe'u disgynnodd fesul tair gris ar y tro, yna rhedodd nerth ei draed ar draws yr heol i gysgod murddun arall ar yr ochr bellaf. O fynd o gwmpas hwnnw fe allai agosáu at y tŷ unllawr o'r cefn – ond fe fyddai rhaid iddo fod yn wyliadwrus gan y byddai Perkins yn disgwyl hynny.

Cododd ei ben ac edrych lan at y bryn – roedd ei bennaeth yn symud yn llechwraidd ar ei hyd. Daliodd Lyn ei anadl mewn syndod; oedd y dyn ddim yn sylweddoli ei fod yn darged clir yn erbyn yr wybren? Fel petai am brofi hynny daeth dwy ergyd sydyn o dywyllwch y tŷ unllawr; clywodd waedd o boen a gwelodd ei bennaeth yn syrthio i'r llawr ac yna'n straffaglio i dynnu'i hun yn boenus i gysgod boncyff marw. Roedd cysur yn hynny – o leiaf doedd Danvers Rowe ddim wedi cael y farwol. A barnu wrth fel yr oedd y dyn yn symud, yn ei goes ac nid yn un o organau ei gorff yr oedd wedi'i daro. Teimlodd Lyn awydd cryf i redeg draw ato i'w ymgeleddu ond ymataliodd gan wybod y gallai bwledi ei gyrraedd yntau yr un modd. Roedd ganddo'i ddryll o hyd – rhaid i Danvers Rowe ymdopi drosto'i hun orau y gallai am y tro. Gwasgodd ei wefusau at ei gilydd yn dynn. Roedd bellach yn mynd i fod yn frwydr rhyngddo ef a Perkins. Roedd y lle'n dawel eto ar ôl y cynnwrf a phob cam yn atseinio yn ei glustiau. A glywai sŵn car yn y pellter? Os gwnaeth fe beidiodd y sŵn a'i adael yn meddwl ei fod wedi'i ddychmygu. Camodd ar frigyn sych a'i dorri â chlec a rhewodd fel delw gan deimlo'n siŵr fod Perkins yn ei wylied. Ond parhaodd y distawrwydd. Gallai dyngu fod hanner awr wedi mynd heibio erbyn iddo gyrraedd gwal gefn gardd y tŷ a mynd ar ei bedwar drwy fwlch at wal y murddun. Cododd ar ei draed a thynnu'i wn o'i boced eto, yn barod i saethu.

Ymnesaodd at y twll yn y wal lle bu drws yn hongian unwaith. Cymerodd anadl ddofn ac yna – tri cham sydyn ac roedd i mewn yn y murddun a'i gefn at y mur yn y tywyllwch a'i wn ar anel. Edrychodd o'i gwmpas wrth i'w lygaid ymgyfarwyddo'n gyflym â'r tywyllwch ond doedd dim sôn am Perkins. Symudodd ar hyd y mur ac ar draws yr un nesaf at y fynedfa i'r unig stafell arall ond roedd honno hefyd yn wag. Un casgliad oedd. Ni fyddai Perkins wedi mentro allan drwy'r blaen, rhag ofn i Danvers Rowe ei saethu, felly roedd wedi mynd trwy'r cefn yn yr amser y bu Lyn yn cyrcydu ac yn cropian tuag at y fan. Gallai gicio'i hun am nad oedd wedi'i weld yn mynd. Croesodd at y drws cefn ac edrych allan; doedd dim sôn am neb. Camodd allan a throi i'r chwith gan feddwl fod Perkins wedi mynd tuag at y ceir er mwyn dianc – a phlymiodd i'r llawr llychlyd wrth i fwled daro'r mur uwch ei ben, a rholio at wal yr ardd. Pwysodd yn erbyn y wal ac ystyried y sefyllfa. Roedd Perkins wedi disgwyl amdano ac wedi tanio ato; doedd dim pwynt cuddio bellach. Roedd yn bryd iddo roi cynnig ar ystryw neu ddwy ei hunan.

"Perkins. . . Perkins. . . ! Rwy i'n gwybod dy fod ti'n gallu 'nghlywed i. . ."

Clustfeiniodd, ond yn ofer.

"Perkins. . . ! Mae ar ben arnat ti, ti'n gwbod – hyd yn oed os lladdi di fi a Danvers Rowe fe ddaw rhai eraill ar dy ôl. . . Perkins, y cythraul! Wyt ti'n clywed?"

Tase'r diawl ond yn ateb fe roddai hynny amcan iddo ble'r oedd ef.

"Perkins! Ateb fi, er mwyn popeth! Rwy i'n mynd i dy ladd di, ti'n gwbod! – dy ladd di am iti ladd Rhian! Wyt ti'n clywed?"

Trodd ar ei bedwar a chodi'i ben yn araf er mwyn cymryd cipolwg – a'i gael ei hun yn syllu i geg y dryll yn llaw Perkins.

Teimlodd chwys oer ar ei dalcen.

"Ydw," meddai hwnnw'n dawel, "wy'n gallu dy glywed di'n iawn, Owen. Da bo ti."

Atseiniodd yr ergyd yn ei glustiau ond rywsut doedd e'n teimlo dim byd. Ai peth fel hyn oedd marw? Ond fe glywai synau eraill – fel traed yn rhedeg, a griddfan o ochr arall y mur a llais yn galw.

"Lyn! Ydych chi'n iawn?"

Roedd y llais yn gyfarwydd.

"Rina?"

"Ie, Lyn! Diolch byth!"

Ac roedd hi yno am y wal ag ef ac yn gwenu ar ei syndod ac roedd Perkins yn griddfan wrth ei thraed a'r gwaed o'r clwyf ar ei ysgwydd yn tywyllu'i grys glas.

PENNOD 19

ROEDD DAU AMBIWLANS a thri o geir yr Heddlu'n gorlenwi'r ffordd fach ar gyrion pentref adfeiliedig Mithacolonni pan herciodd Syr Danvers Rowe i lawr dros ochr y bryn a breichiau praff dau o ddynion ambiwlans yn ei helpu a Lyn a Rina yn ei ddilyn. Roedd y clwyf wedi'i drin i sicrhau nad oedd rhagor o golli gwaed ac fe fyddai llawfeddyg yn tynnu'r bwled yn yr ysbyty yn y man. Roedd pob cam yn boendod iddo ac roedd y rhyddhad yn amlwg yn ei wedd wrth iddo gael ei roi i orwedd ar y fainc yn yr ambiwlans a chau gwregys diogelwch amdano a blanced drosto. Ond cyn i'r ambiwlans gychwyn mynnodd Danvers Rowe gael gair â Lyn. Roedd ei wyneb yn welw ar ôl colli gwaed a'r sioc i'w gyfansoddiad, ond llwyddodd i wenu'n wannaidd arno pan ofynnodd iddo sut roedd e'n teimlo.

"Rwy i wedi teimlo'n well. . . petawn i'n ddigon cryf mi giciwn fy hun am fod mor esgeulus – rhaid 'mod i'n mynd yn hen, Lyn."

"Peidiwch â siarad nawr – i chi gael cadw'ch nerth, Syr Danvers. . ."

"Beth ddigwyddodd i Perkins?"

"Wedi'i glwyfo a'i restio."

"Nid yn angheuol, gobeithio."

"Nag yw, Syr Danvers – mi fydd byw i sefyll 'i brawf."

"Da iawn. Mi fydde'n drueni mawr petai'n dianc rhwng

ein dwylo cyn imi gael cyfle i'w groesholi."

Gwnaeth dyn ambiwlans osgo i gau'r drysau cefn ond amneidiodd Danvers Rowe arno i aros ennyd.

"Mae rhaid imi ofyn un peth arall – Lyn. . ."

"Syr?"

"Beth wnaeth i chi fynd i Dde America?"

"Yr un rheswm dros ddod yma, Syr Danvers – dilyn y trywydd yn nyddiadur Rhian."

Nodiodd ei bennaeth.

"Rhaid imi gael yr hanes i gyd rywbryd. . ."

Ond roedd y dynion ambiwlans yn dangos diffyg amynedd ac yn ysu am gychwyn.

"Wrth gwrs. Wela i chi eto, Syr Danvers."

Gwenodd ar y dyn clwyfedig a chamu allan o'r ambiwlans. Cerddodd draw at Rina a gwylied yr ambiwlans yn cychwyn ei siwrnai herciog i ysbyty Limassol dros y ffordd garegog. Gobeithio na fyddai'r daith anghysurus yn rhy boenus iddo, meddyliodd.

Ychydig wedyn, rhwng dau o geir yr Heddlu, cychwynnodd yr ail ambiwlans i'r un cyfeiriad gyda chorff y dyn marw ynddo a Perkins – a dau blismon yn ei hebrwng. Syllodd Lyn ar ôl yr orymdaith. Tybed a fydden nhw'n ddigon ystyriol i gadw'r ddau glaf ar wahân yn yr ysbyty? Ond fe fyddai'r naill mewn stafell breifat a'r llall o dan warchodaeth gadarn nes iddo wella digon i gael ei symud i'r ddalfa. Safodd a syllu'n werthfawrogol ar Rina. Roedd hi'n ferch ddeniadol a siriol ac roedd golwg foddhaus arni, ond y peth pwysicaf amdani y foment honno oedd ei bod wedi achub ei fywyd y diwrnod hwnnw. Roedd wedi bod yn ddiwrnod o gyffro ac o un syndod ar ôl y llall. Ei syndod ef wrth weld Rowe gyda Perkins a'r dyn arall yn yr hen eglwys a'u syndod hwythau pan ymhyrddiodd i mewn i'r eglwys – a'i syndod yntau eto pan ddaeth Rina heibio ar foment gwbwl dyngedfennol iddo.

"Mae'n bryd i ninne fynd. Licech chi ddilyn fi? Mae'r Arolygydd am i chi ddod i'r Orsaf i egluro'ch rhan yn y busnes – ynglŷn â Nicolaos yn bennaf."

"O, ie, wrth gwrs – y dyn arall. Mae e'n farw, mae'n siŵr?"

"Yn farw gelain, a'r bwled wedi mynd trwy'i galon."

Roedd y ddau wedi dechrau cerdded i gyfeiriad y ceir.

"Doedd 'da fi ddim dewis – naill ai fe neu fi oedd hi. . ."

" 'Sdim eisie i chi ymddiheuro. . . cholliff neb ddeigryn ar 'i ôl e, ar wahân i'w wraig, falle."

"Rwy i'n casglu'ch bod chi'n 'i nabod e. . ."

Nodiodd Rina a golwg ddigon dirmygus ar ei hwyneb.

"Dyn busnes digon parchus ar yr wyneb, ond fe oedd yn rhedeg y busnes cyffurie ar yr ynys gyda'ch ffrind, Perkins, er na allodd neb brofi dim yn 'i erbyn erioed."

"Perkins?"

Parodd y syndod yn ei lais iddi sefyll ac edrych arno a gwenu.

"Oech chi ddim yn gwbod fod 'dag e dŷ ar yr ynys?"

"Nag own."

"Yn y bryniau y tu cefn i Limassol – ers blynyddoedd."

Ailgychwynnodd y ddau ar y daith fer at y ceir.

"Wyddoch chi beth? Dwy i ddim wedi cael fy synnu gymaint mewn un dydd erioed yn 'y mywyd."

"O?"

"Y syndod o weld Perkins i ddechre ac o wynebu marwolaeth wedyn – a chithe'n cyrraedd fel angyles warcheidiol."

Tincialodd ei chwerthin yn ei glustiau.

"Ches i mo 'ngalw'n angyles erioed o'r blaen. . ."

"Wel roedd yn bryd i rywun wneud – wel i fi, o leia, am achub 'y mywyd. . . Diolch, gyda llaw," meddai gan geisio swnio'n ddidaro.

"Croeso – unrhyw bryd. . ." atebodd hithau yr un mor ddidaro ond roedd y disgleirdeb yn llygaid y ddau yn bradychu'r awydd i chwerthin. Yna difrifolodd wyneb Lyn.

"Wrth gwrs, mae 'na un neu ddau o gwestiyne ar 'y meddwl i. . ."

"Fel – sut yn y byd y des i heibio pan wnes i?"

Roedd ei llais yn dwyllodrus o ddiniwed.

"Fe wnaiff hwnnw'r tro i ddechre."

"Wel – shwd galla i'i roi e. . . ? Os edrychwch chi o dan fonet eich car fe welwch chi 'chwilen' fach. . ."

Nodiodd Lyn yn ddeallus.

"Chwilen – teclyn dilyn – i gadw llygad arna i rhag ofn i fi wneud drygioni. . ."

Ysgydwodd Rina'i phen.

"Rhag ofn i chi fynd i drafferth. . ."

"Diolch byth eich bod chi wedi gwneud. . ."

"Ie, fel mae'n digwydd. Roen ni wedi bod yn cadw llygad arnoch chi oddi ar pan gyrhaeddsoch chi'r ynys."

"O? Ydi hynny'n arferol – hyd yn oed gyda'ch pobol eich hun?"

Safodd Rina'n stond a throi i edrych arno ac roedd nodyn hunan-amddiffynnol yn ei llais pan siaradodd.

"Dodwch eich hunan yn ein sefyllfa ni. Roedd eich pennaeth chi wedi dod yma – a Perkins – ac yna fe gyrhaeddsoch chithe heb sôn gair am y naill na'r llall. . ."

"Am y rheswm syml na wyddwn i ddim 'u bod nhw yma. . ."

"Wydden ni mo hynny. Ond roedd yn amlwg eich bod chi'n dilyn Danvers Rowe yn ddiarwybod iddo ar y ffordd 'nôl o Pyla. . ."

Edrychodd Lyn ar y ddau gar o'u blaen.

"Am eich bod chi'n 'y nilyn innau yn y car coch 'co. . ."

Nodiodd hithau.

"A mi gadwes i'n ddigon pell 'nôl i fod o'r golwg rhag ofn eich bod wedi sylwi arna i."

"Rown i wedi sylwi ond rhaid i fi gyfadde 'mod i wedi anghofio pan weles i Danvers Rowe'n mynd i'r fflat. . ."

"A chithe'n stelcian yn y tywyllwch yr ochr draw i'r heol. . ."

"A bron â cha'l 'y nallu gan oleuade car. . ."

Nodiodd hithau eto.

"Car bach coch. . ."

"Cywir, unwaith eto, Lyn Owen."

Ac roedd y nodyn ysgafn a hunan-foddhaus 'nôl yn ei llais unwaith yn rhagor.

* * *

Roedd y stafell aros yn swyddfa'r Heddlu'n ddigon tebyg i amryw stafelloedd a ddefnyddid i'r un perwyl mewn gwledydd a dinasoedd eraill. Ei phrif nodwedd oedd ei moelni digarped a diffyg unrhyw gysur gyda chadeiriau caled, desg swyddog a lamp drydan arni y gellid ei throi i daro ar ryw unigolyn anffortunus o'i blaen, a llun rhyw arweinydd pwysig – yr esgob Makarios yn yr achos hwn – ar un o'r muriau plastr.

Roedd yr Arolygydd yn gyfeillgar dros ben. Dyn byr, tenau oedd hwn mewn dillad unffurf militaraidd tywyll, a chwydd ei ddryll yn ei gwain ar ei glun chwith yn amlwg o dan ei siaced. Roedd ganddo wallt du wedi'i dorri'n grop a llygaid tywyll a thrwyn llydan oedd yn awgrymu profiad fel bocsiwr. Roedd yr Arolygydd Cristos Diomedes mewn hwyliau da wrth drafod digwyddiadau'r dydd; yn wir, cafodd Lyn ar ddeall ei fod yn hynod ddiolchgar ei fod wedi terfynu ffawd ddaearol Nicolaos Speros y diwrnod hwnnw. Roedd yn wir yr hoffai fod wedi cael cyfle i'w holi a gwasgu'r wybodaeth eithaf allan ohono ynghylch y Gadwyn, ond gan fod Perkins ar dir y byw a'i glwyf heb fod yn un angheuol roedd pob gobaith y dadlennai hwnnw'r cyfan yn y man cyn cael ei ddedfrydu i oes go faith o garchar. Daeth cysgod gwên dros wyneb garw'r Arolygydd; mi fyddai Perkins yn debyg o dreulio'r ugain mlynedd nesaf mewn cell heb fod fwy na deng milltir o'i dŷ haf moethus uwchlaw llyn Germasogia. Roedd y dyn wedi bod o dan wyliadwriaeth o'r funud y dododd ei droed ar dir Cyprus ym maes awyr Larnaca. Ac yntau'n ymwelydd cyson â'r ynys roedd ei wyneb yn gyfarwydd i'r awdurdodau ac fe ddyblwyd yr wyliadwriaeth honno pan gyrhaeddodd Danvers Rowe ac egluro pam yr oedd wedi dod yno mor ddirybudd. Roedd yr awdurdodau'n gwybod am gysylltiadau anhyfryd Nicolaos Speros, wrth gwrs, a phan welwyd ei fod yn ymwelydd cyson â thŷ haf Perkins fe syrthiodd amheuaeth arno yntau ar waetha'r ffaith ei fod yn aelod o'r Gwasanaeth.

Na, doedd ganddo ddim syniad pam yr oedd wedi trefnu i gwrdd â Speros ym Mithacolonni oni bai ei fod yn amau ei fod o dan wyliadwriaeth ac yn awyddus i gwrdd â'i gyd-droseddwr mewn man dirgel. Ar y llaw arall, prin y byddai wedi gwneud y trefniant dros y teleffon yn agored, gan nodi'r lle a'r amser, petai'n ofni fod rhywun arall ar wahân i Speros yn gwrando.

"Po fwya y meddylia i am y peth, Mr Owen, rwy i'n meddwl mai cynllwyn oedd y trefniant."

"Cynllwyn, Arolygydd?"

Roedd Diomedes yn chwarae â chyllell bapur rhwng ei ddwylo ond fe'i cododd a'i dal fel petai'n anelu at wyneb Lyn.

"Cynllwyn yn erbyn Danvers Rowe!"

Oedodd am foment i weld a oedd Lyn yn dilyn ei ddadl.

"Magl, chi'n meddwl?"

"Yn hollol. . . Os oedd Perkins yn meddwl ei fod o dan amheuaeth ei bennaeth ei hun roedd yn amlwg mewn sefyllfa ansicr – peryglus hyd yn oed. . . Gore po gyntaf y câi wared ohono fe a hynny mor bell ag oedd modd o Loegr. Ond mae'n amlwg iddo weithredu ar frys ac fel y gwyddoch chi cystal â finne, mae dyn sy'n gwneud pethau'n frysiog mewn perygl o wneud camsyniadau neu o fod yn esgeulus. Allwch chi feddwl am ryw ddigwyddiad diweddar allai fod wedi'i ddychryn a pheri iddo wneud rhywbeth brysiog?"

Yn sydyn roedd Lyn yn eistedd yn syth i fyny ar ei stôl galed a'i lygaid yn pefrio.

"Mi ddwedodd Perkins un peth synnodd fi'n fawr. . ."

Edrychodd yr Arolygydd arno'n ymholgar.

"Rywsut, roedd e wedi clywed 'mod i wedi mynd i Dde America. . ."

"A byddai hynny'n ei ddychryn?"

"Yn ei anesmwytho, o bosibl. . . gwneud iddo sylweddoli 'mod i'n dilyn trywydd arbennig oedd yn gysylltiedig â Rhian. . ."

"Rhian?"

"Merch a hebrynges i adref i Loegr o Ffrainc a chyffurie yn 'i meddiant – ond roedd Perkins wedi trefnu i'w llofruddio cyn iddi ddweud dim byd. Roedd hi'n amlwg mai rhywun uchel yn y Gwasanaeth oedd wedi gwneud hynny ac roedd pawb o dan amheuaeth, gan ei gynnwys yntau. A phan glywodd 'mod i wedi mynd i Dde America mi welodd 'i gyfle i ddenu Syr Danvers i Gyprus er mwyn cau 'i ben am byth gyda help Nicolaos Speros."

"Hm. . . Mi fydde'n esbonio llawer."

"Mae'n esbonio popeth, Arolygydd! Cofiwch – mi ges i sioc

'y mywyd pan weles i Syr Danvers yn Pyla. . ."

"A dyna pam y buoch chi'n ei ddilyn – eich pennaeth eich hun!"

Ni allodd Lyn beidio ag ymateb i'r olwg ddireidus yn llygaid yr Arolygydd.

"Mi fydd gen i dipyn o egluro i'w wneud iddo wedi iddo wella. . ."

"Fuaswn i ddim yn gofidio gormod am hynny taswn i'n eich lle chi, Mr Owen."

* * *

Roedd hi'n hwyr yn y prynhawn a'r dydd byr eisoes yn dechrau tywyllu pan safodd y Subaru bach o flaen fflat Rina. "Dewch i gael tamaid o fwyd," meddai hi wrtho wrth ei adael ger yr Orsaf, a nawr dyma fe o flaen ei chartref a thusw o flodau amryliw yn ei ddwrn, mor nerfus yr olwg â charwr yn cadw oed am y waith gyntaf.

"Lyn! Dewch miwn! Dewch i ddweud yr hanes!"

Roedd ffrwd o olau'n taro dros ei hysgwyddau a'i gwallt golau gan adlewyrchu dafnau euraid ynddo ond er fod ei hwyneb yn y cysgod doedd dim modd amau cynhesrwydd ei chroeso.

"Rhywbeth bach i ddweud diolch."

Estynnodd y tusw ati'n lletchwith.

"Lyn! Doedd dim eisie!. . . Maen nhw'n hyfryd! *Effcharisto*!"

A theimlodd gysgod cusan ysgafn ar ei foch cyn iddi gau'r drws ar ei hôl a throi i'w hebrwng.

"Sonia! Edrych beth ma' Lyn wedi dod i fi!"

Cododd merch tua'r deg ar hugain oed o soffa i ddau wrth i'r ddau gerdded i mewn i'r lolfa – ystafell â muriau lledwyn eang oedd yn orlawn o blanhigion a llyfrau a phaentiadau ac yn awgrymu chwaeth artistig fodern yn gymysg ag ambell ddelw o dras hynafol. Roedd Sonia wedi'i gwisgo mewn trowsus tynn a blows o liw hufen gyda chadwyn euraid am ei gwddw a breichledi am ei breichiau noeth. Roedd ei gwallt yn fachgennaidd o fyr ac yn gwbwl ddu, mor ddu â'i llygaid tywyll; roedd pont ei thrwyn yn Rhufeinig o uchel ac yn annisgwyl mewn croten mor fechan.

"Lyn – dyma Sonia, fy ffrind. . . Sonia – Lyn Owen – o Gymru lle ces i fy magu."

Clywodd Lyn ei lais ei hun yn dweud mor falch yr oedd i gwrdd â hi a gwnaeth hithau synau tebyg er nad oedd cynhesrwydd yn ei llygaid a gollyngodd ei law cyn gynted ag y gallai hi ar ôl ei hysgwyd. Cafodd Lyn y teimlad nad oedd brwdfrydedd o gwbl yn ei hagwedd pan ddangosodd Rina'r blodau a mynnu mynd i'w dodi mewn dŵr ar unwaith. 'Fy ffrind' meddai Rina, yn hytrach na 'ffrind i fi' neu 'Sonia sy'n rhannu'r fflat gydag fi'. Oedd 'na arwyddocâd arbennig i hynny – rhyw awgrym fod eu perthynas yn fwy na chyfeillgarwch yn unig? Daeth i'w gof yr argraff o wrthwynebiad os nad gelyniaeth i wrywod yn osgo Rina pan gwrddodd â hi. Ond beth bynnag oedd y berthynas rhwng y ddwy doedd hynny'n ddim o'i fusnes ef, dwedodd wrtho'i hun, wrth ddilyn y ddwy i'r stafell ac eistedd. Petai wedi coleddu unrhyw hedyn o ramant rhyngddo a Rina gwelodd yn syth mor amhosibl fyddai hwnnw wrth weld y ddwy'n cyd-eistedd ar soffa ac yn dal dwylo â'i gilydd. Ac roedd yr her yn llygaid Sonia wrth wneud hynny cystal â dweud wrtho am gadw draw, na fyddai croeso iddo ymhél â Rina. Gwenodd Lyn ac yn y wên fe ymlaciodd Sonia fel petai'n synhwyro ei fod yn cydnabod ei goruchafiaeth ac nad oedd yn bwriadu cystadlu â hi. Petai Sonia ond yn gwybod hynny, doedd Lyn ddim wedi bwriadu dim byd mwy na chwrteisi a diolchgarwch wrth ddod â blodau i Rina gan nad oedd mewn sefyllfa emosiynol i roi ystyriaeth iddi hi nac i neb arall ar y foment. Efallai ryw ddydd, pan fyddai Rhian wedi cilio o'i feddwl ac wedi peidio â bod yn faich ar ei gydwybod. . .

Ond roedd swper o ddanteithion Groegaidd yn ei ddisgwyl a gwin yr ynys i'w brofi a chyfle wrth ymlacio dros y bwyd i fwynhau gollyngdod y funud a mynd dros ddigwyddiadau'r dydd a diolch eto i Rina – a dechrau sôn am Rhian a'r hyn a fu. A dyma ail-fyw'r gorffennol gan roi hanes y ffòedigaeth o St Cyprien ar draws mynyddoedd y Pyrénées a'r arswyd o glywed am farw'i gariad yn Lloegr, a sôn wedyn am ei anturiaeth yn Buenos Aires a Phatagonia cyn dod i Gyprus.

Beth nesa, meddyliodd wrth adael y Subaru bach yn y maes parcio a throi i gyfeiriad y gwesty. Yfory fe gâi ddiwrnod i folaheulo ac ymlacio ar y traeth cul o flaen gwesty'r Miramare petai'r tywydd yn caniatáu ac aros i Danvers Rowe wella digon i gael ei hebrwng adre ganddo – gan adael Perkins ar drugaredd Heddlu Cyprus. Fe allai Danvers Rowe benderfynu gwneud cais i estraddodi'r bradwr er mwyn ei gosbi mewn carchardy Prydeinig ond yr un fyddai tynged y dyn – diwedd ar ei freuddwydion am gronni cyfoeth a byw'n fras yng nghanol digonedd weddill ei ddyddiau.

Tybed a ddôi neges ato yn y man oddi wrth Alfredo Brown, y bonheddwr o Gwm Hyfryd, am dylwyth tybiedig Rhian? Fyddai hynny fawr o bwys iddo bellach er y gallai fod o ddiddordeb i'w theulu. Caeodd ddrws ei stafell wely a dechrau dadwisgo. Dylai gysgu'n dda'r noson honno ar ôl diwrnod mor gyffrous a blinderus. Tynnodd y wain â'r dryll ynddi. Rhaid iddo gofio'i rhoi hi'n ôl i Rina cyn ymadael â Chyprus.

Gorweddodd yn y gwely a syllu at y nenfwd a'i feddwl yn

crwydro dros ddigwyddiadau'r dydd. Roedd yn ddiwrnod ac arbenigrwydd mawr iddo, un o'r dyddiau prin hynny y gallai honni iddo fod yn llwyddiant diamheuol. Roedd e'n falch dros ben fod ei amheuon ynglŷn â Danvers Rowe wedi'u profi'n anghywir ond Perkins oedd ar ei feddwl yn bennaf – hwnnw oedd wedi achosi'r syndod mwyaf oll mewn dyddiau o syndodau. Pwy fyddai wedi amau fod y fath greadur tawel a mewndröedig yn magu'r fath genfigen tuag at ei bennaeth ac wedi rhedeg y gadwyn ddieflig gydag effeithlonrwydd arswydus dros y blynyddoedd? Ond erbyn ystyried, effeithlonrwydd oedd nodwedd amlycaf y dyn gyda'i obsesiwn am gadw trefn yn drech nag ystyriaethau cynhesach fel parchu teimladau teulu galarus, er enghraifft. Pa ryfedd nad oedd y dyn erioed wedi priodi? Pa fenyw yn ei synhwyrau fyddai wedi gallu ymserchu yn y fath greadur oeraidd? Byw gyda'i chwaer oedd Perkins gan ddisgwyl iddi redeg eu cartref â'r un effeithlonrwydd ag a redai yntau'i swyddfa, mae'n siŵr, druan ohoni.

Yna roedd wyneb arall yn mynnu ymwthio i'w ymwybyddiaeth, yr wyneb a welodd am y tro cyntaf yn St Cyprien a rywsut, y tro hwn, roedd y cerydd yn y llygaid wedi cilio a golwg o edifeirwch wedi cymryd ei le. Beth fu arni i ymhél â'r Gadwyn yn y lle cyntaf – cael ei thynnu i mewn yn raddol heb sylweddoli goblygiadau'r peth a'i chael ei hunan yng nghrafangau Perkins a'i debyg, yn rhy bell i ddianc byth mwy? Roedd ei deimladau o euogrwydd wedi edwino bellach a'r awydd am ddial wedi'i ddiwallu o'r diwedd. Ond roedd hi yno o hyd, a'r tristwch yn ei llygaid yn awgrym huawdl o'r hyn a allai fod wedi bod rhyngddyn nhw mewn byd perffeithiach.

Ochneidiodd yn ysgafn a throi ar ei ochr. Ar waetha'r dadrithiad a'r siomedigaeth roedd yr hiraeth yno o hyd.

Hefyd yn y gyfres hon

Y Cylch yn Cau, addas. William Gwyn Jones (Gwasg Gwynedd)
Ar Gortyn Brau, addas. Mari Lisa (Cymdeithas Lyfrau Ceredigion)
Chwerw'n Troi Chwarae, addas. John Rowlands (Gwasg Gomer)
Mewn Drych, addas. Dylan Williams (Gwasg Gwynedd)
Llinyn Rhy Dynn, addas. Meinir Pierce Jones (Gwasg Gomer)
Bai ar Gam, addas. Wyn G.Roberts (Gwasg Carreg Gwalch)
Cymru ar Werth, Penri Jones (Gwasg Dwyfor)
Ingles, Urien Wiliam (Gwasg Gomer)
Rhwng y Cŵn a'r Brain, Elgan Philip Davies (Hughes a'i Fab)
Seidr Chwerw, addas. Ieuan Griffith (Gwasg Carreg Gwalch)
Amser i Farw, addas. Elin ap Hywel (Hughes a'i Fab)
Y Llwybr Cul, addas. Nansi Pritchard (Cyhoeddiadau Mei)
Ias o Ofn, addas. W.J.Jones (Cyhoeddiadau Mei)
Noson yr Heliwr, Lyn Ebenezer (Y Lolfa)
Y Goeden Lasarus, addas. Llifon Jones (Gwasg Carreg Gwalch)
Corff yn y Capel, Urien Wiliam (Y Lolfa)
Celwyddau Distawrwydd, addas. Nansi Pritchard (Gwasg Gwynedd)
Lara, Eirug Wyn (Y Lolfa)
Rhyw Chwarae Plant, Elgan Philip Davies (Cymdeithas Lyfrau Ceredigion)
Apwyntiad Terfynol, addas. Llifon Jones (Gwasg Carreg Gwalch)
Datod Gwe, addas. Emily Huws (Gwasg Gomer)